最后之战

DE LAATSTE OORLOG

【荷】达安·赫马·范·福斯 著

DAAN HEERMA VAN VOSS

吴华英　王薇　译

南方出版传媒

花城出版社

中国·广州

图书在版编目（ＣＩＰ）数据

最后之战 ／（荷）达安·赫马·范·福斯著；吴华英，王薇译. -- 广州：花城出版社，2019.10
ISBN 978-7-5360-9044-6

Ⅰ.①最… Ⅱ.①达… ②吴… ③王… Ⅲ.①长篇小说－荷兰－现代 Ⅳ.①I563.45

中国版本图书馆CIP数据核字(2019)第211634号

合同版权登记号：图字19－2017－149号
Copyright：© 2015，Daan Heerma van Voss. Originally published by De Bezige Bij，Amsterdam ｜ Antwerpen

出 版 人：肖延兵
策划编辑：林宋瑜
责任编辑：揭莉琳　林　菁　刘玮婷　罗敏月
技术编辑：凌春梅
封面设计：庄海萌

书　　名　最后之战
　　　　　ZUI HOU ZHI ZHAN
出版发行　花城出版社
　　　　　（广州市环市东路水荫路 11 号）
经　　销　全国新华书店
印　　刷　佛山市浩文彩色印刷有限公司
　　　　　（广东省佛山市南海区狮山科技工业园 A 区）
开　　本　880 毫米×1230 毫米　32 开
印　　张　11.625　1 插页
字　　数　246,000 字
版　　次　2019 年 10 月第 1 版　2019 年 10 月第 1 次印刷
定　　价　46.00 元

如发现印装质量问题，请直接与印刷厂联系调换。
购书热线：020－37604658　37602954
花城出版社网站：http://www.fcph.com.cn

特别鸣谢：荷兰文学创作与翻译基金会 N ederlands letterenfonds dutch foundation for literature 资助出版

中文版序

文学具有普遍性，这是我们作家，我们热情的读者，我们这些欣赏甚至珍视文字的人，至少可以告慰自己的一点。文学把我们联系在一起，让我们觉得，不管文化、风俗和历史有多么不同，我们都不是互不相干的人。如果我们能通过书籍、手抄本和洞穴壁画回溯自己的来路，或许会发现我们所有人都是同一个人。

当然，这只是一个甜蜜而感伤的想法。在此刻之前，在我为自己 2016 年的小说《最后之战》作序之前，我还从未检验过这种模糊的文学感伤主义。文学是普遍的吗？像这样的一部小说能穿越时空，跨越文化，与中国读者交流吗？

我从未把《最后之战》当作一部典型的荷兰小说，它在其他欧洲国家的反应强化了这种看法。这本书的话题和主旨明显是欧洲的，因为小说的主要焦点是第二次世界大战给欧洲带来的创伤。但我们也无法夸大战争对欧洲大陆的影响。"战争"这个词本身就是一个轻描淡写的说法，我们必须创造一个新词来把握它的范围：大屠杀。大屠杀期间，数百万无辜的人被纳粹、德国士兵和官僚们所杀戮。更多的人精神受到创伤，他们会默默地把创伤转移给他们的子辈和孙辈。幸存者回到家，却发现自己的家已经被邻居吞并。这种创伤与政治、心理、哲学和人道主义都相关。哲学家西奥多·阿多诺有一句广为人知的名言，他说，在奥斯维辛之后，在这座所有灭绝营中最臭名昭著的集中营之后，再也不会有人写诗了（"奥斯维辛之后，写诗是野蛮的"）。根据教皇约翰·保罗二世的说法，奥斯维辛毕竟是"人类良心的最后审判"之地。

我们欧洲人从来没有弄清楚如何处置这份可怕的遗产。继续哀悼？保持沉默？我们应该通过创造庄严的传奇、战争故事和戏剧文本来纪念过去吗？斯洛文尼亚文化批评家和哲学家斯拉沃热·齐泽克提出了一些不同的观点。他宣称，要描述奥斯维辛，喜剧是唯一合适的文学类型。在他看来，悲剧的表现实际上是可憎的，因为悲剧的类型一方面取决于受害者与生俱来的尊严，另一方面取决于他们遭遇的意外性质。但是在大屠杀中，受害者被剥夺了所有尊严，谋杀工业的高效率也剥夺了所有机会，因此再无悲剧。根据齐泽克的说法，这只会给德国人过多尊重，给恐怖和绝望太多荣誉。所以我们尝试了一些令人震惊的幽默电影，比如《美丽人生》《无耻混蛋》，或者像提穆尔·维姆斯的书《瞧谁回来了》，或者像《南方公园》和《恶搞之家》这样的动画片。我们努力使自己从战争的禁忌中解脱出来——我们努力过，但失败了。

2015 年，波兰政府在奥斯维辛－比克瑙集中营组织了一场纪念活动。70 年前，苏联红军解放了这座灭绝营，这座工业化的死亡工厂。我去了波兰，乘出租车到达灭绝营。大雪遮蔽了天空，世界一片雪白，一群野鸡飞过。许多环形路口都立着圣母像，那里经常有事故发生。在途中的一家超市里，我买了牙膏和牙刷，用新鲜的雪漱口。雪花漫天飞舞，就像萤火虫一样闪闪发光。我的袜子立刻被浸湿了，几分钟后，我的脚完全失去了知觉。我们经过一座着火的房子，火焰正熊熊燃烧。司机，一个叫卡齐米耶兹的老男人，看上去有点像犹太人，还有我，我们什么也没说。雪和灰烬。我问卡齐米耶兹，他对奥斯维辛作为一个旅游胜地有什么看法。他说他去过四次，两次是自己去的，两次是作为司机去的，每次去他都会说不出话来。"那里发生的事情不正常。"他总结道。

一个非常简短的总结，但还是与我的感受相冲突。毕竟，这里发生的事情曾经有很多年被认为是正常的。曾经住在集中营附近的人们，他们欢笑、玩乐；另一些人，他们知道营地里每天都有犹太人和其他"不受欢迎的人"被毒死，但他们什么也没做；还有一些人怀疑营地的存在，但没有去验证自己的怀疑。在战争爆发前的几年，法西斯主义和极权主义已经席卷整个欧洲，那个时候反犹太主义和种族主义是正常的，或者至少是正常化的，再或者至少是被接受的。

在搜集资料和撰写《最后之战》时，我学到的主要"教训"并不是说历史充满了反常，相反，历史上一切事情都可以是看起来正常，感觉起来正常，直到它们突然改变其步伐，改变其叙事，变得不再正常。这意味着任何事情都有可能发生，任何事情都可能再次发生。用伟大的美国作家威廉·福克纳（在《修女的安魂曲》中）的话说："过去永远不会消逝。过去甚至都还没有成为过去。"这是我小说的前提：过去甚至都还没有成为过去。

只要我们被最后的这场战争缠住，就没有所谓的最后之战。

　　在那个寒冷的日子里，我去了奥斯维辛－比克瑙。雪落在带刺的铁丝网上，有时候似乎被风吹过，一块块地掉落下来。营地空无一人。所有可能的游客都被吓跑了，几乎没有一个人心存侥幸来冒险。来的人都很浮躁，和我一样茫然。营房、瞭望台、床衣架上飘荡的条纹制服——这一切似乎都是表演的一部分，只是为了我们而单独展出。这是一种私密而微妙的极端邪恶。暮色笼罩了营房、雪、人们，无数的问题在我的脑海里闪过。我们去受害者记忆中的奥斯维辛是为了纪念他们，还是因为其他？继续目瞪口呆地望着被摧毁后留下的邪恶遗迹？或者不管怎样，相信今天存在的东西，明天也会存在，继续生活在这样一种根深蒂固的信念中，是不是更好呢？我们是否应该让奥斯维辛成为一个寓言："不要让我们的过去成为你们的未来？"我们是否应该称之为一个独特的事件，我们的历史上从未有过，将来也不会有的，最令人震惊和最可怕的事件？我们必须选择吗？

　　过去甚至都还没有过去。只要我们被最后的那场战争缠住，就没有所谓的最后之战。就在所谓的难民危机（2015 年）期间，我们欧洲的历史遗产又不可避免地变得清晰。随着成千上万的移民乘船或步行穿越欧洲边界，公众的讨论也变得异常热烈。每个人都很害怕尖叫的回声，害怕很久以前的阴影，害怕少数民族被堆在集中营的景象，担心过去对现在产生很大的影响。可以说，过去被拉扯进了当下。这与"对"或"错"无关。对我来说，小说是唯一一个不关乎道德的地方。对我来说，小说关乎问题，而不关乎答案。

　　《最后之战》不是一部关于第二次世界大战的小说，它是关于当今世界的。它讲述的是一个被困在当下的人，一个不记得过去的教训就无法看世界的人，一个拼命想做好人却不知道该怎么做的人。

　　我们应该通过写戏剧来反思二战吗？或者，如齐泽克所说的，通过喜剧？我想通过这部《最后之战》两者都尝试。我希望你们，中国的读者，将会理解什么时候是喜剧，什么时候不是。如果你愿意的话，你会有一段很长的旅程。享受它吧！

达安·赫马·范·福斯

2019 年 8 月

目录
Contents

第一部分
『我们就在这里』

1988

1

　　他们两个，他和她，一个二十四岁，一个二十二岁，就这样在闪光灯中定格。在这之前他们一直腻在一块，从清晨到子夜，从子夜又到黎明。他们开心地笑，他们拥抱亲吻，缠绵沉醉于无休止的亲热中。床单因两个人的体液变得潮湿，皱皱巴巴地堆在一起，有点像地图上的山丘。地图中间有一片山谷，那是一块失去弹性而凹陷的弹簧床垫，他们两个深情地称它为"爱穴"。

　　一天早上，他拿起相机跳到床上。她在他的身下，玉体横陈，一丝不挂，她咬着大拇指，笑起来腰肢微微颤动——这正是他想要拍下来的主题。闪光灯亮起的一刹那，他知道他一定要让人把这幅照片放大，再镶上相框，这个东西必须挂在她的床头，这样至少他可以肯定，未来的每一天她都会看到他。虽然他不在相片里，但是他每次注视它的时候也能看到他自己。这幅照片是他们对世界的承诺。

　　那个时候他们还不知道，他们的关系随着时间的推移将会变得越来越尴尬。起初他们还能尽量相互理解，在某种程度上达成妥协。但是时光荏苒，单纯而完美的关系一去不复返。他们再也不会像照片上那样微笑，相机捕捉到的那个愉悦的瞬间就像是对沉默现状的评判：照片上的女人在嘲笑他们两个。

那么最后剩下的问题就是：是什么取代了他们之前的承诺？尤其重要的是，他们两个，他们会抓住这个实现诺言的最后机会，还是任其飘逝？

2013

2

"那个男人是谁？"

这是亚伯·卡普兰对夏娃·卡普兰所说的第一句话。她现在只是他名义上的妻子。她的沉默让他不安。于是他又问了一遍："那个男人是谁？"

夏娃一直在微笑，这使她看起来很迷人。她跟人行贴面礼，向所有人示意，轻盈地从人群中穿过，把他带到她富丽堂皇的阁楼上，找了一个相对安静的角落。周围都是些珠光宝气的女人，她们自称是以孩子为全部事业的人；还有头发开始发白的男人，他们的络腮胡子也经过了精心打理。这些都是她的客人。卡普兰和夏娃站到一株绿植旁，这个东西肯定是他们让人从苏里南①或者巴西空运过来的。她从一排玻璃杯中拿了两只高脚香槟杯，自己一只，给他一只。

"我刚刚在那里看到一支仅穿了一只小虾的铁钎。"卡普兰

---

① 苏里南是南美洲北部最小的一个国家，南接巴西，是一个种族、语言、宗教极为多元的国家。——译注

说，"只是因为你现在不可以吃这种东西吧。那也不至于就要你的客人也不吃啊。是你们的业务不顺利吗？"

诱使她打破缄默不是件很容易的事情，但她决定不再沉默："我会去打听一下，是否有人能把三只虾穿到一支铁钎上，专门给你。你可以不再抱怨了吗？"

"这个词我好久没听说了。"

"你永远的语言怀旧情结。"她在玻璃杯上抿了一口，火红的唇膏在上面留下一个完美的唇印。

"那个陌生男人是谁？"他又再问了一遍。

"你是想说那个'外国人'①吧？或者就像你以前的说法，是那个'黑人'？"

"随你怎么叫那个人。"

"那个人？"不用往房子里看，只有一个男人与这种描述相符，"这是图斯福先生，亲爱的，他的名字叫弗兰克。"

"图斯福先生，弗兰克。这位弗兰克·图斯福先生是做什么的？"

"他在政府部门工作。"

"这可有趣了，来参加你宴会的第一个外国人。图斯福先生，富朗克，他到这里来只是因为他是你的新欢吧？"

她走到他面前。她右眼下面的伤疤用化妆品遮盖了，但还是留下一块阴影。这是和平年代的战争创伤，是十五年前的除夕夜发生的事，那时他们正在一起烤一只填满米饭和苹果碎的火鸡，

---

①　德语里陌生人也有外国人的意思。——译注

那也是唯一的一次。她被锅子烫伤，后退的时候又撞上了壁柜。一个装安达卢西亚①草药的金属罐子掉下来，砸到她脸上。"你是想知道，我有没有和他上床？和他做爱是不是感觉更好？是不是和他在一起我能睡得更踏实？"

他伸出手叉开五指，想以此让她闭嘴。不过显然她已经赢得了这场战役，她知道他厌恶平庸。现在他必须争取超越她，这种人际动力学还是得要予以尊重，虽然它总是令人疲倦至极。"你是不是跟苏里南人鬼混，对我来说都无所谓。我只是想要在我们的协议最终失效的时候了解一下情况。"

她的眼里浮上一抹受伤的神色。这是某种很早以前就出现过的神情，是对他的排斥——她的受伤再与他无干。"唉，亚伯，"她叹气，"你感到害怕的时候还总是那么粗野。不要叫它协议，因为它不是。"他耸耸肩。她走到他面前，弯腰给他系上鞋带，就像以前她偶尔做过的那样。再直起腰来的时候，她的脸有些泛红。

"谢谢！"他说，"我早就不会害怕了。"

她四处张望了一下，脸上的红晕消失了。

"顺便说一下，你看起来气色不错。"他说。她点头。气氛以一种令人不安的方式平静下来。

"怎么？"卡普兰问，"担心会有变数？"

"还不至于。或许吧。**无论如何**②，现在我必须去看看我的客人了。为了不招眼，你喝个够吧。但是不要喝太多，不然会喝

---

① 安达卢西亚是西班牙南部的一个富裕地区。——译注
② 原文为英语。——译注

醉。"没有等他做出反应她就走了。纤细的小腿，右边膝盖窝里蝙蝠形状的胎印。她的人生中一直携带着这个胎记前行，但很少因此寻求过他的帮助，这让他无法忍受。爱的唯一标准就是失去，这一点从未曾失效过。但是人无法做到一边活着一边又不摧毁任何东西，他喃喃自语。

卡普兰看到酒杯中自己的形象，暗黑色的头发，细长的鼻子，眼袋。身后是大都市璀璨的灯光，永远不会老去。两个大型等离子显示器上正无声地播放一场赛艇比赛。旧金山。那里的比赛路段有什么不对劲吧？

这个时候许多人凑到了一起，有些人窃窃私语，有些人大声闲聊，匆忙地互吻脸颊。到处是相互恭维的声音。有人大声喊了一句什么，一句简短的、几乎无法理解的话，像退潮一样消失在房间里。那些他不喜欢、也不感兴趣的男人女人，他们到处一堆一堆地凑在一起，就像牢牢吸附在石头上的海葵一样。一只海葵放开刚刚吸附的石头，又漂浮到家长里短的洪流中，谁又长胖了，谁又流产了，如此等等，它通过这些又对接到另一个群体中。

以前他的身份很明确，他就是站在她身边的男人，那个被一堆衣冠楚楚的人所环绕的中心人物——夏娃·卡普兰的男人。他用了她的姓，再没改回来。据《米德拉什》① 所记，人一生有三个名字，一个是给父母用的，一个是在社会上用的，还有一个是

---

① 《米德拉什》是犹太教解释《圣经·旧约》的布道书。——译注

自己用的。这最后一个绝对是最重要的。那时候他几乎已经忘记了自己的第一个名字。至于别人怎么称呼他，他不感兴趣。这第三个名字，卡普兰，就像长在身上的一块瘢痕，为他所钟爱。

他闭上眼睛。夏娃的晚会上总是会有古典音乐。这天晚上是几个严肃的长发女孩演奏三重奏，那些人们非常熟悉的经典曲目在她们的小提琴上鸣咽着。那是从前他们还在一起的时候，花了十马克①从莱顿广场买了埃利亚的低音提琴曲，作为他们在小卧室里聊天时的背景音乐——一种持续数小时之久的颂歌式的流行小调是她的最爱。

那曾经是她的家。小小的，刚好够住。每一次她把茶壶放在火上的时候，落地灯的光线就会变成一条苍白的痕迹，电量不够，带不动更多的电器。过冬的老鼠在房子里穿梭，到处寻找掉落的面包屑。它们还不止一次地从夏娃的三角裤上咬下几块裤裆布。他们一起梦想有一套大一点的公寓，想象柜子里有足够的空间好安顿堆在角落里的那些书，想象有一套用于真正宴会的餐具。

他们是在 1986 年成为一对的。夏娃那时候二十岁，他二十二岁，这个年龄现在对他来说完全不真实。二十二岁的时候自己是一个什么样的人？卡普兰努力回忆。他是一个没有根基的漂泊者，当时就已经这样了。他从未觉得自己与父母有何关联，但对那个创造了他们又让他们沉默的时代，他总是很感兴趣。虽然他已经把这个事情记录了下来，但还缺乏证据。

---

① 马克，欧元之前德国使用的货币，1 马克大约相当于 3.6 元人民币。——译注

他学历史学,她学艺术史。他们两个上同一门讨论课,"第三帝国艺术史",是梵·唐赛拉先生的课。他是一个带有圣人遗风的男人。

那个时候她的后颈,头发高高绾起,突出了下巴和脖子的轮廓;她的脸,某种程度上显得有点刚硬,同时又有点柔和的脸;这是一个永不会需要别人的人。在荷兰还存在阶级,她就是活生生的证明,意思是,他们与你之间的差异。

她很晚才报名参加这个课程。

在开始的几节课里,他是那种决定气氛的人,他和同学低声交换意见,开一些显得博学的玩笑。然后她满怀歉意地进了教室,但一直保持尊严。她从他身边走过。第一次看见她膝盖窝里的胎记,他沉默了。她的自信有某种攻击性。突然之间他就觉得没有什么比被她看一眼更令人满足的事了。男孩子们谈论她的脖子,她的胸部,她的生活。也仅仅是猜测而已,他们其实对她一无所知。

有一次,课程临时被取消,他们去了一家学生酒吧喝点东西。她盯着酒杯发呆,梦幻般地说,她喜欢那些在红酒中游弋的瓶塞碎屑。就这样他们之间的坚冰打碎了。他很自然地吻了她的手。他对女性并不是很友好,但是和她在一起就会不一样了,和她在一起,他会是另外一个样子。

就这样开始了,通过葡萄酒,通过软木塞子。1986 年。卡普兰能照顾到她的身体和她的理解力去做一些事情,这在以前他觉得是完全不可能的。不过那是后话。最初的几个月里他们忘情地欢爱,直到精疲力竭,他们不知疲倦地聊天——她把这些关于目标和恐惧的谈话称为"真正的谈话"。虽然如此，他们还是学会了互相适应，他们都忘了单身的感觉了。时光从床上流逝。那时候总是以大床单、熟悉的汗味、靠在枕头上打盹、互相抵御寒冷和蚊子等来结束每一天，外面的世界对他们来说已经没有任何意义。几年都是这样。

1993 年他们结婚了。他二十九岁，她二十七岁，开启她当时所说的"真正生活"的最好年纪。但是在婚礼的华盖下，卡普兰突然心情沉重。这个华盖是屋顶的象征，象征小两口以后将要在同一屋檐下生活。他无法张嘴，眼皮颤抖。一个耳语般的声音在他脑海里回荡，提醒他之前这么多年的生活是多么马虎，多么不小心。要是他们两个出了问题，他知道自己肯定要比她更悲伤。他突然在她的眼里看到这一点。

不过这种灰暗的忧伤情绪很快就消失了。卡普兰微笑着，他的目光很清澈。这只是一种来自灵魂深处的恐惧所产生的痉挛，还是一种预感？如果是预感的话，他如何逃过这一劫？或许成熟的生活就意味着：不再试图逃跑。他踩碎一块玻璃，好像那就是那座庙堂。所有人都在喊，祝你好运！

现在可能大家都到了。门被关上了，本来还有最后一个可能是很重要的客人要通过这扇门进来的。卡普兰准备从盘子里拿一只蚝吃，但是等服务员弄开这只蚝要很长时间。他转而去桌边喝酒。

谈话的碎片从肩头飘过，在周围飞舞，从他头顶倾泻而下，是关于某个人的"社交生活"的。这个概念不可否认。卡普兰还剩多少"社交生活"？他曾经在小学有一份工作，朱迪思有时候躺在他的身边，亲吻他。夏娃一直是他生活的一部分，在极少个晚上她是属于他的。

她是如此建议的。

在分开之后快一个月的时候她打电话给他。卡普兰记得当时所说的每一个词。听到她的声音他感到一阵轻松，好像喉咙里的痰突然全部被咳出，所有的霉味从天灵盖飘散。

不过很快就真相大白，她并不是想要他回到她身边。不可能了，伤害很大，她说。在过去的几周里她哭过，恳求过，诅咒过。她承受着痛苦，她说这一点他也看到了。他们没有未来了。中心句子就是："卡普兰不可以离婚。"婚姻是永恒的堡垒，即便它已经是一片废墟了。

她在电话里说，她现在只不过是需要一个被称作丈夫的人，而不是需要一个真正的丈夫。她承诺，这种情况只会偶尔发生。就在一年前她被提名为荷兰最鼓舞人心的女士之一。他们对此哈哈大笑，点了中餐，在沙发上留下油污。但不久之后笑声终于沉寂下来。争吵开始。

婚礼当天他听到的耳语成真了。事实确实如此，她处理分手的事比他要轻松得多。她赢了。他唯一的安慰就是，他预测到她会赢。她说她已经准备好开始新生活了。他并没有预测到她身上这种致命的严肃性，没有预测到这种严重性。数年以来的满足淹没了对失去一切的恐惧。打过电话之后他得出结论，享受和轻率是会陪伴他一生的敌人，就像黑夜与月亮的关系一样。

她从他身边飘过，大拇指和食指之间攥着两个斟了酒的杯子。他向她伸出手去，但只感觉到她走过时带动的气流。接下来的几分钟里他一直在徒劳地分析自己的这种行为，他断定这只是一种下意识的反应。

"还没有。也许吧。"

九年前那通具有腐蚀性的电话深刻地影响了他今天的存在状态。那是一个全天营业的周四，地上是湿漉漉的雪，月亮像一只邪恶的眼睛挂在天上。作为丈夫的这个人，他手里握着电话，倒在床垫上。他们两曾经的房子现在空荡荡的，她已经搬走了，带走了属于她的一切，当然，除了那个相当丑陋的黄色茶壶之外。还有两个星期他就付不起房租了。

"为什么？"他问。

"我们别再继续谈这个问题了。"她答，"我可以指望你吗？"

"我能得到什么？"

电话那头沉默了片刻。然后她问："你想要什么？"

"我想要你。"

"不可能。"

"那么我想要偶尔拥有你。我想要能时不时地在你身边醒来。"

如果要他不时扮演从前的角色的话，那么她也必须做到这一点。他心里暗想：如果我躺在她的身边，那我就可以让她想起过往的时光，那她可能就会回心转意。他觉得这个是理所当然的。

"我觉得这不是一个好主意。"

"这不是建议，这是一个要求。"

"那我们就看看怎么做吧。"她最后回答道。

对他来说暂时能做到这一点就够了。

　　在那些傍晚，在那些必须不惜一切代价维护她声誉的晚会上，在那些最重要的宴会和授奖仪式上，他就站在她的身边。这样的机会也就每年最多两次。开头的几年里他还微笑着做这些事，就像一个完美的主人。有时候他也确实留下来过夜了。鉴于此，她还真的让人在远离过道的第一个房间里放了一张双人床。每次踏进这套房子的时候，卡普兰都会去摸一下门把手，他想感觉一下是否有其他的人在卧室里待过；但也可能隐藏着偏见——金属门把手总是冷冰冰的。

　　他先躺下睡觉，她花的时间久一点，然后躺到他身边。做爱的时候她一直紧闭双眼，这跟以前不一样。渴望、怀旧、喜悦或者对晚会过程的失望？——他不了解原因。这是一个不利因素，他知道。尽管如此，他还是觉得这个协议是一个胜利。这个奇怪的、对她来说无疑是很难忍受的协议，她也不允许把这个叫作协议。在做爱的过程中基本上很难找到爱的痕迹，这一点他也感受到了。

　　当然，这整件事情是一个艰难的设计，他们一拍两散只是时间问题。至少在第一个晚上他就是这么想的。但这种情况还没有发生。要么是他演戏演得很像那么回事，要么是夏娃知道很多谣言都在蠢蠢欲动。

　　他们达成协议的这些年一直都很艰难。已经感到耻辱，在跟许多陌生人握手时的耻辱感。在协议上的分歧也越来越大。有一点她似乎越来越确信，那就是偶尔的身体接触她也觉得反感。有两次他在木制的双人床上等她，但她没过去。他打定主意不去喊她。一小时之后他重新穿上衣服，开车回他自己的住处去了。

卡普兰盯着夏娃的客人，盯着他们脚上那些昂贵的鞋，紧紧握着手里的酒杯。他的两眼又开始发痒，他小心地来回移动隐形眼镜。一股香水的味道吸引了他，他四处张望，周围站着太多相似的女人，他都没办法找出香水的源头。他在想，在这样的夜晚他到底会不会产生性欲。两年前的最后那一次很令人失望。不再有急切的心情。第二天早上夏娃和他躺在床上，就像被剪下来献祭在战争纪念碑前的玫瑰，庄严而沉默。

现在，他又站在这里，正如她最乐意看到的那样，缺乏意志，穿着定制的西服，一个没有欲望的男人。

在阿姆斯特丹音乐厅当筹款部主任的工作使她获得了自信，这项工作她已经干了三年。她浑身透着骄傲，以前她可从没这样过。所有的人都想跟她攀谈，哪怕只有几分钟。不久的将来，每年这两个晚上将会是另外一个人躺在她的身边，这只是时间的问题。以前她也有过男朋友，不过这次会有点不一样。这个陌生人将最终获准进入她真正的寝宫。

她又出现了。

2013 年她的脸：完美的设计，有一点法国风，黑色的头发打了卷，为了使眼睛显得年轻还涂了很多睫毛膏。肉毒杆菌素，曾经跟炭疽一样是一个有毒的术语，现在逐渐被大众所接受。从她的外在上再也看不出她的血统。对他这种没有权利经历这种痛苦的人来说，这种否定给他的打击如此之大，这一点他自己都感到惊讶。他还能辨识出她脸上**极为微小的细节特征**，不会出任何差错，这些细节现在不再那么难以捉摸了。夏娃似乎不满意，显得很匆忙；她在找人，要么是不喜欢小点心。去帮她不是他的责任，他拿着饮料走回桌旁，再来一轮。

半小时后，他从托盘里拿起一块说不出形状的精美糕点，沉思着，把糕点放到壁炉架上。他搜寻着大理石架上的香槟酒杯，估摸哪只是被摸过的，哪只还没人动过。他在两个相同的杯子之间举棋不定，其中一只杯子撞到了他的上门牙，杯子里的东西泼了下来。

在还没离婚之前，夏娃和他就像一架老式天平上的两个铅球，保持着完美的平衡。直到其中一个秤盘上出现了一根手指。这根手指来自哪里，这还是一个谜。但它就在那里，沉重，给人紧迫感。铅球滚动了，荒凉显现：在她寂静的家里，时间变得越来越漫长；每周他们都说同样的话；在市场上买鱼，到意大利人那里买冰淇淋，这些共同的习惯已经失去了意义。他们都觉得，先采取主动是对方的事。与此同时，她逐渐获得成功，而他逐渐被人遗忘。有人问他的职业时，他会大言不惭地说：作家。当被问及能否以此赚钱时，他答：如果你足够好的话，是可以的。第一本小说出版之后七年，他一直都没有关于第二部书的构思，这样他就再也别指望新的合约了。真正的作家一直在写作，这是他的出版商说的。

卡普兰喝了一大杯水来冲淡香槟的味道，然后大口吐出来。他四处张望了一下。某种程度上分手是不可避免的，他自言自语。在她全新的、光滑平坦的世界里没有他的立足之地。

"您还好吗？"

因为正在沉思中，他没有马上反应过来。但当他请求她再说一遍的时候，她的话却触动了他。找他攀谈的女士还很年轻，二十几岁，是整个大厅里唯一一个穿红色连衣裙的人。她的金色卷发垂到肩上，随着她的动作而起伏，一切都充满生命的活力。为什么这之前他一直都没注意到她？"直接用你来称呼吧。"他回答，"我很好。怎么啦？"

"你看起来心不在焉。而且有点苍白。"

他审视她的目光："是她请你盯着我，以防我行为不当吧？"

她思忖片刻点了点头："确实是的。但你看起来不像会举止不当的人。"

"那我看起来是怎么样的？"

她从托盘里取了一杯酒，动作潇洒大方，显示出她完美的适应能力："你像那种觉得别人都会举止不当的人。"

他的脸上浮起一丝微笑："你觉得我在责备你吗？"

"我不是这个意思。你看起来像那种想得很多，也懂得很多的人。你不是那种别人很容易接近的人。"

"你知道我在想什么吗？我觉得这是一个奇特的晚会。互相不能容忍的人友好地拥抱在一起。所有的人都在说话，没有人倾听。还有，一个人能忍受多少关于奥图蓝吉①的言论？"她的裙子有点不对劲，他想。是夏娃的衣服吗？他问道："为什么我们以前从来没有碰到过？"听起来似乎是他想调情，其实并不是这个意思。但是想要抹去这个不良印象的努力可能会把一切弄得更糟。

---

①　奥图蓝吉（Yotam Ottolenghi），1968 年生于耶路撒冷，伦敦中东美食大师，烹饪书作者。——译注

"我是卡普兰女士的新助手。好吧，新来的。但我迄今为止还从未去过她家，这一点是肯定的。"

"到她家？这是办公室的一种身份象征吗？"

房间里光线有点暗淡，虽然无法确定，但隐约可以看到她的脸似乎因为卡普兰这句话而变得绯红。谈话有点进行不下去了，又是她努力捡起话头："邀请函上写着穿礼服，但是没说颜色。大家都穿着黑色，显然这是常规。无论如何红色真的不是很好，这一点我从他们看我的眼光里看得出来。"

另一代人的话语习惯。以前他把人按出生年代分类，两年就意味着会有很显著的代沟。遇到夏娃之后，他不得不放弃自己的这套理论。她觉得这个很可笑，还带点性别歧视，虽然他从来都没有理解这个所谓的"性别歧视"。

"他们只是妒忌，"他说，"因为你还能穿这样的裙子。虽然这些女人可能都很富有，她们也自以为了不起，但她们为了能显得像你一样年轻得要做最大的努力。"

"她们的这个愿望你也很熟悉？"

在这种游戏上她有天赋，卡普兰决定坦诚相待："或许吧。是的。"他的目光穿过人群搜寻着夏娃。一次诚实的回答会有什么损害吗？"我还年轻的时候，夏娃还在我身边，那个时候我主要想写一本叫作《这一本书》的书。后来，当我一个人的时候，我拥有了全世界的时间集中精力写《这一本书》，然而这时候我唯一的愿望就是，重新赢回她。"

"夏娃，"她轻笑，"很美的名字。对我来说她就是卡普兰女士。"

片刻的沉默。她似乎在思考刚说过的话，过了一会儿她说："等一下。我之前想，你们两个一直是在一起的。你还是她的丈夫吧？你们分居了吗？"她听起来不只是有点迷惑。

很好。夏娃保守秘密的能力总是比他强——她依赖选择过和美化过的信息而活，她以一种动物性的顽强屏蔽了她的私人生活，她极少邀请人们去自己的家，她从不说以后可能会给自己添麻烦的话。"整件事情很复杂。我们就到此为止吧。你完全想不到她为了避免闲话费了多少力气。"

"我只是很惊讶。"她交叉双臂抱在胸前，"你为什么看起来很生气？"

"这只是我很中性的表情。我没有什么可生气的。"

"那你就证明一下看看。说点好听的。"

"我会给你讲讲的。"他说，"以前的她，卡普兰女士，还是一个女孩，一个从来都不化妆的女孩，甚至有时候几天都不洗澡。她或许很幼稚，嘲笑每一件愚蠢的事，嘲笑那些诸如芭瑞、曼弗瑞德之类的滑稽名字。那是在她还没搬到这里来之前的事。"夏娃走了过去，他用手朝她的背影方向比画出一条线，"瞧，她走路的时候背挺得多么笔直。她一直还那么美，不是吗？不要泄露我说过的话。嗯，我知道，男人不应该问女士这个问题，但是，你多大了？"

"二十五。你呢？"

"四十九。"

"还行。不是吗？"

"我们在这里谈论半个世纪的事。"

"你不是一个特别开朗的人，对吗？"

他向服务员示意。一个服务员托着装满小饼干和青鱼的托盘走过来，卡普兰打发他去拿饮料。

他现在才联想起来，事实上，是她让他想起《辛德勒名单》中的那个女孩。一切都是黑白分明的，只有她不是。她是火红的。这个联想在他们的谈话中遇到了一个无法逾越的空白。如果她这么年轻，使他想起了战争年代的一个女孩，那么他绝对是老了。又是一阵沉默。

"你现在不能坐下来写你的《这一本书》吗？"她问。

他已经如此消沉，连一个完全陌生的人都同情他吗？"我每天都在写，"他回答，"以我的方式。"监督他，看他是否能控制住自己，这是她的任务，现在任务完成了。

"我得到那些人那里去一下。"过了片刻她说。

"去吧。别担心。如果你闭口不提卡普兰先生和夫人的事，我会守规矩的。"

"没问题。"她转身离开，这个美丽的年轻女子，这个战争孤儿，他没能把她拯救出来。

3

风刮着巨大的窗玻璃发出呼啸声，夹杂着弦乐三重奏。赛艇比赛终于顺利落下帷幕，人们在一艘双体船上欢快地庆祝，其他的船只则继续在水面上漂行。

转眼到了午夜时分，他不会再喝得酩酊大醉。宾客们在酒足饭饱后，也都盘算着打道回府。在短短的一个小时之内，这里就会人去楼空，清洁工人们也会在半小时之内又把它打扫干净，使它焕然一新。

完全轻松随意的会面、戏剧、香烟、美酒，以前她从未觉得有什么比这样的夜晚更迷人。以前她经常把抽剩的烟屁股掐灭在随处摆放的咖啡杯里。最快在一个半小时之后，就只剩下他与他的前妻了。

现在，晚会最糟糕的一面开始显现：作为最后一个多余的人留下来。

一个丈夫是不会在最后一位客人离开之前先行退场的。闲站在那里，与所有离场的宾客道别。之前他原本期望能与她共度良宵，因此耐心地倒数着还剩几位客人——五个、四个、三个。

他俩以前谈话的碎片飘过，这些话他烂熟于心。自从她账户上的钱开始增加以来，她便按犹太法律的要求，把收入的十分之一捐赠出去。这是她可以用来与人聊天的谈资，她们聊习俗的价值，聊尊严，聊公正。当然，他从来没和她聊起过她如今乐善好施的行为，他依旧坚持自己的结论——夏娃只是在自己有闲钱的时候才这么大方。

弗兰克·图斯福可能是她新欢的想法，之后被证实是无稽之谈。他老是对图斯福评头论足，认为图斯福是个呆板的娘炮，他的话很显然让她非常恼火。现在还剩至少十位客人。

他今晚再一次不请自来，这当然进一步削弱了他的谈判地位。他伸手重新拿了一杯酒，他早放弃清点剩下的客人了。在这种境况下还指望能在床上做点什么，他深表怀疑。

"亲爱——的!"声音从地板上弹射回来。他没有回头张望，他对那个受到欢迎的人感到一阵恐惧。身后是人们欢快的喧嚣声，他一动不动地盯着窗外。在河畔马路上，一辆载重卡车不知何故停了下来，把整条马路给堵得水泄不通，车辆排起了长龙，惹得烦躁的司机们频频鸣笛。

这个时间点谁还会来呢？这么晚了来客人，为什么他丝毫没有察觉到夏娃有何不快？他只看到她张开双臂从他身边经过。更糟糕的是，在盯了几眼后他得出结论：尽管她素来注重程式和准时，她还是显得很高兴地迎接这位新客人。

这肯定就是他了，秤盘上那根新出现的手指。

据他所知，她从未有过私情，对此她缺乏创造力，尤其是她不会撒谎，这一点他必须承认。即使她已不再爱他，她依然是那么忠贞不渝。他们不需要通过不忠来彼此伤害。卡普兰勉强转过身。

还没离开的十位客人在晚到者身边围成半圆。卡普兰在报纸上见过他的照片，不过所幸，他们还从来没有见过面。颇具光泽的金发，两鬓是好莱坞灰色风格。他到底是谁？登·杜威尔？杜伊夫曼？这个家伙来这里有何贵干？

可以断定，这小子就是他妻子的新欢。他长得还算帅气，拥有那种很引人注目的独特魅力，很是吸引那些有权力意识——"野心勃勃"的女人。在片刻喧闹之后又归于宁静的空当，卡普兰朝夏娃走过去。她正在跟人聊天，看见他过来，她中断了谈话。

"怎么了？"她问。她的左手托着右胳膊，像一个来自 20 世纪 20 年代的模特。

"他是杜伊夫曼吗？"

她的脸瞬间僵住："不要烦我。"

"我不会对你发脾气。"他说，"告诉我，是杜伊夫曼吗？"

"我的上帝。"她疲惫地说，"不是，我们没有在一起。他是海因。海因·杜郁夫，有个郁字。"

"好吧。"他喝了一口香槟，"正如你所想象的，他姓甚名谁于我当然是完全无所谓的。"

"真糟糕，你知不知道，他是你的新老板？"

听到这话卡普兰差点把自己给呛到。他立马回想起自己之前签过的那份合同，画的那条虚线，突然爆发的投机心态，不过到目前为止他还没有因为这点心机而受到惩罚。他观察着她的面部表情，看她是否注意到他的惊慌。她看起来没什么异样。他必须在明早之前找到那仅存的一份合同，绝不可以让它就这样随处乱放。"你早就知道这件事吗？"他故作镇定地问。

"这还用说吗？我当然认识我邀请的人。"

"所以你就是故意把他喊来，让我出洋相的吧？"

"你不要这么自以为是。你想认识他吗？海因可是一个非常有趣的人。"一对小情侣准备回家了。男人披着一件灰色的长雨衣，女人戴着一顶狐皮帽子。他们朝夏娃挥手打了个招呼，夏娃也回了个飞吻，抛了个媚眼。随后她转向卡普兰，继续问道："你就不想会会他吗？"

"我不信任那些自诩有趣的人。"

"他当然不是这样的人啦。"她无力地说。

卡普兰不经意间瞥到那位穿红裙子的年轻姑娘在和杜郁夫聊天。"很不错的女孩子，但不迷人。"他叹道。实际上，并非只有夏娃这个女人能入卡普兰的法眼，或者让他产生激情。以前也有女人能让他产生肉体的反应，最开始的时候是对夏娃，再是对后来的那些女人。卡普兰运用一种奇怪的辩证法，从后来的女人身上的坏品性中看出前面女人的好品质，反之亦然。一个女人即使与他的前任毫无相似之处，也能在他身上找到别人往往忽视的独特气质。但是没有一个人在他身边待得足够久，久到能注意到他变老了。

在卡普兰刚刚搬进单身公寓的一个月内，他就成功地俘获了一名亚裔女人的芳心。那个三十来岁的女人，名字叫作雯。那是卡普兰第一次，也是唯一一次和亚洲面孔上床。住在楼下的库伯，被这对男女打搅到无法入睡，气得脖子上青筋暴突，抄起扫帚对着天花板捅了一整夜。卡普兰每做一个动作，床板每一次咯吱作响，都伴随着楼下那烦人的敲击声。那一晚，他们楼下的邻居库伯做的所有抗争，在这巫山云雨面前都毫无意义。

犹太教法典《塔木德》中说，一个单身汉的生活是没有欢乐和好运的，他的性格也不会温柔。如今他有了朱迪思，十年来唯一一个能激起他情欲的人。然而那种能够吞噬一切，蒙蔽所有理智的欲望几乎再没有出现过。他的肉体可以吸收另一具肉体的欲望，并产生回应，但他自己本身却很难主动地产生欲望。

"你说谁？"夏娃问道。

"你的助理，就是你找的那个监视我的人。"

"习惯就好。"她微笑着说，"顺便问一下，为何你觉得她应该要迷人?"

"那样会更好一点。"他说道,"但她还只是个孩子。"

"还是恋父情结的问题?"她以甜美的声音掩饰语气里的责备。

"为什么你现在说起这个?"

她惊讶地看着他。"抱歉,"她说道,"我本不应该这么说的,有时候都忘了该怎么和你说话。"

"没关系,"他轻声说,"我也有同感。"

又有一对情侣离开了公寓。已经是午夜了,他还是不知道该怎么评价杜郁夫。

"我今天要在这过夜吗?"

"今天不适合。"

"那我们过后再补上。"他压抑不住自己突然产生的怀疑情绪,补了一句,"可以吗?"

"到时候再说吧。"在接下来的沉默中,她的目光不断转向杜郁夫。卡普兰在想要不要挖苦一下杜郁夫,他在那里自吹自擂,想要让自己的职业生涯看起来很辉煌。不久前他才被市政府任命为学校的临时校长,如今他终于能够"参与处理街道的一些日常政务和真正的问题了"。这个二流的"故障排除者"已经在广播和当地媒体上通告过这些糟糕的事情了。然而卡普兰想不出什么机智的话去应对他。因为他现在醉醺醺的,而且实在是太累了。"我应该走了吗?"他问道。

她没有回应。

"我还能像从前一样荣幸地说句'晚安,宝贝'吗?"

"最好不要。"

"我再打电话约你，好吗？"

她明显在克制自己："我说了，到时候再看。"

"好吧，我现在要离开了吗？"

"我会和其他人说，你晚点还有个约会。"

"做点你不让做的事啊。"他示意衣帽间服务生过来，给了她一张有自己号码的小纸条。谁会为自己的公寓雇用一个服装管理员啊？"承认吧，我表现得很好，不是吗？"

她的笑容很真实："确实是的，谢谢你。"

服务生把外套递给他，他脑中突然一阵刺痛，看样子明天的头疼是跑不了了。"对了，你知道吗，从窗户那儿可以看到我们老房子的屋顶。"

"我知道。"她的目光在他的鞋子间徘徊，"你现在这样子还能开车吗？"

"当然，我只是有点累而已。"他再也没有兴趣管其他的问题。他走近她，轻吻她的脸颊、嘴唇，闭上眼睛，尽情去感受她的口红的芬芳，睁开眼，"顺便说一句祝贺。"

"你知道你在和我祝贺什么吗？"

傍晚早些时候他就已经知道了，只是现在他醉意蒙眬，想睡觉，还被满屋子的聒噪困扰，他心里的想法要克服重重困难才能到达嘴边。"不是很肯定，"他说道，"但是我——唉，算了。"原本他想克服自尊心，说出让他夜夜饱受煎熬的是什么，可话到了嘴边终究没有说下去。

杜郁夫就静静地站在窗旁，完全没有要动一动的迹象。

夏娃和卡普兰一起来到走廊。这个曾经带给他一个世界又使他失去一个世界的年轻大学生，这个喜欢把瓶塞放进红酒里的女人，她依旧让人感觉如此亲近。

离开公寓时他用手轻抚着房门的把手，但愿她没有看见吧。他回头，看见她正在向他飞吻。电梯的灯光亮得有些刺眼。最后一扇门。终于，他又感受到了想了一晚上的劲风。

4

头疼得更厉害了，卡普兰眨了眨潮湿的眼睛，红绿灯的光线对此时的他来说都有些过于刺眼。在通往他家的金科街那里他没有拐弯，他想尽可能地延长这个夜晚，香槟酒和杜郁夫到来的画面还在眼前闪现。

他深吸了一口气，把车往右转，往阿姆斯特丹西部深处开去。一路上左左右右地打着方向盘，他也不知道自己到底在哪儿，不过迷路的想法竟然使他有那么一点放松的感觉。

大约过了十分钟他放慢了车速。远处传来沙沙的响声，很轻微，听起来又不像是雨声，他想自己应该在水域附近。他注意到前方大概一百米处有一座自己从未见过的小桥。发现这座城市还有他不知道的秘密，这使他很高兴。这里的房屋看起来比他居住的地区要便宜，许多木牌上都写着"出售"两字，一些窗户上还挂了巴勒斯坦的旗帜。那里有一条摩托车道，很快一群年轻人回过头来看向他。

几分钟后，当他看到一栋窗户钉死的独立房屋时，依旧没有加速，而是以步行的速度继续开着车。屋子里的灯没有关，灯光穿过墙板后显得有些微弱。他环顾了一下四周，发现一个人也没有。

他把车开得更近一点。这是一座旧银行大楼吗？不对，它看起来更像是一所旧学校：砖块、平行的窗户、宽敞的入口。他并没有停下来，因为这栋房子让他想起了自己以前上过的中学。是房东收回了这栋楼吗？

那是什么声音——呼喊，号叫，犬吠？

雨水噼里啪啦地打在车上。他通过挡风玻璃往外看，可是几乎什么都看不到，雨实在是太大，雨刷完全不管用，橡胶密封条发出刺耳的声音。直到现在他才注意到房子周围有层层封锁的栅栏。他在第一圈栅栏前停下车，十米外还有一层封锁圈，在那后面停着两辆警车和三辆运送特警的车。

他从车上下来，仿佛这倾盆大雨对他来说不存在一样。

黑暗中传来声响。他用双手在嘴前围成喇叭状，有些不知所措地喊道："有人吗？"一辆警车的前灯亮了，一名身穿奇特深色制服的军官走下车来，用手电筒照向他。"你好，这里发生什么事了？"卡普兰问道，一边用手挡着手电筒的刺眼光芒。

"这里是私人地盘，你是谁？"

卡普兰转身走向自己的汽车，仿佛手电筒的光阻止了他一般。

"等等，你是哪位？"

没有丝毫犹豫，卡普兰直接坐到方向盘前，启动那辆还是和夏娃在一起的时候买的二手萨博900绝尘而去。

在他所在的小区有一家名叫维斯特里克的酒馆，他偶尔会上那儿去。找了半天之后，他在附近停了车，等了片刻，确认没有人在跟踪他。

推开酒馆的门，一股走了味的啤酒味迎面袭来。他在柜台边坐了下来，想要一条手帕，有人给他端来了新酿的杜松子酒①。也好！这样可以推迟宿醉到来的时间，还可以帮助他入睡。

现在他思考的首要问题就是：在还不知道对方是什么东西的情况下，有什么办法能看到它呢？

服务生过来放酒杯的时候盯着他看了几秒钟，这是他历来打招呼的方式。卡普兰利用这片刻时机，尽可能显得随意地打听附近那所空置的学校。服务生的目光还停留在他身上，手不自觉地去抓啤酒杯和一块拭布。他一边擦拭着那个杯子，一边问道："哪所学校？"

"河边上的那一所。"卡普兰回答。

"我知道，可是你说的是哪条河？这里可是阿姆斯特丹。"拭布在杯子上摩擦，发出了刺耳的响声。他走向另外一位客人。柜台的另一面传来一阵大笑。

卡普兰咽下一口酒。他咂了咂嘴。一种从未改变的味道，与他成长的岁月紧密相连。

一个女人坐到他身边。他进门时并没有注意到她，可能她当时是在放游戏机的那个昏暗角落里坐着吧。她叫什么名字来着？她是个记者，几年前因为她要写一篇关于学校的文章，他和她在

---

① 杜松子酒（Jenever），也称荷兰金酒、琴酒。——译注

一个酒馆里碰过两次面。那两个晚上他们喝酒、大笑，过得很愉快。这位记者女士很好奇，提出的问题总是让人惊讶，他在回答她的时候也总是毫无保留，比其他任何时候都要更真诚。那两天晚上他体现出他自身中自在、友好的一面。那篇文章后来反响并没有如他期望的那样好，但这也不能怪她。马艾可，她叫马艾可！今天晚上她穿的是跟当时一样的半高跟鞋。她的身上还是一样散发着烟草和香水的味道。要是她不打算让他主动找她攀谈，她又怎么会那么巧坐到他旁边来呢？

"你还是叫马艾可吧？"他问道。

她转向他，夸张地笑了，以表明她不必要只是微笑。"当然，我当然还是叫这个。你是叫亚伯，还是？亚伯……"

"卡普兰。"他总是对自己叫这个名字感到自豪。他第一次听到这个名字是在希区柯克的电影《西北偏北》里。1976 年的某段时间，这部影片在附近的一家电影院放了几周。亚伯想要像加里·格兰特一样，格兰特在剧中扮演罗杰·索荷，却一再被当作特工乔治·卡普兰。亚伯在电影院里拥有他最喜欢的位置，因为这个，没几周他就把几个月的零用钱都挥霍掉了。卡普兰这个名字在他这里具有了无法磨灭的意义，就好像它成了一个独立的概念，其内涵只有他才懂。没过多久这种吸引力逐渐减弱了，影院的外墙上出现了其他的宣传海报。直到他后来认识了夏娃，他才又想起了这个名字，就像一个密码被激活，这个带有神秘机遇的名字，拥有它就能过上非凡同时又隐姓埋名的生活。"我能请你喝一杯吗？"他问马艾可。

她的左嘴角扬起了一丝微笑："行啊，如果你还记得我喝什么的话。"

卡普兰叫来了服务生。他迟疑了片刻，不不不，他很肯定："请拿一杯白色的马蒂尼，而我就再来一杯杜松子酒吧。"他又转向马艾可，"你还在做记者？很忙吗？"有人马上过来斟了酒，把瓶子放好，这是有女士在场时的优待。"干杯。"

"干杯。"她拿出一支烟来，举起打火机向服务生的方向示意，好像在请求他的准许一样。一朵橘黄色的火苗，她的脸瞬间亮了起来，有一瞬间她的鼻侧又浮现了一些皱纹，当初也是她的这些皱纹吸引了他，他还能隐约看到一些血管。"做记者就是有事没事都要在岗。如今我是个自由职业人。这样我就有更多自主的时间了。"

自由职业——这可是众多时髦的委婉表达的一种，其实说的是那些或多或少失业的人罢了。"你知道那条河附近一所闲置的学校吗？"他想知道这一点。她疑惑地看着他。"我不久前路过那儿，"卡普兰补充道，"我在那听到了狗叫声，还有其他喊叫声，外面有哨兵还有围栏。还有一个警察穿着我从未见过的制服。整件事情让我很不舒服，同时也引起了我的注意。这是非常奇怪的。"他在说这些的时候，马艾可眼中闪过一丝光芒。那是一种对抢先报道轰动性新闻事件的贪婪，在记者身上他总是会发现这种令人反感的东西。她既没听到什么狗吠，也没听到什么喊叫，她只听到自己的手指在键盘上敲击的声音。

"那个学校具体在什么位置？"她问道。

他寻思了一下，决定还是多想想再说，于是慢条斯理地让第二杯酒咽下肚。"算了，忘了我刚说的吧。"

她抽了一大口烟，挑衅地吸进肚去，咬牙把烟按到烟灰缸里摁灭了。酒吧里的钟指向一点半。这意味着，他之前开车转悠了快一个小时。他当时试过重新规划一下自己的路线，但总是在原地打转。这个时间还意味着，在闹铃响之前，在他进入杜郁夫的学校之前，他只剩下六个小时的时间了。所有这些和着体内发酵的香槟酒，这个夜晚将会少不了头疼和迷惘。别担心，他对自己说，那个家伙此时已经回家了，再说夏娃也没有那么残酷。

卡普兰伸手去口袋里找钱。他觉得，今晚上是得不到什么消息了。

"我知道有人会有消息。"她突然说道，好像要向他坦白什么事似的。她抓着他的手，她手上的金戒指十分漂亮，看起来既不廉价，也不十分奢华。

"祝贺。"他不露声色地说道，"这对你可是件好事。"他转过身去，在马艾可的戒指上亲了一下。她向他倾过来，两个人亲了一下脸颊。卡普兰示意侍者来结账。

雨已经停了，路上的积水看起来很深。他打算白天再去搜索，这栋建筑似乎是一个不祥的预兆，它让他忽略掉即将到来的那场奇怪的会面——与那个政府官员杜郁夫的会面。一辆自行车孤零零地停在路边，他走过去关掉它的后灯。他抬起头，黑暗的天空给人一种心安的感觉。这个没完没了的傍晚总算是过去了。尽管有那些毫无收获的谈话以及几场不期而遇，但他还是感觉心里有什么东西在暗示着他：明天将会是个重要的日子。

5

学校大门上方悬挂着欢迎词，出自学校命名者伊本·伊萨克，很诗意的欢迎词，但卡普兰甚至连这个都没注意到。现在是9月的第二个星期，新学期的首个星期一。自行车库依旧空空如也。卡普兰不太喜欢走正门，他穿过自行车库走到一楼的门厅里。这里挂着学校的课程表，学生一天至少要跑到这里来看四次，每次都是人挤人。

卡普兰在门厅的自动售货机上买了一包酒胶糖，可能吃糖会让他更有精神一点。昨天晚上的事情在他脑子里只留下一些片段，一个人的脸、跟某人的交谈，还有一种不太一样的感觉，他现在也不知道这到底是不是真的。夏娃将目光从他身上移开时那冷酷的神情，穿红衣服的女孩，回家路上自己跟跄的身影，街边的路灯，这些他都还想得起来。卡普兰喃喃自语道，老了老了，早已经不胜酒力了。

胳膊下夹着他家门口楼梯上堆了好几天的信件，卡普兰穿过办公大楼右侧的袋形走廊，上班的时候看看信件，也算是打发时间了。他路过生物实验室，路过那两间从没人进去过的储藏室，到了自己的房间，这儿只属于他一个人。三年前，当他发现每个清洁工都能随意进出他房间的时候，他就自己把锁给换了。

通常情况下，每天的缺勤名单都放在他的信里。信箱上面亮着一盏红灯，灯的感应开关是他自己闲着无聊给装上去的。卡普兰把这些名单归入一般性行政文件中，学校暂时还没有足够的资金建立文件数字化管理系统。出于对学生的关心，卡普兰会亲自登记他们的成绩。有时他还会写信向校领导反映，说学生的成绩正在不断下滑。因为通常等到学校上级意识到这一问题的时候，为时已晚了。虽然这并不是什么振奋人心的工作，但是很自由，卡普兰所做的一切都是他真正想做的。他也很喜欢研究老师们的书写，比起别人对他的了解，他可以更多地了解别人，而这一点对他来说恰恰很有必要。

假期结束后的第一天，卡普兰收到了一封教育局寄来的公函，内容是正式任命杜郁夫为临时校长。他还收到了这位新校长的信，信中杜郁夫邀请全体教职工去他办公室参加一个"非正式的会谈"，目的是互相认识认识。本来卡普兰是不会接受这样的邀请的，但这一次他却不能拒绝，毕竟这是杜郁夫上任的第一天啊。

卡普兰顿感惆怅，他想起了前任校长，他是那样羞怯、那样友善，反倒不是很适合这样的工作。过去这八年来他至少安排了五次不必要的摩洛哥之行，大家发现了这一点之后，都指责他太无能、太虚伪，可对此也并没有十分了解他的人可以为他辩驳，后来他就灰溜溜地悄悄离职了。可是在卡普兰看来，前任校长过度的旅行费，尤其是他那蹩脚的骗局却成了他吸引人的地方。

卡普兰用力咬开酒胶糖的包装袋。前任校长和卡普兰差不多是同一时间开始在这所学校任职的。在处理校园霸凌事件的时候，只有他因为卡普兰提出了解决方案而表示感谢，要不然这事看起来就像没人在乎一样。前校长离开了，卡普兰留了下来，还步入了一个新的年龄段，可不管什么时候他将都只是属于这个地方最外围的人，直到死也进不到圈子里去。

卡普兰打开房门，屋里一股霉味扑面而来，他却无动于衷。窗户里只能射进一束阳光。房间长约四米，宽约三米，书桌紧靠较长的一侧墙放着，另一堵墙边立着一个大柜子，里面堆满了文件，这些文件记录了近十年来学生的情况。

房间里很安全，这里很安静。

他把手表放在书桌上，仔细盯着表盘，注意着下课时间，然后他就可以把这个休息时间划掉。他跟别人不一样，他不关心其他时间。他的头不那么痛了，但是开始觉得很疲乏。还有差不多二十分钟学生就会过来了，准确地说是离第一次响铃还有二十五分钟。

这些年，卡普兰也和一些学生建立了联系，尽管可能是单方面的联系。与那些来自普通班却能以优异成绩通过毕业考试的学生告别，对他来说尤其困难，哪怕他与其中大部分学生从未曾说过一句话。卡普兰天生对于麻烦事就没什么耐心，这一点也可能是源自他的学生时代。那时候，他的同学们往往都觉得他很安静，要是他们不怎么宽容的话，就会觉得他这个人实在是挺古怪的。父亲的死更是让卡普兰与别人渐行渐远。那个时候还没有人知道"霸凌"这个词。

卡普兰拆了一封信，里面是一张请帖，邀请他一起去取"解梦书"。弄清楚这是荷兰人民送给新国王①的礼物后，他顿时兴趣全无。过了一会儿他想起来，在夏娃的派对上他计划了一些事

---

① 2013 年荷兰女王贝娅特丽克丝退位，其长子亚历山大王子继承王位。——译注

情，他努力回忆自己昨天的想法，啊！合同！卡普兰顿时就不觉得累了。他马上清醒过来，凝神到这件事上。他把手伸到两个厚厚的红色文件夹之间，摸了好一会儿才摸到自己要找的东西。他小心翼翼地从文件夹中间抽出一张白纸，就好像是在战争年代使用假护照一样小心，然后把它放在桌子上。白纸正中间写着：亚伯·卡普兰。是他的第一份合约，签于2004年，和夏娃分开后才几个月，离提奥·梵高①遇刺身亡也才过去了几个星期。这令人迷惘的时代啊！这混乱的时代啊！因为对盲目的复仇情绪感到恐惧，学校里好些员工都辞职不干了。一周之内有两名历史老师带着家人搬回了摩洛哥。那时卡普兰疲倦而沮丧地读着报纸上的通告。他虽然看起来并不像是个中东人，但他眼窝深陷，脸颊瘦削，至少人们不会认为他是荷兰人仇外一族的代表。他大学读的是历史学，他觉得自己做什么都是出于好意。或许他可以去鼓励别人，或者跟那些敏感的人讲一讲历史的荒诞美，以此获得新的干劲；也可能教孩子们学点知识，或者让他们更好地了解生活，谁知道呢？

　　早在参加面试的时候卡普兰就很清楚，学校非常想聘用他。谨慎起见，他隐瞒了十一年前用的这个姓，而是吞吞吐吐地报了自己的父姓。他有一张大学毕业文凭，荷兰语说得不错，特别是跟之前那胡子拉碴的老校长比起来，堪称完美了，他可不会像老校长一样把元音全发成"欧"。卡普兰得到了工作合同，他签了字，填上公寓的地址，那是他前一周刚找到的住处。

---

①　提奥·梵高（Theo van Gogh），1957年生于海牙，荷兰电影导演。2004年11月2日遇刺身亡。——译注

唯一的问题是这条界线，这条因宗教信仰而起的界线。

他还清楚地记得那冰冷的水。在终于处理完各机构七七八八的官僚化的手续之后，他和夏娃手牵手到当地的犹太教堂登记。他已经信奉了犹太教。夏娃的母亲，这位因她从未改变的瘦弱身躯而被昵称为"小琳"的女人，其实姓斯瓦特，这些传统及其讲述经由她传承到她女儿身上。

她坚信，夏娃和一个犹太人结了婚。这个家庭虽然曾经思想进步，但现在也不再那么开明了。卡普兰没有什么可损失的，要是观察更准确一点，甚至可以说他将会得到很多收获。犹太人无所不能，他们能为所有的轻盈配以历史重量的维度，同时也使所有沉重以一种讽刺的、相对轻盈的方式变得可以忍受，这一点他无论如何得学会。他的父母给他取名亚伯，这个名字源自他们在那个被称作"幽暗年代"里认识的某个人。事后他把这解释为一个征兆。

当然首先他必须研习犹太教。不过读书和学习对他来说从不是问题。当他站在拉比①面前的时候，他叹息，担心自己知道得太少了，对此拉比的回答是："人们一直都所知不多。"在他婚礼之前一年，大家就觉得他已经做好了准备去拜访米克威，米克威是一个精神净化池，在汉泽斯达特街②的地底下一个专门为此打造的人工水池中。他已经举行了割礼，当时他还坚持亲手把这一小块皮肤埋到树林里。

他镇定地走下去，潜入水中。三个拉比在一旁观望，他迄今

---

① 拉比（Rabbiner），犹太教经师。——译注
② 汉泽斯达特（Heinzestraat）街是荷兰阿姆斯特丹的一条街道。——译注

为止的全部生活都随水飘逝，卡普兰经历了一次真正的重生。

　　然而他总是与不朽者保持着某种距离。相对于他自己，"他"的话好像总是对他身边的人有更多的意义。时不时地有人窃窃私语，说卡普兰永远不会真正地理解这些，从来不能彻彻底底地理解。卡普兰对此并不在意。他是一个友好的局外人，除了在妻子身边之外，在其他任何地方他都觉得不合适。而且他以自己的方式相信不朽者，完完全全地。他相信在"他"的名字中所阐释出来的历史。信仰对每个人来说各不相同，而且只有对很少一部分人它才独立起作用。他自己在"古以色列人"这一词的原始意义①中找到了和平：与不朽者较劲。

　　当犹太教的世界再次对他关上大门，当这个不朽者要从他的生命中消失时，卡普兰也不再遵守大部分习俗和规章。他再也没有去过犹太教堂的教学室，那是夏娃常去的地方。然而回到米克威之前的时光是不可能的了。他加入了一个团体，也就明确地把所有其他团体都排除在外了。这是犹太教最具吸引力的方面之一：一旦一个人归属了犹太教，那他至死都是犹太教徒。

　　面对这位给他提供合约想要雇用他的校长而要否定自己的宗教信仰，这真是太难了。他这个天生的局外人，成功地进入犹太教堂并受到了欢迎。在他受诅咒而终结的婚姻中，这是唯一一件值得他满怀骄傲地去回忆的事。

　　分界线。……犹太人和无神论者。

　　也许他能根据学校的法规写一些教区之外的东西，但这在学

---

　　①　以色列人的原始意义指"与神角力者"。——译注

校和该教区是不会被接受的。他还没有做这件事，以后也不会。或许这原本就意味着，他没有理由真正去犯这种可能马上就会犯的错误。像这种九年后如杜郁夫一样的人被任命为校长的事，在当时是不敢想象的。

他需要一份工作，他不会拒绝依靠自己的能力赚钱的事。他望着前方发呆，目光涣散。为什么他要忠于那些愿意离开他的人呢？

于是他做了这件事。他隐瞒了那个团体的事，那个庇护他、扶持他的团体。然后他感到全身所承受的巨大压力拉着他向下坠。他内心被一种感觉充斥，就好像在望向深渊的无尽虚空一样。逃走，还是跳下去，没有其他的选择。

校长一直注视着他，目光严肃又充满希冀——快，签名吧，我们需要你。卡普兰把笔放在纸上。做出一个没有把握的决定，真的那么容易吗？真的只需要动一动手指就行了吗？

当他带着愧疚写下自己的名字时，他找到了一个能形容他此刻心境的词：背叛。就在这一刻，在他签字的这个可怕时刻，在笔尖和纸张摩擦的沙沙声中，他突然意识到了这一点。也是在这个时候，他永远背离了犹太教。在这些围墙之内，亚伯·卡普兰将成为一位别的教徒。他是一个犹太教徒，但他已投向别的宗教，他成了一个异教徒，一个背叛者。他仍然遵循的几条诫命当场就失去了意义。

作为历史老师的卡普兰只坚持了几个星期。

这并不只是因为他不喜欢这份工作，即便这是他自己对此做出的解释。这份工作也不能使学生和其他老师满意。卡普兰是唯一会说荷兰语的，这使他成为一个例外。但是他无法用即兴译文，或多多少少有点合适的经典引文来点缀自己的生活。

短短几个星期之内他就已经同所有人疏离开来了。他选择住在走廊尽头的小房间里，他要在这里看管学生。如果有必要的话他也乐意作为一名历史老师帮帮忙，但实际上还从来没有出现过这种必要的情况。他成了一名行政人员，一个咨询处，学生遇到问题后会过来找他。只有少数几个学生找过他，这一点可以看成是好迹象，说明学生可能没有这种需求。他把自己的工资存了起来，这份工资跟他一样受到了某种永远有效的法律条文的保护。尽管每个月钱到账的时候，他看着这些数额既高兴又轻松，但他仍还是会感到一阵战栗，这是那个可耻的时刻留下的后遗症。

当前任校长离开、最后一个证人也消失后，卡普兰曾经的欺骗行为的最后一个证据就在他自己手上了。这是一张表格。他试图从自己的笔迹中找到恐慌和后悔的痕迹，但是没有发现任何明显的迹象。他从来都没有想过撕碎这个文件，这对他回忆过去那个怯懦的自己来说太重要了。于是他又小心翼翼地把它推回了文件夹中去。

窗户大开，数百名学生的汗臭味飘散在空气中。卡普兰站在人群的最后面。新上任的校长走进拥挤的礼堂，踏上讲台。他订制的西装外套上纽扣之讲究、步伐之自信、挥手致意时姿态之优雅，好像每一个动作都事先排练过一样。

也许卡普兰必须给这个人一个机会，因为夏娃的缘故。他大声地鼓掌，结果周围的人都惊讶地转过身来看他，然后也随之一起鼓掌。新校长还没有说任何话，老师们就都对他寄予了信任，甚至连学生也一样。杜郁夫从架子上拿起麦克风。卡普兰所看到的东西，其他人没有看到吗？

"欢迎大家的到来，"新校长开始了他的讲话，"非常感谢各位的热情欢迎，我也不怕说出来让大家见笑，这虽然只是我当校长的第一天，但是你们让我有回家的感觉。"

卡普兰的指尖一片冰凉。

"我对于信仰上的争端并不感兴趣，"他继续说道，"我只对你们感兴趣。我不会过于关注上课的内容，而只关心教学的总体质量。现如今，作为教师的我们面临着一个巨大的挑战，那就是，我们如何先教育好我们自己，从而有能力让你们更好地学习。"

他慷慨激昂地演说了很久，甚至用肢体动作来强调每句话的重要性。卡普兰周围的人都在赞同地点头。

快结束时校长说道："最重要的是，现在的我们要如何规划自己的未来。请大家相信我！我的雄心和毅力是毋庸置疑的。我放弃了我的政府职务，就是为了能站在这里。我将和大家一起完成这场冒险。谢谢大家！"

台下掌声如雷动，听起来就像是一场疾风骤雨。此时却没有人注意到，卡普兰独自走向了他的小房间。

令他满意的是，新校长走马上任的第一天缺席的人数也并没有减少。卡普兰在做统计的时候，校长的话再次响起，就像贴着他耳语一样，字字句句都清晰可闻。铃声响起，第五节课完了，整栋楼都开始回荡起脚步声。

　　他把前三节课缺席学生的姓名写在了一张额外的红色纸条上，他会把纸条投进校长的信箱。他的目光追随着写字的那只手，就好像这些手指不属于他一样。在还和夏娃一起的那些年里，他经历过很多幸福的时刻。夏娃说他每次感觉到幸福的时候就会害怕遭报应。但即使这样他还是感觉到了幸福。这些思绪分散了他的注意力，以至于他最后写的东西比原先预想的要少。

　　他握铅笔的手顿住了，脉搏越来越快，一个身着红裙的女人在他内在的眼里翩翩起舞。她当时提的问题是有道理的，他必须重新开始动笔了。《这一本书》可以使卡普兰重新定义自己，而不再像以前一样，是一个把自己的生活往后推，面对竞争者就放弃的人，这不是他本来的面目。他必须现在就着手这件事，真真切切地现在就开始。

　　透过一楼的窗户，他看到最后一批学生去推他们的自行车。停车场正中间停着一辆黑色的跑车，卡普兰不想费脑筋猜测这车是谁的。窗户角落里堆了很多垃圾：死苍蝇、胶水瓶、树叶、鸽子的粪便。夏天的时候没有人会费心去喊擦窗工人。才不过新学年的第一天，这栋楼就显得毫无生气。他屏息静气，一动不动地站在杜郁夫的门前。过了一会儿，他把纸片投进信箱，匆忙地离开了。

　　回到自己的房间，正准备锁上门的时候，卡普兰听到了一些奇怪的声音，是不断的喘气以及啜泣声。他不由得竖起了耳朵。

　　他就站在那里，是一个大约十二岁的男孩。毫无疑问，这是一个五六年级的学生，这一点通过靠在他脚边的书包也看得出来。书包里塞满了书，看起来很怪异，这包对他尚且稚嫩的肩膀来说实在是太重了。男孩背靠着过道里唯一的一根柱子，不住地啜泣。他后面没有其他学生，也听不见任何叫喊吵闹声。尽管如此卡普兰还是很确定，这个男孩是在躲避什么。卡普兰在安静的走廊里静静地等着，直到男孩的喘气声逐渐均匀下来。

突然，从卡普兰的房间里传来一声巨响。男孩吓一跳，他费力地把书包抢到背上，逃走了。卡普兰追了上去，不过追了几步之后就放弃了，他的右手还僵在半空中。

他拾起掉落的文件夹，轻轻掸了掸，重新放进柜子里。过去的这些年里还从未发生过名单掉到地上这种事情。

6

他的公寓是他一个人的世界：一台算得上时髦的笔记本电脑，一个结实的可以在上面工作的餐桌，足够轮流用一周的瓶子，一个外形像太阳的金属莲蓬头，窗台角落成堆的报纸，还有每天爬到后面墙上的阳光，从东边又挪到西边。卡普兰拾级而上，瞥了一眼邻居的信箱，上面堆满了各种广告，有卖彩票的，有擦窗工人的，还有算命女巫的。

公寓坐落在一个他当时认为还算便宜的城区。这个用他历史研究的行话来说叫作"推动因素"。而"推动因素"，现在看来毫无疑问肯定是夏娃。开始是她推动他往前，后来却又把他从身边推开。她上升的地方正是他埋葬自己的地方，在那里他不断地刨起泥土覆盖到自己身上。他想象着这个被泥土淹没的男人，终有一天再没有人能看见他。那一天终究会到来。

他住在运河边上，这条运河毗邻通往市中心并贯穿南北的金科街，每天有好几十辆救护车从这条街道开往圣马丁·卢卡斯·安德鲁医院。运河的水整年都会滋生蚊虫，只是或多或少的问题。他从前的那些邻居，在阳光灿烂的日子里把他们的躺椅搬到人行道上，在胸前放上铝箔制成的反光板，以便获得尽可能多的阳光。这样的邻居卡普兰再也没有了。

卡普兰用已经有些磨损的钥匙打开门，把为数不多的一点东西放在餐具柜里，并制订了一个烹饪时间表，他打算严格遵守这个时间表。烹饪只有在全神贯注并且进展顺利的情况下才能给他带来慰藉。他小心地撕开包装袋，准备好一个西红柿切成片。他把鸡肝放在平底锅里，旺火烧得浸在油里的鸡肝发出嗞嗞声。他努力不去想其他的事情，让自己专注于菜刀落到砧板上的声音，专注于鸡肝发出的嗞嗞声。但是一旦他的注意力涣散，他就会想起那个男孩。那个目光呆滞的男孩，脸上满是恐惧，这反而让他显出一种独特的庄严感。

卡普兰拿着平底锅走进客厅，没有用垫子，直接把它放到桌上。他在银烛台里重新插了一支蜡烛，这个烛台是他父母留给他的少数几笔遗产之一。他在笔记本电脑上查看他所在城区的卫星图，但任何地方都找不到一栋与他记忆相符的建筑。

他决定给朱迪思打电话，她肯定比他更了解这个城区。有时他都担心，要是自己长时间没有和她通话，她的声音就会消失。朱迪思·斯托恩，三十五岁左右；水壶，不是电水壶；CRT 显像管电视，不是等离子电视；诺基亚；HEMA 内衣，但也可能是大卫杜夫，放在波尔多红的盒子里。她可能是神秘的，但同时又不会显得矫揉造作。她吸烟时显得多么温柔，偶尔清清嗓子时又显得多么优雅。她在附近的犹太教堂工作，这是一个进步的犹太教堂，骑自行车十分钟就到了。在结束了与一个异教徒称得上是灾难的婚姻之后——如她所说，他的手比他的眼睛还要轻浮——为了回馈这个让她越来越感到安全的地方，她留在了这座教堂里。在家里她只是当时的那个她，而在教堂里，如果她的生活是另外一个样子，在教堂里她会是那个原本可以成为的人。这是教堂分配工作的人讲的，如果他没记错的话。

多年前，一个风格可疑的抽象派画家举办了一个艺术展览会，就是在那个开幕日卡普兰认识了朱迪思。那个时候他还和夏娃在一起。朱迪思立刻就引起了他的注意——穿着日常的普通衣服，眼神深邃。

他们当时并没有马上开始暧昧，虽然卡普兰立刻就感觉到这一点应该是可行的。朱迪思目光懒散，事实证明，她对伍迪·艾伦①的了解比夏娃要多得多，此外，她还是黛安·基顿②的忠实粉丝。汤达拉代③。他们互相吸引，在画廊的角落里进行了一场坦

---

① 伍迪·艾伦（Woody Allen，1935— ），美国著名电影导演，生于一个穷苦的犹太人家庭。其代表作有《卡珊德拉之梦》《午夜巴塞罗那》《午夜巴黎》等。——译注

② 黛安·基顿（Diane Keaton，1945— ），美国电影演员、导演、制作人，第 50 届奥斯卡最佳女主角奖。其代表作有《教父》《赤色分子》。——译注

③ 汤达拉代（Tandaradei），拟声词，模拟夜莺的声音，表达轻快的情绪。——译注

诚而真实的谈话。没有任何隐瞒，老实说，这种情况只会在这一个晚上有效。他们发现彼此的婚姻有点类似，首先是向上走，然后走下坡路。当听到对方故事的那一刻，他们才理解了自己的故事。两人的家里都进了暴风雨。他们陷入沉默，后来她握了握他的手，走了。最严重的不忠是一个人从不越轨，在等待夏娃的时候，卡普兰意识到这一点。

当他们两个人先前的生活都陷入委顿的时候，他们互相探寻对方，就像狗嗅出对方的气味一样。在床上，这种确信让朱迪思感到有些害怕，它有点太真实了，他们一致认为两个人发展得"太快"了。

他们中断了很长一段时间，这段时期他们虽然有几次短暂的、不太令人满意的幽会，但主要还是独自待着。最近几个月卡普兰和她又开始定期一起睡觉，不过他们都没有约定彼此不能和别人发生关系。他们俩在一起的第二阶段感觉跟第一阶段不一样，朱迪思似乎变得更加宽容了，也或许是更加清醒了。她知道夏娃的存在，虽然并不是很清楚夏娃与卡普兰之间的种种。对他的工作也是如此，她知道卡普兰在一所学校上班，但他从来没敢提那是一个什么类型的学校。她不再跟从前一样提很多问题，这一点很合卡普兰的心意。

卡普兰拿起他用了很久的诺基亚，找到朱迪思的"朱"。

从表面上看，朱迪思和夏娃有相当多的共同点，其中最重要的一点是她们的犹太人特性。但卡普兰最先注意到的是她们的区别。

他游移不定，在手机屏幕上翻到"夏"，又继续往下翻到"朱"。

　　她们两人在年龄上的差别很显著。对朱迪思来说，皱纹只是一个例外，是一个可爱的瑕疵。在夏娃这里，皱纹也是属于她脸上的一部分，就像静物画上细如发丝的裂纹，所以夏娃会极力掩饰她的年龄。令卡普兰烦扰的不是夏娃不可阻挡的衰老，而是她对衰老过程的坚决否定。

　　卡普兰不知道，为什么像朱迪思这样比较年轻的女人会对他有兴趣，或许她只是出于对其他男人的失望。不过他并没有为此而苦恼。朱迪思为他提供了了解某种生活的可能性，他曾经认为自己错过了的那种生活，一种由吵闹的周日早晨、由特价的精选葡萄酒组成的生活。或许他必须付出更多的努力才能表达他的感激之情。他们最后一次见面的时候，大约是一个月前，她套着他的衬衫走来走去。有人在他这里获得安全感，这已经是很久以前的事情了。卡普兰猛地想到，或许他当时应该把这件衬衫送给她的，但现在再送的话为时已晚。

　　虽然他们并没有定期见面，但他还是有理由认为，在失败的婚姻中一直受到伤害的她，从未与除他之外的人来往过；他自己也可以被称作是忠诚的，不过这一点可能是最不重要的。他拨通电话，放出外音，听到铃声响起。夕阳西下，过往车辆的尾灯在细雨中闪烁。

　　手机铃声第四次响起的时候，她接了电话。"亚伯，"她说，"等一下，我去外面，在一个朋友家。"她低声向朋友道歉，听不清她具体怎么说的。

　　卡普兰永远不知道什么时候可以给她打电话，也不确定应该隔多久再见面。她用一根绳子把双方连接起来，松散地绕在手腕上，有时候你必须拉一拉它，以免与对方失去联系。"我打扰到你了吗？"他问。

朱迪思说："告诉我，发生了什么事？"

卡普兰告诉她："今天是开学的第一天，我看到一个很奇怪的男孩，我觉得他被人愚弄了。实际上，我对此很确定。"

"别人做了什么伤害他的事吗？"朱迪思从来不必假装同情，这是她最美好的性格特质。这个朱迪思，她确实是一个特别的人，应该要有人告诉她这一点。

"我不知道，但他的眼睛透着恐惧，看得出来他很害怕，我觉得他需要帮助。"

"好吧，那你之后做了什么呢？"

卡普兰讲述他当时如何看到男孩，如何悄悄倾听动静，对那个孩子感到同情，还有一丝不安。不管他在男孩充满恐惧的脸上看到的是什么，它都有某些崇高的东西，某些突破了一切的东西。"我想帮助他，但是他跑掉了。"

片刻的沉默。朱迪思说："啊，我没什么要说的。但是……你为什么要和我说这些呢？"

"你怎么看这件事？"

"亚伯，我们已经好几周没说过话了，你就这样给我打电话讲你这一天的事，这已经有点让人觉得奇怪了。"

这些话起了作用。她是对的。"但是我想，我们必须要从哪里开始吧？"他听到她在电话那头笑了，非常细微的咻咻的笑声。

"明天再跟我讲这个事情，好吗？"

她对他太好了，她太善良、太宽容了，亚伯都担心她说的不会算数。"在你家？"他问。

"是的，九点钟。之后我们先吃点东西，我是说一起。"

现在他们躺在床上，精疲力竭，他喘着粗气。近年来性爱作为一种理念变得越来越重要，几乎每天他都在渴望性爱，不是因为他的性欲比以前强烈了，而是因为只有在性爱的时候，他才能在某种程度上摆脱自我。

快感过后的空虚转瞬即逝，他慢慢回到现实，又回顾起自己的思维方式，回顾他的生活，回顾他过去的二十四小时。在见了杜郁夫之后的第二天，尽管不是他所愿，他还是不由自主地在那个人身上浪费了不少心思：他们两个就在同一栋楼里，这个想法就像是诅咒一样压在他的身上。不过，他不时地坐在那张按他体形做的椅子里，期待见到朱迪思，期待和她之间亲密的性爱。那个男孩子他一整天都没见到。

九点整卡普兰就已经准时到达她的家门口。他们一言不发，直接走进了卧室。他们俩的身体配合得不够协调，不过这不重要，欲望和激情掩盖了不完美——他们已经有数周没有触摸到对方身体了。她的乳房小而平坦，深色的乳头。在她的身体里，被她的温暖包围，他仿佛感觉到了整个世界，多么美妙，就像被蛊惑了一样。

卡普兰突然想在性事后谈一点轻松的话题，于是说道："你知道吗，我总是非常嫉妒那些女人。嫉妒女人。"

她转过身来面对他，带着蒙眬睡意："为什么？"

他盯着那个血红色的衣柜。这个柜子是中国制造的，她曾向他提及过。至于现在他觉得这个柜子是漂亮还是丑陋，他原本可以不用说出来，他只知道夏娃是绝不会买这种柜子的。"因为你们可以让人从后面进入身体，这听起来有点奇怪，但你们可以做到这一点。要是我想这么干，会被人认为是半个男同性恋。"

她睁开眼睛，盯着天花板。一股迟来的极度舒服的战栗掠过她的腹部。"你也想要这样做吗？"

"老实说，我觉得那很可怕。"他沉默了片刻，"另一方面我又觉得，几乎不存在如此自由的事，我是指在抽象的意义上。在我看来这是专注于感受的最强硬的方式，不会被另一个人的脸和熟悉的目光所影响而分散注意力。为了专注于自己性的满足。你理解吗？"

"被人从后面干，这并不是很抽象。那么你也想这样从后面插我吗？"突然把话题转到了个人身上，这种转换似乎是女人的专利，而且也使话题升级。"因为这样就不那么亲密？"她继续发问道。她站起身来，往屁股上裹了一条毛巾，在头发上别了个发卡。

"我做爱像那些害怕亲密的人吗？"这是一个直截了当的问题。

"不，"她回答，"你做爱就像那些完全忘记什么是亲密的人。"她的话在房子里回荡。"但是这并不糟糕，"她补充道，"这一点我很清楚。"

桌子上已经准备好华丽的法国风装饰的盘子，她拿起盘子放进微波炉，接着戴上手套又把它拿出来。她去取饮料的时候，卡普兰从自己的盘子里扒拉了一些豆子到她的盘子里，他知道她喜欢什么。

"昨天你打算跟我说什么来着？"她碾碎了半个马铃薯，夹进加热过的面包里，"关于一个男孩？"

"其实还有其他的事。你是不是就是这个城区的？"红酒很香醇，卡普兰原本比她喝得快，他打算克制一点，慢慢喝。

她用面包蘸了点酱汁说："我出生在倍特劳德①。"

"但是你在西边这里已经住了很长时间了。"具体地说，她住在靠近市中心的地方，在阿尔斯特－赫尔姆斯街道 208 号第三户，在一间公寓里，这里总是充满生活的气息，这里曾经一度是共用的：有两个喷嘴的咖啡机，有两个花洒头的淋浴装置。那个异教徒——她大多数情况下称之为"王八蛋"——打了她，因此他必须得搬出去。

"你还想知道些什么？名胜古迹？猫途鹰②网站介绍的友好的当地人？"她喝了一大口饮料，额头发际线边上有汗珠在闪闪发亮。

"最近我在回家的路上发现了一栋很奇怪的建筑，我之前完全没见过，它好像突然就出现在那里。应该就在从市中心去我家的路上，它附近应该有河，还有一座桥。我查看了卫星图像，却找不到它。"

---

① 倍特劳德（Buitenveldert），荷兰阿姆斯特丹的一个现代犹太社区。——编注

② 猫途鹰（TripAdvisor），全球领先的旅游网站，收录逾 5 亿条全球旅行者的点评和建议，覆盖超过 190 个国家的 700 万个酒店、餐厅和景点，并提供丰富的旅行规划和预订功能。（见官网介绍）——译注

"你是说，你查了谷歌地图？"她问道。他点头，严格很适合她。"半座城市都跟你的描述相符。"她说。他一下子觉得吃东西都没胃口了。"不管怎样，"她继续说道，"那座房子有什么特别的？"

"我有印象，那里面有人。我的第一想法是，里面是房屋的主人。但是那里有警察、封锁栏和警犬。我听到了尖叫。"孩子们！他突然恍然大悟，尖叫声是孩子们发出来的。"我觉得他们被囚禁了。"学校走廊里那个男孩子的形象，脸色苍白、匆忙跑过的那个男孩。"他们不允许我靠近，一个警察甚至吓唬我、赶我走。你为何这么奇怪地看着我？你不相信，觉得这一切都是我纯粹想象出来的？"

"你为什么一定要靠近那里？这整个事情听起来让人觉得，那里不像是一个令人愉快的地方。"

"要是那里没有封锁栏，我没听到狗叫声，可能我就直接开车走了。"

她送往嘴里的叉子停在半路："这是我们 21 世纪最大的问题之一。人们不想被打扰，但他们隔离自己的企图反而只是引起好奇和嫉妒，后果就是，他们不断受到烦扰。"

"不是每种冲突都是巴以冲突的缩小版。"他说。这时回忆的浪潮突然向他袭来。赎罪节①，1996 年，他和夏娃结婚刚好三年，他们毫不费力就能遵守这一天的各项习俗和禁忌。那天他们穿的

---

① 赎罪节（Jom Kippur），犹太历每年七月十日举行，犹太人每年最神圣的日子，是全国民众一年之罪的救赎仪式，这一天也是一年一度的斋戒日，当日会众全日禁食和祈祷。——译注

白衣服看起来轻飘飘的。他们去犹太教堂听人讲先知约拿的事。约拿曾试图逃避对不朽者的义务，却发现自己的努力是徒劳的，最终他彻悟了。他们在那里坐到天黑，因禁食有点头晕目眩，诵读祈文的声音让人有点昏昏欲睡了。赎罪日这一天每一个罪孽都要受到良心的谴责。回顾过往，卡普兰唯一的罪过就是相信这样的生活是应得的。1996 年的那一天，赎罪日的最后，逝者重回生者的回忆中。邻居们都聚在夏娃的哥哥家，悼念犹太人大屠杀的遇难者，这是他们的习俗。先是幸存者的讲述，接着是作为牺牲品的第二代人，二者之间是静默阶段，这个时候夏娃和他不时交换眼神，既轻快又紧张，好像他们在眼神中隐藏了一些不为人知的秘密，没有人会去揭露它们。他后来才意识到，最让他感到苦恼的是，他与夏娃渐渐不再亲密，就像一条河流在逐渐干涸。他们经历了很多次终结，最糟糕的时刻是，他醒悟过来并察觉到，再没有一件事像它原本应该像的样子。到处都干涸了。

"你太了解我了，亚伯·卡普兰。"她嘴里一边嚼着东西，一边用餐叉指着他，微笑着，朝他眨巴眼睛。没有火力，因为她年纪太大不适合做这样的姿势。她有一次给他看过一张照片，照片上的她看上去只有十六岁，梦中情人般的女孩，带着孩子气的卷发。她拥有一种美，这种美只有以后在生活中才会被注意到。

"这一切就是很奇怪。"他换了一句话来表达他的印象，试图重新体现他之前所说内容的紧迫性，"真令人不安。我想把这一切都忘掉，但它让我不得安宁。那里发生的事肯定有什么不对劲。与某些东西相矛盾，某些根本的东西。"

"在你看来所有东西都是根本的。你有没有试过徒步重新走那条路线？"

"没成功。"

"你醉了吗？"

"没醉，没完全醉。"听到这话，她就知道，他虽然没醉，但也有些微醺了。这也意味着，她可能知道他与夏娃见面了。"但我脑袋确实不是很清醒。"他总结道，"主要是累的。"

她吃了盘子里剩下的蔬菜，还有一块面包没动。"我看不出来，那个被欺负的男孩子和那栋大楼有什么关系。"

他端详着她的脸。等了大概两分钟后她也没有听到他的回答。

浴室里他给她刷牙，按摩颈背。她笑了。他问她知不知道，他与她……最后一刻她用手指按住他的嘴唇。

他们上床，互道晚安。

他这一天最后的意识：喊叫声，狗吠，男孩的眼睛——他们是同一场灾难的不同表现形式。

7

"三振已满，请君出局。"① 这个家伙从哪里弄到这个的？

卡普兰把杜郁夫发的内部备忘录来来回回读了四五遍。校长宣布了一个新的条例，这个条例基于在阿姆斯特丹部分学校试用的三振出局原则：如果一个学生三次缺席超过一小时而不请假，

---

① 出自棒球运动的"三振出局"法则。也指连续三次犯了同样的错误就得受到惩罚。——译注

则自动不许参加下次考试，或者更严重——被学校开除。

为什么杜郁夫不屑于向他，卡普兰，学校的良心寻求建议？这真的很费劲吗？

为了不必离开他的小房间，两天前卡普兰就开始做准备，他戴了耳塞，尽可能少听声音，尽可能不被人看见。但是刺耳的铃声让人无处逃遁，铃声过后接着就是走廊里的喧嚣声。他集中注意力在一张红色纸条上写下三个悦耳的名字，像写书法那样写完这些字，然后就凝视着屋顶角落里那些开始风化的石头发呆。不幸的是，乍一看杜郁夫的新体制还是起作用了：他发现学生的旷课时间略有下降。像往常一样，字母 A 和 O 最常出现在犯错学生的名字里。

弯下腰写这些数字和名字的时候，卡普兰可以想象自己是个历史学家，尽管只是短短的一瞬。事实上按照学位证上的信息来说他也的确是的。他十八岁的时候，历史的天地对他来说似乎是那么吸引人，那么广阔！历史架起了一座通往过去的桥梁，过去对他来说是一堆昏暗而混乱的事件和脸庞。上大学的时候，他看见了这座桥，勇敢地踏了上去，那时他觉得再没有什么是不可理解、不可触及的了。而且在那些孤寂的时刻他时不时写下一首还不错的诗歌。

有那么几个月，他一直在严肃地思考攻读博士学位的事情。以前还在读小学的时候他写过一篇关于二战的报告，还不假思索地画上了长方形的小胡子。当时有些老师认为二战对他的这种吸引力令人担忧，但是当他在大教室做报告的时候，这种吸引力被看作是一种自然的驱动力，而这种力量是每个历史学家都必须拥有的。他长时间的谨慎地研究历史，就像一个绝不想犯错的人。

大学的最后一年他与未来的博士生导师闹翻了，因为导师觉得他写得太虚了，他应该更多以事实做依据，而不是靠直觉。脚注成了锁链，表格成了囚牢。他放弃了博士学位。幸好当时有夏娃。她教会他，只有勇敢的人才敢于修正自己的目标。多亏她，这个世界才不会显得那么匆匆忙忙，世界在他眼前安定下来。

第一次被允许见夏娃的家人是在符合犹太教规的萨尔梅尔三明治店。那次集会只有一个主题：战争。所有人都缄默不言。三明治端上来了，家庭成员们开始说话，寂静的气氛被打破了。卡普兰静静听。往事把他带回父母的家，不过这次他不再孤单。他感到了与他们一样的悲伤，没有人可以嘲笑这种悲伤，也没有人可以反驳它，它是真实的，也会永远保持真实。

1992 年他完成了学业。这一年，一个卡普兰从来都不怎么喜欢的美国政治学家——弗朗西斯·福山①自满地发布了"历史终结"论。凭感觉来说，卡普兰是同意这种观点的，通往历史的桥梁被火焰吞噬了。卡普兰现在也成了一名历史学家，而现在的历史学家已经不再是他一开始想成为的那种了。站在校门口马路边上的人行道上，站在那些年轻毕业生中间，他突然不知道为什么当初学了历史。是当时没有更好的选择吗？他双臂环住岳父送的黑色皮革公文包，等着和夏娃单独相处。

---

① 弗朗西斯·福山（Francis Fukuyama，1952— ），日裔美籍学者，政治学家，曾任美国国务院思想库政策企划局副局长。他因《历史之终结与最后一人》一举成名，后有著作《后人类未来——基因工程的人性浩劫》《跨越断层——人性与社会秩序重建》《信任》《政治秩序的起源：从前人类时代到法国大革命》。——译注

卡普兰的目光最后一次扫过红色缺席名单上的名字,把它放进包里,试着与过去挥手告别。

傍晚的时候,卡普兰缓慢地开着车前往夏娃家。暴雨让天色越来越暗,他的眼睛在火辣辣地痛,自从他戴上双焦镜片眼镜之后,他的视力变得更差了。他朝左看看又朝右看看,满心不安地小心避开岔路或者拐弯处,以免撞到房屋。街道、拐角和人行道汇成了水汪汪的一片,不时地映出霓虹灯的倒影。不,他应该白天再去找的。这个周末他会再去尝试一次。

他拿起电话,按下第一个快捷键,这个位置一直存着夏娃的名字。雨点猛烈地敲打车身,他没有听到她接电话的声音。"夏娃?"

"是我。怎么了?你那里是什么声音?"

"是雨声,抱歉,稍等一下。"他把车停到了天桥下。天空中倾盆而下的雨水现在变成了轻轻的沙沙声,不再像刚才那样噼里啪啦响了。

"为什么打电话给我?"

他似乎听到她屋里还有另外一个人。"你在看电视吗?"他的心跳加剧。

"怎么,你对这个感兴趣?"

"呃,你已经收到你的梦想之书了吗?我前些天收到了一封信……"

"我要挂电话了。"

"为什么?"

"因为我现在已经意识到，这将是一场毫无意义的对话。梦想之书，你在说什么？"她沉默了片刻，"你在下雨天开车的时候还给我打电话，想到这个我就觉得不舒服。我感觉自己像被监视了一样。"她的声音顿住了。

他闭上眼睛，跟她讲起那栋楼的事情。他一定要找到那栋楼。

她没有问为什么。对他的"为什么"很多年前她就不再感兴趣了。"我都不知道，你是沿着哪条路开的。"她身后再一次出现响声。

"是的是的，你说的有道理。但是你最近有没有听到一些奇怪的事情？"

"没有什么比我们的对话更奇怪的了。"

"好吧。对不起。我挂电话。"她对他来说是占优势的。他望着显示屏发呆，直到屏幕暗下来才反应过来：我这是在哪儿？

他慢慢地把车开到一个小公园附近。那里有一条长凳，长凳旁边有两棵巨大的橡树。两个男人坐在长凳上，也可能是年轻小伙子，他们懒洋洋地蹲坐在凳子靠背上，脚放在椅面上。卡普兰把车停稳，摇下车窗。"你好！"他喊道，他几乎听不出自己的声音了，"你们谁可以帮帮我吗？"

他们的脸隐藏在高高竖起的衣领里，他们彼此对视了一下。其中一个人影站了起来，另一个还是坐着。卡普兰现在才看清，他们是年轻人，不是成年男人。

"你走近一点。"这个小伙子边说边向卡普兰走过来。

"我坐这儿挺好的。"卡普兰回答,"我可能有点迷路了,你们知道有一个……"

小伙子看向他的同伴,嘴里重复着"迷路"这个词,然后又向卡普兰看过来,"那你知道,你为什么会迷路吗?"

为什么这些小年轻会好奇他迷路的原因呢?"因为我没有好好注意,因为……"

"因为这里根本就没有你那该死的狗屁街区!"年轻人说着,用流畅的动作捡起还剩一半的啤酒瓶,往开着的车窗方向扔过去。卡普兰赶忙去关自动车窗,但是窗玻璃还是关得不够快。瓶子在后视镜上撞碎,啤酒泡沫在空中飞舞,玻璃碴飞进了车内。卡普兰不知道自己有没有被打中,他扑倒在方向盘上,急踩油门。小伙子们在后视镜中越来越小。他喘着气,咳嗽,以最快的速度拐弯。大概五分钟后他看到第一个指路牌"金科街"。一刻钟后他回到了家。

卡普兰洗了一个很长时间的热水澡,然后冲洗手背上的伤口。浴室的镜子正对着淋浴头,上面蒙上了一层雾气,他仔细地对着镜子观察自己的身体。出于习惯,他屏住呼吸,想要隐藏凸起的肚子。过了一会儿他意识到自己的举动很可笑,于是他放松下来。

夏娃以前喜欢打趣他,取笑他的身体瑕疵,比如内翻足和手指间的冬季湿疹。大多数情况下他会觉得很受伤,但他其实也挺喜欢这种玩笑的。在那些美好的夜晚,这些玩笑会使他激动,在这种确确实实的羞辱中他会控制不住地勃起。卡普兰低头打量着自己的生殖器，他不敢对着镜子看。松弛，不大，也不小，被淋浴头喷射出来的温暖水流冲得晃来晃去。他轻轻地碰触几下，它轻轻地摇晃，他不知道，他在期待些别的什么。割礼是他早期生活中唯一清晰的记忆。赤身裸体的他仍然是个地道的犹太人。

……

8

这件事发生在这周的最后一天。

卡普兰正在列一个临时学生名单，才过完新学期第一周他就把这些学生归入问题学生之列了。他闻了闻手背上的伤口，这是他从小时候开始就有的习惯，身上有伤口时，他会闻到类似金属的气味。就在这时候，他听到一阵喊叫声。嘈杂声中他很快弄清楚，这是一场追捕。

他跳起来跑到门边，把门打开一条细缝。一个小小的身影挥舞着手臂朝他跑来。是那个男孩，还是那个沉重如铅的背包，在他背上一颠一颠的，还是同样恐惧的眼神。卡普兰不假思索，猛地拉开门，男孩飞奔进他的小房间。卡普兰轻轻地锁上门，示意小家伙别出声。他们一起悄悄听着隆隆的脚步声跑过。

不一会儿脚步声就消失了。站在卡普兰面前的这个身影与他自己的影子重合在一起：一个十二岁的少年，为躲避他母亲如红外线般的眼睛而藏匿起来，躲避同班同学，躲避所有找他的人。随后他又想象七十年前那些无名的孩子，他们躲藏起来，屏住呼吸，无声地哭泣。

卡普兰拿出一个他曾用来运书的塑料箱放在地上。距大课间休息还有三十二分钟，到那时男孩必须再次走进走廊，加入人群。"坐吧。"卡普兰说道，"把包放在那里就行。"男孩目不转睛地盯着门的方向，汗水浸湿了他的鬓发，看起来微微发亮。"别担心，大多数学生都不知道有这个房间，他们不会找到这儿来的。你知道这个地方？"男孩点头默认。"你是怎么知道的？"卡普兰追问道。

男孩两次张嘴，都没有说出什么。第三次时他终于鼓起勇气："我们班男生说，这里住着个老先生，监视着所有的人和所有的事。是一种间谍。"

卡普兰说他知道人们在说闲话，也知道是关于他自己的。"如果我不是什么的话，那我就是一个间谍。不过，如你所见，我并不是什么老先生。"男孩眼里的绝望一览无余。"至少不是真正意义上的老。别担心，我不会伤害你。我可是……"卡普兰试图找到更贴切的词，"我们可是一伙的。对的，一伙的！"短暂沉默后，卡普兰问道，"你刚翘课了？"

"当然不是。体育课被取消了而已。"

卡普兰坐到书桌旁，看着手里的课程表。"你在哪个班？"

"一年级 B 班。"

男孩说的话似乎没错。"你叫什么名字？"

男孩迟疑了一会儿，垂下眼帘。"易卜拉欣。"

卡普兰取出男孩所在班级的花名册，"能给我指指，你在哪儿吗？"男孩倾过身来，指到一个较短的姓氏。卡普兰又抽出另外一个文件夹，想要找出男孩的护照照片，因为低年级还没有全班的合照。噢，不，在一年级 B 班这里有，照片中男孩的脸庞比现在更为青涩和稚嫩。"你以前戴过眼镜。"卡普兰很确定地说。男孩点头。"你后来是不敢再戴了吗？"男孩再次点头。"亚伯拉罕，你是不是长期受到同学们嘲笑？"

"我叫易卜拉欣。"

"你是不是早就被同学们嘲笑？"

"这是我到这个学校的第一周。"

"他们整整一周都跟在你身后？"

"嗯。"

卡普兰低头看了看手表。还剩二十分钟。"你可以躲在这里。说真的，这个房间是一个藏身之所。我在这里躲了快十年了。"

"为了躲谁？"

卡普兰微笑："躲所有的人、所有的事。万事万物我都害怕。"

"这根本不可能。"男孩提起了精神，好像他从来没有听过这么好笑的笑话。他眼角闪烁着些微泪光，大概是感到放松而淌出的泪水。

二人静默不语。卡普兰给了男孩一枚可以用于自动贩卖机的硬币。离大课间休息还有最后五分钟，男孩已经平静下来，脸色也明显不那么红了。"听着，亚伯拉罕，要是下次还有人追你，你就再到我这里来。你这样做我会很高兴。"

"您觉得他们还会追我吗？"

"你曾经被捉住过吗？"

男孩沉默。

"没关系。有我在。一切都会好起来的。"

课间休息的铃声响起来。少年伸出绵软又有些湿冷的手，同卡普兰握了握，然后闪身离开房间。

卡普兰有些急切地翻找自己以前写的那份反欺凌报告。终于，在最底层的抽屉里他找到了那份纸张泛黄、无人问津的文件。"我们的目标是打造一个杜绝欺凌的校园。"这是文件扉页上的话，"每个孩子理所应当拥有一个安全的学习环境。"想到自己也曾写过这些假大空的话，他不寒而栗。他索性把资料推到一边。无论采取哪种方式来帮助这个孩子，那都是他心之所向，没有人敢忽视他。

卡普兰的内心逐渐平静，他陷入了沉思之中。他合上双眼，想象自己正在敲校长办公室的门。门开，卡普兰踏进去，几乎直截了当地说，有一个男孩子被欺凌了。校长杜郁夫会故作震惊地询问更详细、更全面的信息。然而就在卡普兰一五一十地讲完之后，校长会问：

"有没有这种可能，你把孩子们之间的小打小闹误认为是欺凌了？"

"绝不可能。那个男孩子的眼睛可不会骗人。"

"能告诉我他的名字吗？"

"没有名字。"

"那你希望我怎样做？"

"保护他，这就够了。若您能够把他当作自己的孩子来保护，那我也愿意放下我所有的成见接纳您。"

当然，最完美的谈话仅限于想象之中，向来如此，至少是常见的情况。卡普兰自嘲地一笑。

9

梦境开始，每一次都是一样，鞋子踩在沙砾上发出嚓嚓的响声，二三十个人，那一天更多的人都没有来。

嘈杂声促使光影变幻。大到出殡行列，小到每个人，轮廓开始逐一显现。声响不绝于耳，响彻云霄，天空似乎不堪重负，摇摇欲坠。

父亲的棺材。在生命的最后几周，在他变得越来越虚弱的时候，他自己选中了这口棺材，富有光泽、黑色、廉价。那个被抬到半空中闪着光泽的东西，那些结实有力、汗毛丛生的臂膀。十七岁的亚伯，妈妈认为他还没有足够的力气一起抬棺材。

即使还在梦境里，每次他都感觉到自己是如何苏醒的。黑暗消散，嚓嚓声变成洗衣机的轰鸣声——他总爱在夜里使用洗衣机。这些画面，这些早期记忆的回响，历历在目，反复出现。

他从床上坐起，意识渐渐回笼。才清晨五点，正是晨昏交替之间。后颈有明显汗意。上一次做完整个梦已经是数月之前的事了。这让他觉得就像跑固定线路的障碍赛一样，他必须隔那么一段时间又要跨越一次赛道。他走入浴室，从洗衣机中拿出洗好的衣物：内裤、有菱形和条纹图案的短袜。

做梦的原因或许是因为看到那个男孩后心中涌起的复杂情绪，或者是身体不再习惯那样的激动。他把牛奶放在炉灶上，加了两小块茴香，让它们融入牛奶之中，这是最后一次向母亲的致敬。他搅拌着牛奶直至起沫。

透过窗户他看着第一缕阳光。在这个伤感的清晨时光，他从未感觉到如此纯净。他几乎可以想象，除了他刚刚所想的、所感受到的之外，什么都不存在。

还在上大学的时候，他也在这样的清晨时光工作过，为他的诗集《一次诞生》的正式首发而忙碌。这本诗集是由大学出版社发行的，共三十首诗，几乎所有的诗都是自传性质的，即使他当时并不太同意这种看法。在展示会上举起这本书的时候，他觉得自己是在片刻之间，在一瞬间写完这整卷诗歌的。但他不是一个真正的诗人。他的乐感太差，对自己的天赋很不自信。应该是在诗集出版之后五年，他产生了写小说的想法，而这个想法也恰恰就是在清晨冒出来的。

还和夏娃住在一起的时候，他经常钻进那个打算作为儿童房的房间里写作。时光荏苒，那个房间慢慢被书本和文件塞得满满当当了，到最后就成了双倍失望的纪念物：没有新书，没有孩子。他们俩公开的说法是：如果不能以自然的方式怀上孩子的话，那就宁愿不要，世界上已经有足够多的孩子了。

他叹息，眼皮沉重发痒。他曾经在书上看到过，人体内的细菌比细胞还要多。10^{14} 个细菌对抗 10^{13} 个细胞。在现在这样的时刻，他感觉到了这难以置信的数据的真实性。

他以前在空儿童房里写了什么？还能回忆起来吗？

他首先以诗的形式写下他想表达的，然后是小说，当时就是这么简单。关于他的出身，关于他的生活，主要就是关于这些。并不是他觉得人们会对此感兴趣，而是他自己需要时不时回望过去，就好像他想要努力去理解自己走过的这段曲折来路。

他生活经历的第一个版本包含着最早的事实，是他母亲的故事：最初她有另一个心上人，就是卡普兰父亲的兄弟，十七岁的电车售票员。他每天盼望那个不敢直视他的金发女孩来坐他的车。他业余时间会做一些小事情支持抵抗运动：运送和分发伪装成报纸的编码计划。她是一个才十四岁的小女孩，用她的零用钱坐电车去那些她并不需要去的车站，诸如公务员街区站、木港站等。她为他而打扮，她给自己打气。最后他终于和她说上话了。他们的爱情秘密没有保持很久。1942年她刚刚才十五岁，没有经过父母的同意，就搬到了他在约旦区的小房子里。他们想结婚，但必须等到她十八岁生日，等待更好的时间。

1942年8月4日，等待结束了。流弹在电车的窗户上打了一个洞，钻进了她未来夫婿的左太阳穴里。她不用再等到十八岁成年了。

卡普兰原本弄不清谁最需要谁的安慰，是这个现在孑然一身形单影只的女孩，还是逝者的弟弟。卡普兰的父亲从大学回来，来到他哥哥的住所时，她就在那里等待着他。一到法律允许的时候他们就结婚了，搬进了瑞威恩社区，在他们的新房里安顿下来。他在自己阴暗的小房间里搭建以前的电车模型，她宁愿避开那个房间。就这样十九年过去了，亚伯出生了。一个小宝宝，他的父母觉得他跟那个已经不在世的人长得一模一样，就像一个模子里刻出来似的。

有一张他们两兄弟的照片。有些时候他父亲和他兄弟一点都不像，有些时候两个人看起来又毫无二致。有一次母亲很罕见地讲起过去的时光，以及他们经历的危险，关于那些黑暗的岁月。

父亲站在母亲的后面，给她按摩肩膀，直到她闭上眼睛微笑起来。他们暗示那个死去的人所做的反抗行为的意义，随着时间的推移，他成了一个大英雄。

回想起来他父亲就是一个影子，他母亲投射的一个影子，一个沉默的形象，完全取决于她的意愿。她移动，他也随之移动。她舒展身体，他也会做同样的动作。没有她，他什么也不是。直到进入青春期之后，卡普兰才意识到，作为一个孩子自己当时有多么厌恶这样的角色分配。

亚伯永远不会成为他父母世界的一部分。战争是他小时候无法参透的秘密。父母死了，他孤身一人，照片泛黄，底片不复存在。

他的生活经历的第二个版本：事实的改变。他或多或少是在没有父母的情况下长大的。他没有家乡，没有祖国，没有出身。他出生的时候狂风大作，因为他是由狼群抚养的。

第三个版本：变化的改变。要是他能够在现在不可逾越的迷雾中，在没有未来没有过去的情况下，想象出自己来自哪里，这个时候他最像他自己。

卡普兰躺到沙发上，两手交替摩擦冰冷的脚。牛奶越来越冷，它的气味也逐渐减弱。有那么片刻他又沉浸到过去，他最喜欢幻想的过去。他担心，要是他承认了太多的失落感，自己有可能会被它们吞噬。外面马路上越来越拥挤，电车铃声此起彼伏。

或许他还可以再继续把梦做完，用一个他三十岁时学到的一种技巧：在录完电影胶卷之前尽可能久地重复那些画面。虽然外面的鸽子越来越吵，卡普兰还是决定再度躺到床上。他能把送葬队伍中每个人的名字叫出来，他还能回忆起沾满沙土的糕点的味道。但是葬礼之后的一个场景他总是反复梦到。

他同母亲在长桌上吃饭，在瑞威恩社区的家里，他出生的地方。那是在葬礼结束之后不久的事。家里所有的东西好像都消失了，从自身消失，从时间意识和希望中消失。保存他父亲遗体的冰块的寒意还悬在空气中。

他看到了什么？

他母亲挺起的乳头，在丧服下高高耸立的乳头。他无法移开目光，她的乳峰看起来好像用钢丝缠绕了起来。直到与第五个女人做爱的时候他才摆脱掉这幅画面。

母亲拿来了一瓶白酒。他坐在她对面，双手搭在一起放在桌面上。伴随她一生的影子消失了，她显得有些迷惘，也有些伤感，好像预感到自己也活不了几年了一样。她把一杯酒推到他面前，那个时候虽然离他学会喝酒的年龄还有两年，但他也发现这酒臭得厉害。这是杜松子酒。她擤了一下鼻涕，这一点卡普兰记得很清楚。她说，他身体太弱了，抬不起棺材，身体太差，借酒消愁都做不到。

给我讲个故事吧，母亲突然说道。她声音嘶哑，艰难地吐出一个一个字。他脑袋里没有准备这样的故事，她不能指望他。他讲起了沙砾发出的嚓嚓声，这个留给他的印象很深刻。

另一个故事，她严肃地说，回忆今天的事我可不需要你来做。她又倒了一杯酒，一口气喝下去，眼都不眨一下。已经早过了睡觉的时间了，他意识有些涣散，但丝毫没有觉得疲劳。在他的记忆中，这番谈话好像是在一个黑暗的舞台上发生的，聚光灯照着他们两个。他沉思着。所有故事，或读过的，或听过的，在他脑海里已经变了样子。小矮人的童话与有关文具店布鲁格曼先生的流言蜚语也没有什么不同。

不，不好。他母亲说，穿紧身衣①的疯子也能幻想。

他头脑里的故事互相摧毁，残骸所剩无几。她究竟想从他这儿知道什么？为什么他总感觉不管他说了什么，她都不满意？

她又喝了一杯。喝那么多酒，不会醉吗？他正在喝酒的母亲，强壮而坚定，她咽下的每一口酒，对他来说就是深深的屈辱。这个故事所讲的，她说，这唯——一个故事所讲的，一定得要编造得跟真的一样。

他不懂她说的是什么意思。那个时候不懂，甚至现在也并不全然懂。一刻钟之后，也许整整一个小时过去了，小亚伯还是没有给她讲什么，他溜回卧室，盖上被子，直到鼻子里钻进他身体熟悉的味道。要编造得跟真实发生的一样。砾石发出的嚓嚓的声音。

八年后他站在母亲墓前发言，他的话是基于事实的，更具有报道的特点，没有任何想象的产物。站在她墓前，他最后一次感受到了她无休止的指责。四年后他采用了夏娃的姓，这宣告了他与父母的斗争正式终结。而这场斗争的特点就是永远没有冲突，也永远没有任何情感。

过了一会儿，所有的画面、所有的声响都消失了。

看样子他现在再也睡不着了。卡普兰起床穿衣。夜晚已结

---

①　紧身衣（Zwangsjacke），专门给狂躁症患者穿的一种衣服。——译注

束，明亮的日光透过轻薄的白色窗帘射进来，美丽的景色。这座城，已经为他的探索之旅做好了准备。

10

红绿灯路口，卡普兰按下车窗，调整了一下后视镜。那次啤酒瓶袭击事件之后，他用胶带固定它，不过不是很管用。他已经漫无目的地开了一个小时了，副驾驶座上放着没有打开的晨报，还有一个保温杯。人行道上，留着胡子的穆斯林老者拖着带轮子的长袋子，袋子里的大葱条隐约可见。年轻的穆斯林把手机夹在头巾和耳朵之间，手机在德巴斯耶斯街上已经司空见惯了。

他弯腰去够手套箱里的地图，但是够不到。保温瓶撞到他的膝盖。他咒骂了一声，踩了一脚油门。那就不用地图和导航吧，毕竟上次他也就是这样发现那栋房子的。

远远地见有一辆警车，他拐进了一条不熟的岔路。是单行道。他不得不随着车流挪动。不一会儿他慌乱地发现，自己又迷路了。现在是下午两点，漫漫车程，他又开始无聊起来。他拿起保温瓶喝了一口，咖啡因开始在他血管里循环，这时他才觉得有点饿了。他把车停在一个小吃店门口，里面肯定有人能告诉他，他这是在哪里。

角落里坐着一个上了年纪的黑人，他啃着一张用纸裹着的饼子。他不停地望向电视机，电视上正播放着一个阿拉伯游戏节目，刺眼的光映亮了他的脸。这个男人的呼吸有些不稳定。

卡普兰把地图摊在玻璃柜台上，那里面摆放着各种色泽鲜艳的油炸食物。店老板从沸腾的油锅边转过身来，食指点在地图上，留下一团褐色的油污。太过分了，但所幸的是，他的路线是对的。好吧，作为回报他自然要点些吃。他点了一份热狗，来自遥远过去的一种美食。老板摇了摇头，可能他没听懂。"请来一份热狗，谢谢。"

"我们这儿没有。"老板说。柜台上方挂了一张荷兰电影海报，这部电影卡普兰没看过。不过它看起来也没有什么不值得错过的东西。"米蒙。"老板突然说。

"不，不是鸡肉①。"卡普兰有点疑惑地回答。

老板向前迈了一步，踮起脚尖——一根恶心的白色肉卷嗖的一下越过他的腰带，直指那张海报上的电影明星。"米蒙。米蒙!"店老板又退回来，叉着两只手。

"好吧，你们没有热狗，那有别的推荐吗?"

男人耸耸肩："羊肉串。"

"第一，我对清真没有别的看法，"卡普兰说，"我已经吃了很多年的洁食②了，这个多多少少跟清真是类似的。可我真的不喜欢吃羊肉串。"

卡普兰眼睛的余光看到，站在他后面的男人拿遥控器调小了电视机的声音，"洁食"这个词引起了他的注意。

"真是不好意思，"卡普兰很认真地说道，"可我真的对羊肉串没胃口。"胃口，这是一个那些不知道饥饿、不懂得战争、没

---

① 鸡肉和米蒙在德语单词里后半部分发音类似。——译注
② 根据犹太法律，洁食指的是"合适或适合使用"的食物，在肉类方面是指按宗教仪式屠宰的肉类，与清真（halal）有点接近。——译注

经历过痛苦的人才有的概念。接下来的沉默中，油锅里煎炸肥肉的声音也好像发生了变化，每一次爆裂声，热油向上飞溅发出的嗞嗞声，都比先前的要更激烈。

"好吧。那我可以要一份油炸肉丸吗？"卡普兰指着陈列柜说。

老板摇了摇头："不行。羊肉串。"

"您是想说只有羊肉串吗？但那里不是还有肉丸吗？"

"今天只有羊肉串。"

"这可真是好笑。那里明明就有一些肉丸。"

椅子腿摩擦地板的声音，一个男人站起来走向卡普兰。他的动作慢条斯理，粗壮的手腕上一只金手镯在晃动。"要是他只想卖羊肉串给你，那就是只卖羊肉串给你。"他说，"这里是他的店，伙计。"

卡普兰不想被人恐吓的感觉。吓唬人？还早着呢。他唯一想要的只不过是一个肉丸而已，虽然最初他对这个并没有兴趣，但现在关系到原则问题。油炸丸子现在变成了原则丸子。

"我想要一个油炸肉丸。"他稍稍提高了声音，"就是一个荷兰肉丸。"他指着陈列柜，"这个，我想要这个，就是这个。"

"这里不是你的店，朋友。"男人抬起手指指向海报，"那个演员叫米蒙！"

"我知道这不是我的店。"沉默。卡普兰又转向小吃店老板。他双手背在背后，用平静的声音说："能劳烦您给我做一个肉丸吗？牛肉的，谢谢。"

卡普兰被推了一下，撞上了一张铝桌，但还能站稳。他看了一眼墙上的镜子，发现自己和那个男人之间有两三米远。卡普兰不会退缩，不会逃跑，也不会溜走，不，不论发生什么，都得要直起腰来，坚持下去。不过在那个男人抓住他之前，卡普兰还是转身跑出了小吃店。攻击者追了几步之后就放弃了。

卡普兰一直在咳嗽，好不容易才喘过气来。尽管他的逃跑是一种可耻的条件反射，但他还是很高兴自己没有受伤。他决定暂时先不去取车，刚刚那个男人有可能会躲在哪个地方伏击他。他漫无目地在这个地区徘徊，脚上传来阵阵刺痛。

马上就要到傍晚了。今天不可能再找到那栋神秘的建筑了。卡普兰最终还是决定回去取自己的汽车。他走进一家街头市场，随着人流前进，脚上没有那么痛了。在一个卖鱼的货摊前他买了一条鲱鱼，几乎没怎么嚼就吞下去了。他拿出电话，拨通朱迪思的号码。

"亚伯！"

为什么每次打电话给她，她都是那么高兴？"哈啰。"他压低声音，"我想了想，还是直接打电话给你。"

"但是你为什么要把这个从果酱瓶里挑出来？"

卡普兰用手挡住手机的麦克风——街头市场各种嘈杂的声音，喋喋不休的对话，各种方言、元音、辅音，混杂在一起包围了他。"噢，不好意思，我在市场上。"

"真是很多元文化。"

"我不懂你说什么。"他很清楚她的意思。

"真是多元……唉，算了，为什么打电话给我？"

"你今天晚上有安排吗？"

"呃，今晚，现在，可能，我……"

"好吧。我买东西到你那里，给你做饭吃，你觉得如何?"

一只温暖的手臂，如果可能的话，关于那座可疑的建筑和那个男孩给一点点建议，这就够了，再多的，今晚他也不需要。朱迪思不时在奥托米塞·韦尔德的难民教堂做义工，那座教堂去年底被一群"积极分子"占领，用来安置一个由一百二十九个最终被拒绝的政治避难者组成的团体——"我们在这团体"。现在她住在维特林珊附近的一座空置房里。市政当局暂时对此是睁一只眼闭一只眼。朱迪思帮忙募捐、煮饭和分发电话卡。或许她认识的一些人听说过那栋满是囚犯的神秘房子。

沉默了最多不超过五秒钟，朱迪思接受了卡普兰的建议，但再次强调自己是素食主义者。卡普兰先挂了电话。

多元文化，天知道他有多痛恨这个词。偏偏是在这里他不得不再次面对这个词——所有作家、舆论制造者，他们中间自己在西方住过的人都不到百分之一，就是这些人多年来把多元文化社会比作一个市场：每个摊位都有异域风情的食物，总是会有新鲜事物，所有人都互相学习，多么丰富！卡普兰买了新鲜蔬菜和两条荷兰鱼，这些鱼他会用削土豆皮的刀去皮，再用到处都能买到的普通香料和香草填到鱼肚子里。

朱迪思把盘子放进洗碗机的时候，卡普兰站在她的身后，把手搁在她的腰上——看起来像一幕关于婚姻的现代俄罗斯戏剧表演。他亲她，先亲后背脊柱的地方，她转过身来背靠着柜子的时候，他又去亲她的脖子。

"你真的很漂亮。"他闭着眼睛轻声低语。

她捧起他的头，鱼油和大蒜的味道揉进了他的头发，她把食指塞进他的嘴里。他们走进卧室，甩掉身上的衣服，就像多年前一样。他们模仿各自生活中早期的那些夜晚，好像自己的身体还是如从前般灵活。

她把他压在身下，握着他的硬物，骑了上去，慢慢地推进。她掌握着节奏。他们相继到达高潮，她的指尖在他的脖颈上留下八道印痕，他的额头顶着她，颤抖着。

她紧紧地依偎着他，两个人的腋窝牢牢地吸在一起，然后随着噗的一声类似小丑发出的声音而松开来。朱迪思起床去洗澡，他跟着她，他们一言不发地互相给对方涂肥皂，很小心地避开对方身体的缺陷。

她为他掀开被子。她的脚在晚上总是很凉。他刚刚洗完澡出来，腿还是湿的，看起来很纤细。"你觉得我胖吗？"他问。他不知道自己怎么突然冒出这个问题来。他拥有让女人着迷的特点，沉稳的眼神，丰满的嘴唇，开朗的笑容，也正因为这样的笑容很少出现，就更有吸引力。虽然这些特点现在稍有蒙尘，他依然可以说是很英俊的。

"胖？当然不胖啦。"

现在他不得不继续这番胡说："怎么不胖了？我确实有小肚子，你没有认真看吗？"

"我看得很仔细。只是你不再是二十岁的小伙子了，这就是全部。你依然很帅气，你自己也很清楚这一点啊。"

"你还是没有认真看。"他无精打采地抗议。

她抹上妮维雅润肤霜，满意地伸展光洁的双腿。

"哦，"他说，"我还想跟你说别的事情呢。"

"是你写作的事儿吗？"

"你怎么说起这个？"

"嗯，我想，或许你可以写一篇关于难民教堂的文章。"

"我不是记者，我是一个正在等待合适话语的作家。"她不知道，过去的这些年里他在这个领域几乎没有取得什么成就，但他不想让她知道他的失败，"除此之外我在学校还有份工作呢。"

朱迪思起身往厨房走去，她想再沏一杯茶。加热器里传来了熟悉的嘀嗒声，每晚她都伴着这种嘀嗒声入睡。她走回来，也给他端了一杯茶。她似乎必须快速从他身边逃开，以便集聚能量继续这场对话。"很好，"她说，"你想谈什么呢？"

"关于那个男孩。还有那栋建筑。"说来奇怪，再次提起这件事并没有让他觉得烦扰。正好相反，他把他的沮丧一股脑儿全说出来了，这对他来说是一种解脱，他完全通过自己的行动获得了宽慰。

"他又来了吗？"

卡普兰把杯子放到床头柜上。"几天前他又来到我房间，他叫亚伯拉罕。"卡普兰向后躺倒在床垫上，"对此我也说不出太多东西，但我现在在思考整件事情。"

"有事情让你忙也好。"她答道。她的声音让他想起了他的婚姻，想起了他曾设想过的平凡生活。

"那你可以帮我吗？"他些许迟疑地问道。

她喝了一口茶："你是指哪方面的帮助？"

"帮我找到那栋楼，我知道你有人脉关系。"

"我没有办法接近……"

"我不是在求你拍谋杀肯尼迪的电影，我也没有求你告诉我，哪儿可以找到吉米·霍法[1]。我只是要你和别人谈一谈，问几个问题，关于一座空置的大楼，可疑的叫声、警车、警犬……你只要听听他们怎么说，也顺便请求他们去问问他们的熟人。"

她小口喝茶，发出轻微但清晰可闻的声音，这一点好像只有女人们才能做到。

"你会为我做这件事吗？"他央求道，"求求你了。"

这确实不要花费什么，只要说一句假话就够了。她会把卡普兰吓一跳，让他感到遗憾，觉得自己显得如此脆弱。但她没有这么做，而是盯着他看了很久，说道："在我的能力范围内，我愿意为你做任何事情。"

第二天早上他醒过来的时候，朱迪思柔软的双臂正缠着他的脖颈，他胸中涌起一股孤独的负罪感，无法摆脱。她还在睡，脸上的浅浅笑意使得他的负罪感愈加强烈。

朱迪思睁开眼，被射进来的阳光吓了一跳。她从他脖子上挪开了双臂。这就对了。最近他感觉自己不仅无法遵守那些字面意义上的承诺，而且也没有真正明确地做出过那个承诺，对夏娃也好，对朱迪思也好，那个承诺就是他自己。

他尝试着解读她的神情，看她是否已经知道现在他脑海里那

---

[1]　吉米·霍法（Jimmy Hoffa），美国工会领袖，1975 年神秘失踪，成为美国一大历史悬案。——译注

些重大而影响深远的想法。朱迪思从不要求他做任何他没法做到的事,这一点让他觉得害怕。他的早年生活已经证明,他绝对有奉献爱的能力,而她,无疑是完全值得拥有这份爱的。可是现在,他已经四十九岁了,精疲力竭,所有的精力都已消耗殆尽,不管在身体上还是心灵上都是空荡荡的。他决定,今天剩下的时间只做会让她开心的事。今天,不再有漫无目的的游荡,也不再去寻找那似乎不存在的东西。

"要我去做早餐吗?"他问道。

她伸出一只手挡住刺眼的阳光,另一只手指着厨房的隔板,那儿立着一个装了谷物杂粮的密封大口瓶。他起身,手温柔地滑过她的小腿,亲吻她的膝盖,然后下床,踏得木质地板嘎吱嘎吱响。在厨房,他舀了两碗混合麦片,把苹果切成块状,沏上茶。回卧室的途中,又从门垫处取了报纸,一个已婚男人的完美体现。他的内心充满了自豪。

朱迪思已经套上了一件 T 恤,笔直地坐在床上。她接过杯子,他把报纸摊开在被子上,拿起一块苹果,另一只手握住她的脚踝。

"这整个生活方式,到底应该是什么?"他说道,"如果我买不起一个价格上千的沙发,那我瞎操什么心?"每天说"不"的谈话,量身定制的角色。他很想念她,只是不敢承认而已。

"有些人现在生活在失意沮丧中。"她抿了一口茶。

"你是在说我吗?"

"哎呀,你怎么了,你手上?"

他看着自己的手,好像它是一个奇怪的赘生物。"啊,几天前摔了一跤，没什么大不了的。"一份报纸的标题写着"犹太人再次逃离阿姆斯特丹"。"你看这个。"

"什么？"

"以色列国旗被烧毁，出于谨慎，人们把经文盒从大门上取了下来。一些犹太家庭遇上了大麻烦，他们被欺辱，被歧视，所以他们决定移民。"卡普兰用记者报道的腔调念着，他以前给夏娃读报纸就喜欢这样念。"'退休医生莫里斯·弗伦克尔是第二代大屠杀受害者，由于长期棘手的邻里冲突，于上星期一移居以色列。'有人在他家门上画上纳粹党的十字标志，在大街上他永远都会遭到耻笑，就在这里，在阿姆斯特丹。"

她咬了一口苹果，果汁溅出来："你别这么大声说话。"

"你怎么看？"

"我会这么表达：从历史上看，阿姆斯特丹经常倾向于刺激犹太人的迁移欲望。"

"你可不能这样玩世不恭。"

"听着，别以为刽子手的儿子也是刽子手。"她稍微提高了声音，"这个'再次'是有倾向性的。在当时这绝对不仅仅是嘲笑，也不仅仅是一个不受人待见的口号。"

"那应该是什么？你现在是在指责犹太人缺乏历史意识吗？"夏娃最喜欢引用一句话，出自菲利普·罗斯，说犹太人对于历史的意义就像因纽特人对于雪一样。也许只是时机不对。

"你不妨把它称之为过多的历史意识。"

他再次看着报纸，喃喃低语："这个世界疯了。"

"所有人都是，除了你，对吧？"她又拿起了一块水果，"换篇文章读吧，舒适一点的。"

"舒适一点？对不起，这是报纸。"可沉默并没有说服她，他只好继续翻阅报纸，然后看到了一篇对范·施托克教授的长篇访谈。范·施托克教授以前曾在国立战争文献研究所任职，现在在阿姆斯特丹大学任教。卡普兰估计，这位教授应该跟自己年纪差不多。睿智的眼睛。文章旁边有一些从访谈里精心挑选的重点句子，还有一句引自其著作《集中营生活》的话。卡普兰是从电视上的辩论会上了解他的，在历史学科领域内，范·施托克是国内的领军人物，他的观点既果断又深思熟虑，这是很少见的现象。卡普兰继续翻阅报纸，一直翻到无聊的广告部分。"哦，有人在拍一部新的战争纪录片，《每天都是解放日》。"卡普兰说道，"我觉得这种集体创造力真的是要耗尽了。"

"5 月 4 日开始每天日播？可我们从来都没有看到过它。"朱迪思插话，"这真是一个逻辑上的噩梦。"她用腿钩住卡普兰往自己身边拉。过了一会儿，她问他："你幸福吗？"

他呛了下。"说幸福是不是有点要求太多了？"他小心翼翼地问道。

"回答我的问题。"

"好吧，是的，对，我在一定程度上是幸福的。我觉得，大部分时候，偶尔吧。"除了搜肠刮肚找话说，他还能干些什么呢？说实话？说他自从与夏娃分手之后，只要相对不那么空虚就感觉很幸福了？他该不该告诉她，他持续不断的、阴暗的心境？没有过多的狂喜，也没有过多的悲伤。"对，是的，"他说，试图让自己听起来很坚决，"有时候我也有感觉不太好的时候，和其他人一样。"他想到了一句话，不过记不清是谁说的了："毕竟，人也不可能总是只吸气吧。"他没有问她同样的问题，因为他害怕听到否定的答案。他更害怕被迫感到愧疚，这是忧愁的副作用，每当身边亲近的人向他倾诉时，这种副作用就会显现。看到得不到问题的答案，朱迪思起身走进客厅。

傍晚时分，卡普兰开着他的萨博回了家。搞清楚那栋神秘的建筑是他的使命，而把朱迪思拉进他的行动计划中是他这个周末做得最好的一件事。回到家，他脱掉大衣挂到椅子上方，倒了杯杜松子酒，然后拧开浴室的水龙头，看着蒸汽在屋子里蔓延。内疚感并没有随着这一天时间的流逝而消散，甚至在他们完美地复制了类似恋爱关系中所做的行为之后也没有——坐在沙发上，盖层毯子，看一部尽管有些俗气但有趣的电影来消遣；或者两个人一起读书，她捧着本关于爱情本质的畅销书，而他手里则是从书架里找到的一本英国诗集。外面的钟提示时间已经过了很久，他们俩才从书中抬起头来，相视一笑。将近四点的时候，她心情大好，自顾自地喃喃低语："谁能想到我们就这样坐在这里。"

11

一周的前四天就这样平静地过去了。他没有见到亚伯拉罕，逃课的人既没增加也没减少。现在大家都已经知道，那辆黑色跑车其实是杜郁夫的。孩子们被这辆车给吓唬到了，远远地不敢靠近。他们不知道，这其实是一个相当便宜的韩国品牌。卡普兰也不知道这一点，他多次从车旁经过，甚至有一次还抚摸着车身，脑海里闪过短暂的疯狂念头，想要把自己的名字深深地刻上去。

朱迪思那里还没有传来任何消息。或许她需要花点时间和她的熟人去交流，又或许她根本就忘记了他的嘱托。每次他和现任女友之间互不搭理的时期，他总是会不由自主地想起夏娃，而这一次一段回忆又让他哽咽。

他和夏娃已经结婚五年了。以前两个人在一起总是感到止不住的喜悦，后来就变得喜怒无常，两个人因为微小的摩擦伤害彼此的感情。过去他们互相敞开心扉，这时已经变成互相咒骂。现在他们早已彼此失望。那天下午，夏娃在国家博物馆有一场报告，但她回来得比预想的早，而且是哭着回来的。他衣服都没来得及穿就急忙招呼她。她啜泣着对他说，她觉得，比起自己的演讲来，那些观众对另一个女人的名片更感兴趣。而且更糟糕的是，她在他们的眼里看到了幸灾乐祸的味道。之后她就蜷缩在沙发上一动不动，他烤了点面包，泡了杯茶，坐到她身边，抚摸着她因为愤怒起了满满鸡皮疙瘩的背部和手臂，安慰着她。

他发现，在她伤心甚至绝望的时候，和她交谈会变得容易很多。他觉得在这个时刻她如此需要他，而不需要别的什么人，这种想法让他感到很安慰。他订了寿司，傍晚的时候他们还在附近的电影院看了一部伍迪·艾伦的老电影。

卡普兰铺开一张纸，拿出那支银制钢笔，在未来的某个时刻，他会用这支笔写下那本叫作《这一本书》的著作的开头几行。他拿着笔随意写下几个学生的名字，模仿他们的签名。他的脸开始抽搐，这是他在青少年时学会的，在别人那里可能被称之为业余爱好吧。

那部伍迪·艾伦的电影他们俩之前就看过了，在很久以前，两个人还没在一起的时候。而现在，他们结了婚，在电影院里紧挨着坐在一起，似乎他们的过去，他们的大学时光的性质正在改变。卡普兰满意地将这归结为探索的前奏，失败的早期关系也可以看作是通往幸福婚姻的必经之路。在电影院里，看着伍迪·艾伦滑稽的脸，那天她第一次笑了起来。

回到家后，他们来了场那段时期以来最亲密的欢爱。她捧着他的脸把他拉到自己面前，之后她哭了起来，没有很久，也没有很夸张，刚刚好。他知道，这一天的考验终于完美通过。

但是第二天他已经完全感受不到她昨晚的脆弱，在接下来的岁月里他也同样很少再感受到这种脆弱。这使他越来越觉得困扰，也许她为自己感到羞耻，或者是对他感到羞耻，而后者更糟糕。

尽管卡普兰通过地下室只花了五分钟，可他还是在这段时间错过了亚伯拉罕。亚伯拉罕正站在锁着的门前。卡普兰朝他跑去，说："对不起，我刚才不在。"

亚伯拉罕没有回答。卡普兰打开门，邀请他进来。"你现在有课吗？我是说正式的课程。"他转过身来，亚伯拉罕点了点头。"什么课？"

男孩说："历史课。"

卡普兰决定不去管亚伯拉罕旷课的事情。"虽然说历史是一门重要的学科，但缺一节课还是可以自己补回来的。毕竟最后也是由我来确定，谁上了课，谁缺了课。"突然间卡普兰意识到，这些年来从来就没有人因此尝试贿赂他，也没有人对他阿谀奉承，也没有人尊敬他。"但是你必须向我保证，课后自己认真看完书上的这一课，行吗？"亚伯拉罕又点了点头。这时候卡普兰才看到男孩在发抖。卡普兰调高了暖气的温度，坐到自己的办公椅上，男孩自然地在箱子上找了个位置坐下。

"他们在跟着我。"亚伯拉罕用压抑的声音说。他的脸上有某种无法形容的神情，一种茫然空洞。

"哪些人？"卡普兰问。

亚伯拉罕耸耸肩。

"你要先告诉我，知道吗？"卡普兰说，"否则我帮不了你。"

"我也不知道他们叫什么。我想，他们是我对面班级的。"

卡普兰拿了一叠带有照片的文件夹放在写字桌上。"他们为什么会跟着你呢？"男孩对这个问题的回答将会表明他的战斗欲望有多强，然而他只是又耸了耸肩。

"他们还会做一些其他的事情吗？"卡普兰想要知道这一点。男孩犹豫了一下，从口袋里掏出一本书递给卡普兰。卡普兰接过书翻了翻。看到里面那些要么被剪坏，要么被撕烂的书页，卡普兰停了下来，他一言不发，从储物柜拿出一本稍旧的书递给男孩。

"我不知道他们为什么要这么做。"不等卡普兰问，亚伯拉罕就说道。有一瞬间他看起来像是哭了，但他的脸及时地僵住了。他难道就不明白，卡普兰就是他能找到的最值得信赖的依靠吗？

"你要吃点什么吗？自动售货机里的糖果怎么样？"

"那我可以要一瓶芬达吗？"

"你知道吗，芬达是纳粹发明的。是真的，根据美国和英国的规定，可口可乐在德国的分公司不能再进口糖浆。但当时仓库里有乳浆和浓缩果汁的库存，人们只需要给它起一个酷炫的名字。有人建议叫芬达，借鉴于'幻想'一词。"他斟酌着他的话，"抱歉，说太多了，你当然可以拿一瓶芬达。"

男孩凝视着天花板。他好像突然想起了什么，把手伸进上衣口袋。"或许可以让我来请您喝？"

"说'你'吧。"亚伯拉罕拿出了他的小皮夹。不，那不是皮夹，而是一个小小的黑色兽皮做的女士钱包，上面还有几个闪闪发光的字"迪瓦"。男孩看上去表情很不轻松。"亚伯拉罕？"

男孩才注意到，这是他在这间房里的名字，他几乎是充满希望地抬起头来，询问似的应道："嗯？"

男孩的目光伤害了卡普兰，但他必须坚强。"你从哪里得到这个钱包的？你在学校的时候也用这个包吗？"

"当然啦。"男孩说。停顿了一下他又补充道："这是妈妈给我的，她非常喜欢这个包。要是我不用的话，她会不高兴的。"一只飞蛾飞进了屋子，拍打着毛茸茸的翅膀停在书上。亚伯拉罕吓了一跳，他睁大了眼睛，仿佛他从未见过这类东西一样。

卡普兰挥一挥手，吓走了飞蛾。"我会找校长谈一谈，我认识他。"这是个好机会，可以引起杜郁夫的注意，也可以测试一下，这个校长是否真的表里如一，如果不是的话，就可以把他的面具撕下来。"我保证，这对你肯定是有好处的。"

"我从来没做过伤害别人的事。"男孩说，好像他始终无法相信这一切和自己有关。

"这可能就是问题所在，亚伯拉罕。"

卡普兰和男孩等着下一次铃声的响起。这对亚伯拉罕来说，是一个重新混入学生群的好时机。卡普兰不会记他缺课，他还承诺会给杜郁夫写一封信。写信比直接面谈好得多，他需要时间来斟酌用词。除此之外，他不得不承认，尽可能有效地刺激杜郁夫会让他感到愉快。明天男孩会和他再见面，他们互相点头表示约定，就像在密谋什么似的。

亚伯拉罕刚走，卡普兰就开始写起信来。他引证杜郁夫所说的机会均等、安全以及其他一些口号，新校长曾用那些口号说明自己被任命为校长是合法的。

最后一道铃声的余音逐渐消散，卡普兰匆匆上楼。他先把缺席名单塞进杜郁夫的信箱，接着到教师休息室把自己的信复印了两份，一份放到自己值班室的档案里，一份拿回去放在家里。他把原件从门下面塞进校长室。

一位清洁工正从清洁桶里取出抹布，他目睹了一切。这个人很可能是杜郁夫新招的人，卡普兰以前还从未见过他。清洁工手里拿着抹布，目不转睛地盯着卡普兰看。卡普兰匆匆和他打了个招呼，迅速离开。在回家的路上，卡普兰在百货超市停留了一会儿，花了十欧元九十五分买了一个黑色皮革钱包。

午夜。

卡普兰又梦到了父亲的葬礼。梦中的景象又一次唤醒了他的记忆，他想起自己和母亲的最后一次谈话，那场对话之后不久母亲就因心肌梗死死去。那是1982年最黑暗的一天。那时候还住在学生宿舍的卡普兰去父母的家，他们的房子看起来比他记忆中更小更阴暗。他的母亲总给他一种陌生人的感觉。她那时候已经变得非常消瘦，她问他是否也会给社民党投票。她说威廉·德里斯①至少是可以让人信得过的人。德里斯战后推行了法律养老金，他已经九十六岁了，早就不在政坛了。

卡普兰小心翼翼地打开父母家的房门。他已经在大学注册了，下个学期就要开始大学生活了，现在他在等一个合适的时机来告诉他的母亲。她躺在沙发上，腰部以上盖了一条羊毛毯子。地板上有一个盘子，里面放了两块没动过的黄油饼干。她轻轻地咳了咳，喃喃地说她想念自己的丈夫，就好像这是她的义务一样。他握了握她的手。然后她开始讲话，既犀利又真诚，她很久都没有这样说过话了。

"我们作为人类所能做的最伟大的事，"她突然说道，"就是去帮助我们不认识的人。他们不认识你，你请他们帮忙时，他可能还会拒绝帮助你，但是这样的人我们也要去帮助。这就是纯粹的无私。你的伯伯正是理解了这一点。这是我发现的唯一给我安慰的东西：他会觉得他的死是高尚的。当我回首过去时，我想，他正是为了能够这样死去而活着的，就像一个英雄，他是幸福的。"说完她便向后靠去，仿佛她就是为了能毫无遗憾地死去而等着说出这些话。

----

①　威廉·德里斯（Willem Drees，1886—1988），荷兰前首相，1948年至1958年在位。——译注

卡普兰想从梦和回忆中抽身出来，于是站起身在客厅里走来走去。他又读了两遍写给杜郁夫的信，在信里他成功地用有力的语调表达了一个重要的主题：一个无辜的男孩被欺凌了。

拉比。卡普兰最后一次想起他是数年前的事了。那时，他为了增加自己被聘用的机会而否认了不朽者，在那个时刻，他与不朽者代言人之间的联系也失去了价值。从那时起，拉比的形象就变得模糊不清了，他在卡普兰的生活中逐渐缺席，这一开始是令人痛苦的，而现在则是习以为常的事了。卡普兰一直期待着惩罚，因为惩罚同时也是上帝存在的证明。然而最糟糕的是，他发现没有人会注意到他的背叛。

卡普兰打开电视，现在正好在播放历史频道。整整一个月都在重复播放系列"二战散失电影"，"第一部以最原始、逼真的色彩展示二战真实样子的纪录片"。

所有的大学时光，书本，灰色调。所有这些理论，它们将邪恶简化为公民的无知、政府职员的野心、刽子手的失德以及其后代的有罪或无罪之争，这些理论有什么价值？难道它们真的能让现实变得更清晰吗？

战争是世界史上唯一能让人类灵魂的两面都展现出来的机会：靠破坏和屈辱活着的人，以及靠希望和自由活着的人。

到头来战争能显示出来的真正的颜色也就是这两种了：黑与白。

12

地下车库里散发着霉臭味和自行车链条润滑油的气味，卡普兰的脚步发出响亮的回声。他走到自己的房门前，一眼看到男孩正蹲在门口。不再需要他邀请，男孩自己就走进房间，就像老朋友之间一样，不必多言，顺理成章。卡普兰马上注意到信箱里还没有信。才过一天就期待杜郁夫回信，也许是要求太高了。他和亚伯拉罕都坐了下来。

"你是个好人吗？"男孩问道。

"你想听诚实的回答吗？"

"是的。"男孩眼圈发黑，额头上沾着灰色的炭灰。

"好吧。亚伯拉罕，我不再相信好人，我只相信诚实的人和骗子，或者怀疑论者和骗子，再或者罪犯和骗子。"男孩的神情露出疑虑。"我不是骗子。"卡普兰解释道。

"那你是什么呢？"

"我是卡普兰，是个，"小小地犹豫之后，"作家。"这是他第一次在校园内说出这个词。

男孩的两只脚一直在互相摩擦，可能是抽动症，也可能是他觉得冷。不管怎样他显得一点也不惊讶："你为什么要当作家呢？"

他有多久没问过自己这个问题了？

儿时他总是感到恐惧，对阴影、对嘎吱作响的门、对那些欲言又止的人。而且在他所见到的万物中，在所有能力、所有物体中都潜藏着一种承诺，一种对他永远学不到也永远不会的事物的承诺。要是球场上有人把足球传给他，他就会害怕有一天自己会因为笨拙的脚而被追究责任。要是他看见一个小孩在笑，他便害怕自己会做鬼脸。他生活在充满对抗力的宇宙中。他的父母对于无止境的对话缺乏耐心，他们声称，小孩子到底在害怕些什么呢？他们一致认定，小亚伯是假装的。

只有在书本里小亚伯才能找到安宁，晚上他常常就着手电筒的光看书直到深夜入睡。只有在书本里他才能克服恐惧——先是通过阅读，后来是通过写作。

"我想不到我能做的其他工作了。"卡普兰回答道。

"你相信，我是一个好人吗？"男孩突然问道。

"我很确定你是的，亚伯拉罕。你很聪明而且孝敬母亲。我觉得你只需要再坚强一点，再强壮一点。"男孩认真地点了点头。"对了，我还有一份礼物要给你。"卡普兰从夹克口袋里掏出一个钱包。能够给这个男孩送礼物，卡普兰有一种了不起的感觉。"拿着吧，里面还有些钱，要是你真的陷入困境了，可以用它随时打个的回家。"

男孩接过钱包，打开看了看又合上。

"放心，这个不是用来换你的迪瓦钱包的，你可以两个交换着使用。新钱包你可以带去学校，你母亲那个就其他时间用。我觉得这样更好。"卡普兰没有当过父亲，那个唯一让他差点有机会做父亲的女人，事后轻描淡写地说，他也不适合当父亲。但是他现在就坐在这里，一个男人，他现在正关心着一个孩子的幸福。他说服自己，他为进入这个学校工作而采用的方式常使他负有罪责感，现在，这种罪责感的一部分得到了补偿。

亚伯拉罕盯着自己的鞋子，此时它们正脚尖相碰向内摆着。"为什么？"他问道。

"为什么不重要。你试着用它几个星期，我觉得大家都会嫉妒你的，这才是一个男人该有的钱包。"这话似乎说服了亚伯拉罕。"你闻闻看，"卡普兰鼓动他，"只有真皮才有这种味道。"

铃响了，然而男孩没有要走的意思。他使劲闻着钱包，被强烈的气味吓到。

"第一节没课吗?"卡普兰问道。

男孩点头。卡普兰知道自己猜得没错。

现在是下午一点。卡普兰绝望地望着自己的文件夹，手里紧紧地抓着钢笔。几个小时前他让亚伯拉罕出去了，在那之后他能清楚地意识到每一刻钟的流逝。他下巴一直紧绷着，扁桃体酸痛肿胀。他完全不知道该说什么了，这个杜夫曼①——卡普兰不想改正过来，他觉得这样叫他正合适——没有任何回音。他肯定留意到了卡普兰信中警告的口吻！就是这里出了一些差错，卡普兰很确信。他把手贴在墙上，就好像贴在一只大型动物的腹部上，他想探寻它的心跳。

他打开门，本想呼吸点新鲜空气，却发现副校长站在那儿，近乎秃顶的脑袋上还剩有几缕头发，额头上三道深深的皱纹，戴着圆框眼镜。那个男人结结巴巴地问怎么样，他奇怪地皱着眉头，手在背后叠在一起。也许是那个杜夫曼让他来监视卡普兰的。"该怎么样就怎么样。"卡普兰回答。

"没什么特别的?"

"什么特别的?"

---

① 杜夫曼也有蠢蛋的意思。——译注

"比如一些值得报告的事情?"

"那应该是些什么事情?我得继续工作了。"卡普兰说,"我有太多要做的了。"他关上门,一直等到门底下的人影不见了,他才拿出手机。朱迪思一个小时前发来短信,问他是否有兴致在音乐学院酒店①共进午餐:"我知道,你可能没有时间,但我想着,在某个地方就这样简单地见一面也很好。"她不久前跟他说过那家酒店饭菜不错,她的一位女友曾叹息说,朱迪思需要吃一顿酒店大餐来"祝贺自己"。

他坐到书桌前,打开钢笔盖,却又马上把笔放到一边。也许他就应该这样做,离开他的岗位去吃午饭。对学校恪尽职守毫无意义,那个他唯一要向之负责的人,是杜夫曼,那个男人没有一次尝试对他善意的警告做出反应,那个人甚至让人监视他,比如刚刚那个莫名其妙的探访。

卡普兰从书架上拿下一本文件夹,浏览了一下亚伯拉罕的课程表。今天相对来说是一个没有什么风险的上学日,课间没有空闲时间,老师们把这个时间分配来上课了,那些老师是不会容忍任何一种玩笑的。如果事态僵持起来,亚伯拉罕可以拦下的士回家,然后用卡普兰给他的钱付给司机。杜夫曼没有做到的地方,卡普兰就为他承担起责任。

朱迪思渴望见他,不由自主又坦率直白。他意识到这种渴望是相互的,他的感觉清晰可靠。他拿起电话打给教师办公室。

第五声响铃后才有个女人接了电话。卡普兰察觉到她声音里

———————————

① 音乐学院酒店(Conservatorium Hotel),阿姆斯特丹最好的酒店,也被称为温室酒店。——译注

的惊讶，也许这个女同事从没看过他办公室的直拨号码。"我是卡普兰。"电话里有些噪声，"卡普兰，我是卡普兰。"

"谁？"那声音问。背景里响起一些不清晰的咕哝声，还有咖啡杯的碰撞声。

"卡普兰。"

"不好意思，您能……"

"我在行政处工作。"

"啊，当然。您有什么事吗？"

"我生病了。"

"我很抱歉，我能为您做些什么？"

"我要回家。"

"我理解的，您好好休息。"

他到底做错了什么，居然得到这样一个随意的建议？"我得请假，"他强硬起来，"就这样。"

"但是，卡普兰先生，您就代表行政当局啊。"

这不是开玩笑，在音乐学院酒店门前有人站在那里为他们打开巨大的玻璃门，而且那个人还是深色皮肤。卡普兰羞愧地向他点点头。

他们走进大厅。生意人的饭局上虚情假意的笑声扑面而来，那面几乎全是由玻璃组成的后墙的另一边飘扬着三面巨大的白色旗帜。朱迪思显然在努力控制自己不要老是笑。"简单的，在某个地方。"

一位穿着工作服的女士过来帮他们脱下大衣，卡普兰有些抗拒，与陌生人的身体接触让他觉得有些不舒服。他们被带到一张双人桌旁。他们左边坐着一对男女，她笑完之后捂嘴的样子，他给她倒酒的样子，他们低声说话的样子，让他们看起来就好像刚开始恋爱一样。

"你怎么了？"是朱迪思的声音，听她的语气好像是她刚说了什么，而他没有回答。

"你指什么？没怎么。"

她把餐巾放在腿上铺好，说："你陷入了沉思。"她点了一杯矿泉水，于是桌上多了一个绿色的瓶子，微微闪着光，"真的没什么？"

"真的没什么。"他喝了一口饮料，碳酸就像香槟一样让他的喉咙发痒。此刻他的注意力集中在良知上。他的声音很严肃："要是有什么的话，那就是亚伯拉罕，那个男孩。"现在就说出副校长让人意外的探访还为时太早，他得先想好自己要说的话。

"当然。不过……"她停顿了一下，"好吧，算了吧。"

再没有什么其他的字眼能够像现在她所说的话那样引起卡普兰的注意了。他久久地注视她，"说说吧。"他催促她，声音里是克制的耐心。

服务生打断了他们。朱迪思点了一杯卡布奇诺加豆浆，"还有，麻烦您给我来一份俱乐部三明治①。"卡普兰询问有哪些自助餐，服务生指着两个长桌子——数着："新鲜的农庄蔬菜""人工捕捉的挪威螃蟹"和"精选法国奶酪"。

――――――――――

① 俱乐部三明治（Clubsandwich），美国英语里指三层以上带馅的面包。――译注

"很好，麻烦帮我装满满一盘。""亚伯！"朱迪思低声叫道，她的耻辱感让他很吃惊，他并不是这个意思。服务生走了。

"所以，"卡普兰严肃地说，"现在你可以说说'算了吧'是什么意思了吗？"

"没什么。算了吧。真的。"她望向那些白色旗帜，"因为那个男孩，因为那栋楼房。"

"那会怎么样？"他的声音有点硬邦邦的感觉，而他不想再克制了，"你打算帮我寻找那栋楼的。"

"我也会做的，我在努力。"

"那么问题在哪儿呢？不就是因为这些我才求你帮忙的吗？"

"是你在死咬着问题不放，还这么生气。这就是一切。也许听起来很无情，但确实这是别人的生活。试一试，关心一下你自己的生活。当你把全人类的命运放在自己心上时，你就变得极其不幸，真的。我想看到你幸福。"

"就只是一个男孩。"他说，"一个男孩，需要帮助和……"

"是的，只是'一个'男孩。没有其他了。"她把手放在他的手上，"亲爱的。"

"你不明白。我很久没有过这样的感受了，这么有把握的感觉。我投入在一件比我自己都重要的事情里。"

"为什么你老是把受害者变得这么理想化？"

"这是我能为他们做的最起码的事了。"他寻找合适的语言，既不显得夸张，又能清楚地描述男孩和这个世界的联系。这也是朱迪思和卡普兰的世界，这就是他们的世界，这个男孩也就是很多很多男孩。

"每天都有数不清的孩子被欺负。"她接着说，"国外的、本国的，黑种人、白种人还有黄种人，你从来没被人捉弄过吗？我可是有过，这样的经历并不美好，但是都已经过去了，所有的烦恼都会过去。"

"这又是哪门子的处世之道？什么叫所有的烦恼都会过去？那接下来的又是什么呢？"

她陷入了沉默。饭上桌了，隔壁桌的男人吧唧着嘴在吃饭，那个女人小声地说，她觉得再没有什么比得上吃生肉的男人更让人不喜欢。是吗？男人问道，是的，女人说。卡普兰倾身靠近朱迪思说："真是两个可怕的人。"

她笔直地坐着，一点都不打算迎合他："为什么？"

话已出口，他只能继续："他们吃饭这么粗鲁，还吃鞑靼牛肉。"

邻座的人往这边瞥了一眼，不知道是不是听到了卡普兰的话。"随他们去吧，我们在这里坐得好好的，正是一天里的好时候，你和我。"她夸耀似的叹息声使他更加来劲。

"我睡得很差。"他说。

她好像没有在听他说话。

"我搞不好是得了癌症，眼看就五十岁了，五十岁该是收获功名的时候，这是大家都认同的。"

她开始笑起来，她的笑声如此美妙，将世界其他所有事物都衬得暗淡。"犹太人这个身份你还是体验得不够久，所以你现在还可以这样抑郁。"

很显然在她眼里他还是一个犹太人，这让他感到惊讶，不过他并不打算跟她讨论这个问题。也许她的话是在讽刺，这个念头闪过他的脑海，并且久久挥之不去："这话在我认识的很多人眼中已经是反犹太的言论了。"

她用叉子指着隔壁桌的男人："要是他来说的话，也许是反犹太言论，但说这话的是我。"

他们吃得又快又专注，好像赶着去赴什么约似的。

朱迪思擦了擦嘴唇。当隔壁桌的女人将同样的擦唇举动变成调情时，朱迪思结束了所有的暧昧：午餐会面结束了。

"你看上去美极了。"他接着说，"真的。"

她点点头，向服务员示意。服务员过来之前他们谁都没再说话。朱迪思坚持结账，一个气派的受人喜欢的姿势。他机械地从一堆介绍瑜伽和健康的宣传册里拿出一张传单。

他们走出酒店。这时她的电话响了起来，她一边拍拍大衣的灰尘，一边找装手机的口袋。初秋的风吹得她的头发往后飘起来，只听她睁大眼睛说道："什么？什么时候？我们马上过来。"

13

入口处巨大的六芒星①。距离卡普兰打开这扇通往犹太教堂的大门已经过去很久了，久到此刻他觉得这个标志仿佛是一种幻觉。

卡普兰站着不动，双手插在长大衣的口袋里往上看，这个过

---

① 六芒星也叫大卫王之星，象征以色列或犹太人，是法西斯时期强迫犹太人佩戴的标志。——译注

程不到十秒。刚刚在来的路上朱迪思一直在打电话。她坐在自行车后座上，卡普兰使劲地蹬着车子往前赶，她说的话他一句也插不上嘴。他把自行车靠在对面房子的墙上。朱迪思拉着他走，她的手又冷又潮湿，他的脚僵硬。

这时他看见了她想要给他看的东西，所有的思绪都停了下来。午后的太阳惨淡地悬在梧桐树上方，似乎正在教堂的左边，也就是入口处。卡普兰和朱迪思手牵手站着，凝视着那五个巨大的卐字符。

"幸好这只是涂鸦，不是防水颜料。"朱迪思说。当教堂的查桑①拿来第二瓶漂白剂的时候，她已经急切地开始擦洗起来。她的抹布上散发出清洁剂和氨水刺鼻的味道。查桑用空着的那只手向卡普兰打招呼，说他早听说过许多关于他的事情。朱迪思把头发绑成马尾，这让她的颧骨更加显眼。卡普兰最后看了她一眼，随后转向了那面污损的墙。

之前给朱迪思打电话的就是这个查桑，教堂的领唱，一个已经开始秃顶的三十岁男人。他和朱迪思之间有一种紧张的气氛，混合着同情和共同的过往，这让卡普兰感到不爽。朱迪思虽然说不上完全是他的人，但她肯定也不属于其他任何人。

他们的大衣已经在教堂墙边的枯草上躺了近三小时。眼看暮色就要降临，他们三个人默默地擦着，没有任何交流。这当然是一个不轻松的活，但是当他抬头看向六芒星的时候，卡普兰重新

---

①　查桑（Chasan），犹太教堂里称呼唱诗班领唱的希伯来语。——译注

感受到那个已然消失了的联系，那个对他来说曾经意味着一切的联系。他用抹布反复擦抹墙面，但是涂鸦丝毫没有被擦掉。

"这简直是难以置信，"领唱说着往后退了一步，最后一次观察他们成效甚微的工作，"做了这么多还是这样。"有那么一会儿，他的手就搭在朱迪思的肩膀上。

"哦。"卡普兰说，"然后呢？"

"亚伯。"朱迪思打断了两人的话。

领唱笑了起来，并没有受到挑衅："你知道荷兰是本－古里安①最喜欢的国家吗？"

朱迪思用手抹去额头上的汗："真的吗？"

"是的。那次他访问荷兰的时候，人们在街边夹道欢迎，跟他打招呼。他当时说，他过去从未、将来可能也不会在任何地方感受到如此团结友爱的氛围。"

"我认为归根结底以色列才是本－古里安最喜欢的国家。"卡普兰说。

片刻的沉默。

"我认为，一个人把什么东西作为喜爱的理由，这可以说明他很多问题。"领唱说。他的话之后又是长时间的沉默，直到朱迪思建议，明天找个专业的清洁公司来清理。

"如果那些蠢货又来呢？"卡普兰问。

"那我们第二天再叫清洁公司。"领唱果断地说。

朱迪思提议到教堂里面去，卡普兰犹豫了。这么多年后再次

---

①　戴维·本－古里安（David Ben-Gurion，1886—1973），以色列政治家、第一任总理，以色列国父。——译注

踏入不朽者之家，而且这次没有夏娃在身边，这个想法让他备觉
压力。要是那只最锐利、最不宽容的眼睛来审视这一切的话，他
的信仰，他的过去，他的未来，都剩不下任何东西了。

　　朱迪思把像牛血一样浓稠的脏水倒在街上，领唱也学她的样
子做。"要不，"朱迪思说，"你在这外面等我？只要一分钟就好。
你可以把桶给我。"没等卡普兰回答，他们两人就走了进去。

　　卡普兰在六芒星下面默默踱步。

　　在街道另一边，在朱迪思的自行车旁边站着一个男人，他一
定看到了卡普兰、朱迪思和领唱擦墙的全过程了。他稀疏的胡子
一缕一缕的，所剩无几的头发被梳成一片，提着两个装着空瓶子
的折扣袋。卡普兰不知道他是不是应该说点什么，他们两个没有
打招呼。之后男人开口了，不过他并不看卡普兰："犹太人，你
给他们一根手指，他们却……"他停下来喘气，也许他从未像现
在这样想过这么远，"他们却选择了耶稣。"说完这句话，男人摇
摇晃晃地走开了。

14

　　仅仅一周之内，《我的奋斗》就售出了不下三十册。

　　9 月 30 日，这个月的最后一天。

　　书桌上放着一篇关于阿姆斯特丹古董店的文章，这是卡普兰
从一份当地报纸上撕下来的。该古董店的一个陈列柜里除了展示
来自极权国家的纪念品之外，还放了几册《我的奋斗》。一个名
叫爱坡斯坦的人最近指控了这家古董店老板，因为这本书陈列在

《安妮日记》旁边，他对此感到很愤怒。

古董店老板认为，他只不过是按照时间顺序来摆放这些物品，这完全是符合逻辑的，商人可以自己决定这些书籍的摆放方式。为了缓和矛盾，他表示这两本书被这样紧挨着摆放是一种"不幸"，但他不想做任何让步。

文章最后一段话引人注目，在过去的二十四小时里卡普兰读了不下十次："生意惨淡的古董店由于过去几周媒体的参与，生意比以往好了很多。范·龙恩：'最近一周《我的奋斗》这本书至少卖了三十册，这在以前是从没有过的事。'现在范·龙恩店里这本书供不应求。他是否会考虑去订购比较容易搞到的版本，也就是说战后影印本？古董店老板迟疑了一下，回答说，最好不要。"

卡普兰上大学期间有一次在旧书店偶然发现了这本书的荷兰语译本。从情感上来讲，他觉得这本书是万恶之源，具有无穷的破坏力，可以归入撒旦教圣经同一个层次。然而在简短翻阅了一下之后他发现，这本书的语言和结构的处理技巧很拙劣。"我至今感到幸运的是，命运让我出生在因河畔布劳瑙。"若是一本书想要真正地体现邪恶，那么它一定还要写得更好一点。

这本被禁的恶魔之书就这样问世并永久售罄。卡普兰把这篇文章折起来放入大衣口袋，看了看手机。最近他每天都要和朱迪思通电话，聊一聊共同的危机，分享对涂鸦这种行为的不解之感，同时更新和巩固当天获得的关联感。

为了应对那些小事件的荒谬性，卡普兰依据二战期间的重要日期翻开这本书，他经常这么做。曾几何时，这本书一直是历史研究的权威著作，直到它过时。在同样让人觉得沉重压抑的当代现实之前，总是会有一个残酷的历史先例，知道这一点使卡普兰多少觉得有点安慰。

卡普兰念道："1940年9月30日，下级部门收到指示，是关于什么人可以被看作真正'犹太人'的问题。指示称，一个人如果有三个或四个犹太祖辈就可视为'绝对犹太人'。"卡普兰合上书。中学的职员完全属于下级行政部门，要是今天这些下级行政部门收到同样的指令的话，他绝不会被看作是绝对犹太人。一个令人失望的认识。在战争最后一发子弹发射完后，只有极端情况才有意义，通常来说完全没有空间给这些"不完全"，无论是为了庆祝胜利，还是为了逝者而感到悲伤，一般情况没有意义。

卡普兰每小时都会把房门打开一条缝，保持几分钟。但是副校长没有再来。他查阅了9月的缺勤表，发现萨米尔·雅库布、法蒂玛·巴里、卡里姆·埃姆拉尼这三个人开学第一个月到课情况最差，平均缺席了超过百分之三十的课时。亚伯拉罕只缺了一个课时，但是他有医疗证明。他在卡普兰这里度过的时间，正如所承诺的，没有记录。

卡普兰拿了一张空白纸条记录下这三个人的名字，在纸条上签了名，但是对这些缺课者的惩罚措施并未提出自己的建议，这些应该由杜夫曼自己考虑。卡普兰揉了一下太阳穴，搓了搓脖颈。现在马上就已经是10月了，按照婚后的日历，10月是十分难过的一个月，就在这个月卡普兰和妻子将不会有孩子的事成为定局。

在千禧年前不久，夏娃和卡普兰渴望有个孩子的愿望越来越强烈，甚至越来越不理性。只不过是一个还不存在的生命，或者说从未存在过的生命，竟然会具有魔术般的力量，驱散开家里不快的气氛。尽管有孩子的可能性在以前曾经摸起来像一条丝质的带子，他们轻率地用这条带子拉近彼此间的距离，然而后来的那些年里这种可能性对两个人来说都成为一个沉重的锚链，深深困扰着他们并让他们久久不能释怀。

2002 年。八九月期间夏娃总是感觉盆骨剧痛，且久坐让疼痛加剧。她的经期也不规律。此外脖子和腋下一种奇怪的皮疹让她痛苦不已。开始的时候卡普兰尝试安慰她，但是在她看来卡普兰的安慰之词完全没有说服力。在过了两周令人心烦意乱的日子之后，卡普兰最终说服了夏娃去看医生。在那两周内，卡普兰多次尝试使夏娃相信去看医生的必要性，而她坚信自己没有什么事，她像念咒语似的反复说着令人生厌的一句话：我从来不会生病。夏娃终于去看了医生，在做了几项检查之后，医生请卡普兰和夏娃一起谈一谈。

他们坐在塑料椅上。这天是星期二，刮大风，阴暗的天空不时被闪电照亮。卡普兰中断了他的写作。医生起初并没有对卡普兰表现出特别的同情感。医生的桌上放着一个摇晃的达尔文头部雕像。谈话期间卡普兰只看到达尔文的瞳孔，它们使医生的每句话都具有了进化的必然性意义。

不是很严重的疾病——多囊卵巢综合征，顾名思义，卵巢中有囊肿。他们得认真考虑无孩子的可能性。卡普兰还记得医生是如何对他们说那些话的。达尔文赢了。那是他们第一次也是最后一次作为父母的谈话。

2002 年。他们已经不愿意谈论可能性的一年。他们两个都声称，他们早就相信没有孩子的生活也有好处。医生的话原本已经让他们释然，他们原本没有互相批判，而是放下执念。但是很快他们又站在了诊所的门前，直到他们意识到，这种感觉是多么不适宜。

他们进入一家附近的酒店，在楼梯旁一张最小的桌子边坐下来。房间里的家庭氛围让人有点伤感，卡普兰数着棉质桌布上被火烧的洞，他数到三个洞。他们点了蔬菜和墨鱼，长时间沉默。那天晚上，她正式提出"以一种自然的方式或者完全没有"的观点，为这件事给出了终极结论，再不容辩驳。

2002 年。欧元正式进入流通。米洛舍维奇①一案开庭审理。一个未曾出生的生命悄然离世。

但是倘若一个男人能撇开所有基因的纽带，而保护好一个孩子，一个最需要他帮助的孩子，也许这个男人也同样称得上是一位父亲。卡普兰坐在写字台旁，反复思索着这个在过去的岁月中曾施舍过他希望，并且值得一试的念头。他取出了亚伯拉罕的成绩单。

而且他意识到必须开始着手创作《这一本书》了。这样他能帮助到的将不仅仅是眼前这个实实在在的亚伯拉罕，而是所有的亚伯拉罕，不管是过去的，还是未来的。这本书将会给卡普兰提供机会，让他畅所欲言。他要在这本书中给所有那些无法发声的人腾出一片地方，也许是一页纸，也许是一个段落，或哪怕是一

① 米洛舍维奇（1941—2006），塞尔维亚共和国总统，南联盟总统，2000 年大选失败后淡出政治，2001 年被捕入狱，2006 年在海牙联合国监狱病逝。——译注

句话。他在一个草稿本上拟写下了给上司杜夫曼的另一封信。

15

他把抽噎着的男孩叫进房间。那时正是十一点四十五分，很快第四节课就要开始了。他把装有亚伯拉罕成绩单的文件夹推到一旁，然后急匆匆地赶到了门厅，他四处张望，想看看那群犯了事的家伙还能不能瞧得着，结果什么也没有看到。

他要男孩坐下，让他平复一下情绪。这个时候卡普兰才注意到男孩受欺负的后果，真是令人同情，他双脚裸露，没有穿鞋，脚上有伤，他不住地把脚丫子往地板上搓。

"为什么他们让你这么恼火呢？"卡普兰踌躇了好一阵，才鼓足勇气开口问他。男孩惊讶地看着他，可是他仍紧逼不舍。"使劲想一想，可别只是说，我不知道，所以没有什么原因。鞋子很重要，"他补充说，"甚至也许比脚都重要，每个人都有脚，但不是人人都有鞋子。"

"那哪些人没有鞋子呢？"

"那些被剥夺权利的人，那些被社会所遗弃的人。以前，在集中营里……"他看着男孩茫然的眼睛，"你知道集中营是什么吧？"小男孩乖乖地点了点头。"很好。在集中营里人们必须交出他们的鞋子。"

"然后谁得到了这些鞋子呢？"

"它们统统被扔成一堆。"卡普兰粗暴地回答。

"真奇怪。"

卡普兰沉默了一会儿说："不管怎样那都是一段奇怪的时期，对此人们只能如此描述。"男孩一言不发地看着他。"代替那些旧鞋，人们得到了新的但却不合脚的鞋子。要是鞋子坏了，或有人长水疱了，或者发炎了，如此反复，那他的脚就会肿胀不堪。"

"我妈妈老是说，我的脚差点也肿了。"

"你说的红肿和我所指的不一样。那些脚肿了的囚犯都是患了病，没有指望活下去了的。"

"后来呢？后来他们怎么样了？"

"嘿，这可压根不是个什么故事，这是实实在在发生过的事。它是人类历史上最残暴的一个篇章。"

男孩沉思了一会儿说道："我以为，一个作家自己会编造些事情出来。"

卡普兰吃惊地看着他："有些事情人们不必编造，有些事情人们无法编造。"他斟酌了一会儿，接着说，"有些事情人们不能编造。"然而他不确定，男孩是否赞同他说的话。

"我不知道，他们为什么要针对我，"男孩说，"我真的不知道。"

"这太令人遗憾了。"

"我现在该怎么办呢？"男孩的声音听起来有些尖厉。

"你穿多大码的鞋子？"卡普兰问。

"三十八码。"

"我去公寓管理员那儿一趟，看失物招领处那边有没有适合你穿的鞋子。你可以穿上那双鞋子，假装一切都没发生过。然后你就径直回家，等到了你父母身边你就安心了，他们会安慰你的。我会再写一封信给校长，这样他就不能不注意到我了。我会保护你的。"

"你有能力保护好一个人吗？"

卡普兰一时被惊得说不出话来。诚然，从前夏娃在他身边也缺乏安全感，但这次的情况不一样。那个时候他不知道该如何回应她的脆弱敏感，他一直在努力寻找合适的字眼，寻找冷静和概述性的表达：一个深海潜水员，在一片异常昏黑的海域里苦苦挣扎，却怎么也抗击不了汹涌的潮流。他曾试图在一个特定的历史背景下将夏娃与现实的苦痛加以比较，以期把她对他个人的失望与对他事业的失望之感关联起来。然而他成天谈论那些现实中不幸的男人和女人，反而使得夏娃与他渐行渐远，更别提保护了。他一步一步地把她变得冷漠，变得难以亲近，就好像他自己亲手建造了一堵围墙，一块石头一块石头堆砌起来的围墙。"有时候是这样，"他说，"但是这次我一定会做到。"

半小时后他让男孩出去了，他脚上穿着卡普兰从搁置旧物的箱子中翻到的一双四十码的运动鞋，每走一步，鞋子都发出刺耳的嘎吱声。卡普兰随即记下的话充满了敌意，但却正中要害。揭下校长虚伪卑鄙的面具突然之间不再是当务之急，必须让杜夫曼现在就行动起来，以防男孩受到真正严重的伤害。

16

尽管对男孩的担忧之情难以抑制，但是要光明正大地去寻求帮助，卡普兰又做不到。直接与男孩的父母联系？那是愚蠢至极的想法，毫无疑问，这样做他会失去男孩的信任。向媒体求助？但具体要怎么做呢？他想起了那件不幸事故，一个来自特温特地区的小男孩，在遭受了一系列似乎永无尽头的霸凌之后，最终选择了自杀。不，事情不会发展到这种地步的，亚伯拉罕是个积极向上的孩子。

卡普兰走在人行道上，脚底发出沉重的声音。他试图将自己的思绪从脚步节奏中抽出来。看来此次救援行动要能成功，杜夫曼的帮助至关重要，他不得不承认这一点，这让他感觉实在很糟糕。但也只有这样，他才能获得必要的威信去找出那些肇事者，去探究他们的动机并惩罚他们。

在毕尔德迪克斯大街和金科街的拐角处，一个离他住所十分钟路程的地方，卡普兰停了下来，深深地吸了一口气，秋天的气息弥漫了他的整个肺部。有轨电车的空中导线绷得紧紧的，发出金属抽打的声响，世界上没有哪个地方的有轨电车会发出这样的声音。现在是周末，他想去见见朱迪思。他需要她的劝导，她的安宁。要是他靠得足够近，还可以听到她心脏跳动的声音。

也许他应该给朱迪思一个惊喜，上一次给她送礼物已经是很久远的事了。他走进超市。为她准备一顿晚餐并不是一个好主意，他拿手的菜肴只有一个，就是意大利面配肉末，再加许多奶酪。这种营养丰富的菜肴很难碰撞出激情。他走向酒柜，手指轻滑过酒瓶，玻璃瓶光滑冰冷。他不经意地驻足在一瓶红酒旁，当他从柜子里拿出红酒的时候，他突然觉得胳膊虚弱无力，嗓子干涩。一瓶巴罗洛。

"定义一个人的不是爱，而是厌恶。"

站在酒柜前，卡普兰脑海里凭空冒出这样一句话来。他回想起来，那是 1997 年，也许是 1998 年。那是一个美好的傍晚，和朋友们在一起，虽然都是夏娃的朋友，他们是过来吃饭的。三瓶巴罗洛酒就放在桌上。夏娃按照意式千层茄子的做法做了道烤茄子，还额外撒了点茴香。即兴扩展菜谱的做法让她感到非常满意，这一点卡普兰从她切白干酪和煮番茄酱的方式上就可以看出来，非常幸福。后来他才明白，他感到烦扰不是因为这个场景的小市民性，而是这种小市民性能使她感到幸福，而他不能。

那个傍晚的朋友们是可以取代的，大部分的谈话也是。当两个金融专家之一发表高论说，一个"米克·贾格尔"① 胜过一个"巴斯奎特"② 时，谈话陷入了低潮。餐桌上充斥着对饭菜的恭维话，然而卡普兰对这道乏味的茴香菜并没有留下什么特别深刻的印象，他纠结于要不要说出自己的感觉来，这种表达的欲望是不能否认的。

送走客人之后，他走向阳台，夏娃站在那里。阳台太小，在上面都没法好好地坐下来。当他把瓶子里剩余的酒倒出来时，他看见夏娃手臂环肩。再走近一点，他听到了她牙齿打战的声音。卡普兰明白，夏娃根本不是在等他，而是在想办法避开他。她的这种态度表达出一种深深的悲哀，比他的悲哀更纯粹、更真诚。

"你怎么了？"他问，"这难道不是一个很美好的夜晚吗？你做的烤饼很成功。"说完他又补充了一句，"尽管有茴香。"

① 米克·贾格尔（Mick Jagger, 1943— ），英国摇滚乐手，滚石乐团创始成员之一。——译注
② 巴斯奎特（Basquiat, 1960—1988），美国新表现主义艺术家。——译注

　　夏娃转过身，她的动作很灵活轻快，她看起来比平时更漂亮，同时也更生气。他是爱她的，毫无疑问，一如既往地爱，但是为什么他总是需要面临一个危机，才能认清这一点呢？就是在这一刻，夏娃说出了自己内心的话，经过了深思熟虑的、冷静的、一句酝酿了很久的话："在我看来，定义一个人的不是爱，而是厌恶。你，亚伯，你满怀厌恶，我也好，还是其他人也好，都无法从中看到任何积极的东西。你非常不开心，精神不振。"她的眼里涌出泪水，从他身旁走过进到屋子里去了。而他继续待在阳台上，直到屋子里悄无声息。

　　卡普兰把巴罗洛酒放回架子上。夏娃会不会同样也由她的厌恶而被定义呢？最终的结局就是她所想要的生活：不再做他的妻子。他就这样在超市里闲逛，从一个区域溜达到另一个区域。也许他应该打个电话给夏娃。不，这只会使她恼火，最好不要。

　　另一方面，他可能是唯一一个会激动地想起巴罗洛酒，想起她的裙子，想起任何关于她的事情的人，这种刻骨的、好像发烧症状的想念让他感到无法忍受。

　　为了转移注意力，想想别的什么事情，他转而去看那些糕点的名字，那个原本叫作"黑人之吻"的糕点被改成了"巧克力之吻"，而"犹太饼"这个称呼又没有变化。在为这件事生了无数次气之后，他决定还是打电话给夏娃。拿起电话，他又在两个号码之间犹豫不决，因为无论如何现在他不想再与音乐厅有任何联系。

　　起初卡普兰以为听到的是夏娃的声音，他开始结结巴巴地说："我正好在超市，看到一瓶巴罗洛酒，我就想起你。原本我应该想到我们两个，当然不是今天的我们，而是之前的我们。"如果他真的想要他们俩躺在同一张床上睡觉，他现在必须显得充满自信和果断，但他现在根本做不到。

他开始口吃起来。数年以来他看作是他们之间协议的东西，就在这通失败的电话中烟消云散。他感到一阵恶心。"呃，现在，我看到了巴罗洛酒。嗯，我希望你过得好。正好发生了很多事，我是说，在我这里。在世界其他地方也是这样。通过留言电话我说不清楚。另一方面，我们两个再见面可能还需要一段时间，我知道，你是宁愿这样。我希望你一切都好，希望你工作顺利，我真的希望你这样，我还希望……"就在这个时候，机器提示："很遗憾不可以再说较长的信息了。"电话断了。

他还能再打个电话给她，给她留另一个消息，就像以前在经历了这样的失败之后他会做的那样，但之后他觉得没有必要。此外，他所说的话没有任何不真实，也没有任何权谋。他回到酒柜前，从架子上拿出一瓶智利霞多丽酒。

在收银台，他的目光落到了展示台上的特价电影上。《艾曼纽2》，标题上面是两个年轻美丽的身体：翁贝托·奥西尼和西尔维娅·克里斯特尔。副标题是《艾曼纽爱的教育》，反处女。"要是感觉好的话，没有什么是错的。"卡普兰念道。有数百个关于施虐和压迫的例子，它们展示出对立的一面，但这很好。这部电影在当时（1975年）是一个丑闻，而现在就放在超市里，放在曼妥思薄荷糖和奇趣蛋之间。

"打扰一下，请问有什么需要帮助的吗？"

卡普兰吓了一跳。他决定还是宁愿做一个有奇特习惯的消费者，也不要做在店里盯着猥琐的 DVD 封皮看却什么也不买的家伙。他把影片放到了收银台上。

汗水和啤酒。在回家的路上，他陷入了一队人群，他们大约五十个人，全是男人，还有一些男孩子。那些人互相拍打着肩膀，不停地唱歌、大声喊叫。这个时候他才看到他们中的一些人扛着巨大的旗帜，旗子上可以看到蓝白色的大卫之星，简单但给人深刻印象。

终结就是这个样子，他想。对的旗帜，却由错误的人扛着。现在他被一群陌生的肩膀夹着，几乎喘不过气来。他沉默地让自己被人群裹挟着前进，闭上眼睛，不要动，等待。

突然，这些男人放开了他，就像把他带进他们中间来一样毫无征兆。他一下子又感觉到了空气，感觉到了凉爽的风。他睁开眼睛，看到这群人唱着歌消失在地铁入口处，他们唱的是四声部的"谁不跳，谁就不是犹太人"。

卡普兰两手湿漉漉地坐在朱迪思的餐桌旁，朱迪思在做他买回来的菜。她把装着南瓜块和萝卜块的烤盘放进了烤箱，开始烧水煮古斯米。卡普兰的面前放着一杯霞多丽，碟片还原封不动地放在他脚边的购物袋里。离开超市之后，他又一次忍不住去看了手机，夏娃没有给他回电话。明明没有什么可期待的，但就是控制不住。他在心里暗暗告诉自己，今晚不要再去看手机了。

朱迪思忙碌着家务活，这个画面真让人觉得美好。抛开其他的不谈，她显然是一个乐意照顾丈夫的人。这样做的原因当然是害怕被抛弃，或类似令人伤心之事，但这又有什么关系呢，只要这一切能通向和谐，那么恐惧中就会少一些不幸。

"你这样顺便来看我，真好。"她说。

"上一次没怎么喝醉，所以我想，好吧。"

她从平底锅上抬起眼睛，她刚刚往里面放了一块豆腐，虽然这种豆制品没什么味道，却能够成为犹太教所认为的洁净食物。"卐字符日……算了，不说这糟心的事了，不管怎么样，你在这里就好。"

"说起卐字符，今晚的足球赛你听说了吗？"

她动了一下眉头，做出一个奇怪的动作说："首先，我不知道足球赛和卐字符有什么关系。其次，我没听说，怎么了？"

"没怎么。"他说。沉默了一会儿，他小声嘟哝了一句："卐字符日，一个不错的书名。"

"这个书名就当我给你的礼物。"油在锅里嗞嗞作响，"但你必须说这本书是献给我的。"一句令人不安的话，她说得如此轻松。他很早前就决定了，要把他将来出的书都献给夏娃，从《这一本书》开始，虽然很有可能是他写的最后一本书，不过这也不是什么丢脸的事。卡普兰的回答闪烁其词，朱迪思也不再追问下去。她转过身，站在原地隔着三四米望着坐在椅子上的他："你的那些书书名都叫什么？"

就这样话题绕到了他的书上，那是一些完全属于过去的文字。"我的诗集名字叫《一次诞生》，小说叫《一道柔软的疤痕》。"

"这部小说写的是德国的事？"

"不是。"他明明白白地说,"它是以魏玛共和国为背景没错,这对一本荷兰小说来说是不太常见的,但是小说本身讲的是……我觉得讲的是爱、战争和失败。"说着这些时,卡普兰自己心里却有了个疑惑,这难道就是他呕心沥血写出来的作品的全部了吗?"爱、战争和失败?"

"伟大的主题。"她断言。

他沉默了一会儿,又故作轻松地说:"你想要的话,我可以给你送一本样本书。"

"好呀,当然了。想来点葡萄酒吗?"她把桌上的霞多丽塞进了冰箱,又从冰箱里拿出一个乍看上去相同的瓶子出来。"你有时候在思考一本新书,那你……"她突然在他面前停住,"我是不是说错了什么……"

是的,她曾经说错过。在那个令人屈辱的过去,她曾经谈起过他的书。"没有,没有。"他尽量克制自己,"一切都很好。"他没有精力再和她谈亚伯拉罕的事,要不明天再说吧。

"那你偶尔会想到一些新的题材吗?我觉得这样会对你有好处。"

"我有一些想法,"他喝了一口酒,葡萄酒的味道忽然让他意识到了自己有些冒失,"会有一些词,目前还只是在我脑海里,我在寻找一个故事。"不,这听起来太含糊了,"寻找这个故事。"

她在他对面坐了下来:"真奇怪。当我想到作家时,从来不会觉得,他们会没有故事可以写。"

"其实是有很多故事的。"他说,然而这听起来又是一句傻话,"但是要在一堆胡说八道里发现真正的故事,这其实更有难度。一个只属于你的，别人都没办法讲述的故事。"现在他在追踪一件事，是时候停止谈这个话题了。

"你知不知道？"这一句话，她似乎酝酿了很久，微妙的变化浮现在她的脸上，他隐隐感觉到一种亲密氛围，一种可以让人吐露秘密的亲密氛围。"算了，也许我最好还是不要跟你说。"

"为什么不呢？"他倾过身来。有那么片刻他想到了自己藏了一晚上的秘密，购物袋里那个作为交换的色情电影，用来交换她的秘密。不过这是一个巨大的冒险，将会带来灾难性的后果。

"这有点私人性。"

"是关于你的吗？"他问道，显得随意的语气应该使她觉得很亲昵。

"和我以及我的家庭有关。"她把酒杯贴在唇边，脸上泛起了微醺的漂亮红晕。

"你不必和我说这些的，真的。"虽然嘴上这样说，但他心里却笃定了，这样的话通常会起到相反的效果。

"好吧。有一本书，"朱迪思开始说起来，"一本非常重要的书，我父亲的日记。"这时候，烤炉里突然发出了噼啪的声音，一下子让她从这氤氲的氛围中惊醒。

她从红色的盒子中取出一支大卫杜夫烟，烟雾袅袅升起。她放上肖斯塔科维奇的《第七交响曲》，卡普兰最喜欢的曲子，轻松又具有威胁性的弦乐拨奏萦绕整个房间。至于那本不吉利的日记本她再也没提起。

第一瓶酒已经空了，她把他带来的那瓶霞多丽从冰箱拿了出

来，顺手打开电视机。电视里正在报道说，在奥地利，一批最终
未获承认的政治避难者中有四分之一的人受到了威胁。最后的评
论还是卡普兰写的，但朱迪思却并不是很满意。她说，如果没有
亲身经历过他们的悲惨命运，就永远不能设身处地地为他们着
想。他说那是因为他发现，两个定期上床的人在闲暇时讨论内容
丰富的政治话题，再没有什么比这更令人感到恶心的了，最好还
是关掉电视吧。舒服些了吗？她问。是的，他答，舒服些了。

　　他们面对面坐在桌子的两边，喝下去的酒开始作祟，玩弄着
光和时间的游戏。一会儿产生一种令人迷醉的效果：音乐、灯
光，还有远处电车的声音，和谐地融在了一起；一会儿酒力又毫
不仁慈，让人毫不费力地看到朱迪思脸颊和太阳穴周围坑坑洼洼
的痘印，尽管她还年轻。

　　也许她早就想泄露这个秘密了，也许他也早已感知到了这个
秘密的存在，如此，他仍然留在她身边的原因，似乎就昭然若揭
了。但是人又如何才能够看清一个决定背后的真正动机呢？

　　两瓶白葡萄酒都喝完了，她又从房子角落里取出一瓶索查龙
舌兰，倒满两个印着切·格瓦拉①肖像的杯子，把它们放在沙发
扶手上。这个时候他知道了该如何让她开口谈刚刚那个话题。

　　第一阵反胃恶心的感觉袭来，他看到落地灯的光束投在地
上，画出了一个微微摇晃的圆，这个时候他对她落下一吻。他起
身，把她从沙发上抱起来压到墙上，又将她翻过身去，轻咬她的

---

　　①　切·格瓦拉（Che Guevara, 1928—1967），古巴革命领导人、作家、医
生，其肖像被当作反主流文化的普遍象征，全球流行文化的标志。——译注

脖子，在她耳边轻声说着接下来想要对她做的事情，一边顺手将她的丝袜脱了下来。他至少有十年没有这样果断过了。

他们精疲力竭，醉醺醺地躺在一起，喘息着。

他们从一小时前开始缠绵。他们互相亲吻，她闭上眼睛，就像夏娃最后一次和他一起时那样，似乎她在想象着身边是一个比他更年轻更有魅力的男人，这种想法使他激动不安。他把她推向卧室，在这里他迷失在她身体的每一个细节处，那凸起的肚脐、耳垂上的胎记以及竖立的汗毛。她实在是太美了，更重要的是，她是真实的。在他马上要高潮时，她叫了一声"亚伯"，这使他有些许疲软，于是用尽力气假装高潮了。为了避免她产生怀疑，他立刻停止了动作，一边还不住地战栗。

"朱迪思？"他有些结巴。

她睁开眼睛，她的手孩子气地触摸着他的腿，好像她的肌肉完全没有了力气似的。"怎么啦？"

"先前我们坐在桌子前的时候，你是不是有话要对我说？"

她又闭上了眼睛："你是出于好意问的吗？"

"一直是的。"他说。随后是一阵沉默，性生活过后凌乱的床铺也让人产生一种紧张的寂静感。过了一阵他问："你先前到底是什么意思呢？"

"那，好吧。"她说，就像刚刚结束了内心的矛盾挣扎，"那我就给你看看吧。"她站了起来。他察觉到床动了，还听到了客厅里某种轮子的声音。她回来了，依偎在他身边问："可以稍微开会儿灯吗？"台灯刺眼的光让他眯起了眼睛。这是一本陈旧的红色小书，满是灰尘，书角都翘起来了。"这是我父亲的日记。

关于集中营，关于奥斯维辛的日记，他也叫亚伯，亚伯·斯托恩。"她的一双大眼睛看起来很温柔。"你知道奇怪的是什么吗？战前他的身体应该是很高大健壮的，但在集中营里他萎缩了二十厘米，就好像他的骨头弯曲了似的。被解救出来后他回到了荷兰，也有了一份工作。整个归途中他一言不发，脑海里全是那些他永远也不会忘记的细节。使得他能在集中营的这些年坚持下来的就是这个想法，要在某个时候把他的回忆写下来，不要让它们就这么成为过眼云烟。很久以前，他把这个交给了我，他突然不能再忍受这日记留在他的房子里。但我从没想过去读这本日记，因为它很大一部分都是关于一个女人，一个本应该是我的母亲、却没能成为我母亲的女人。一个很长的故事。我的母亲总有一种感觉，好像她只是个备胎，或许她就是。现在我坚决支持她。"

"我可以看看吗？"

"那你可要注意小心一点。"

他捧着那本日记，就像捧着一份贵重的礼物，它也确实是。他翻开日记，纸张有些粘在了一起。"我叫亚伯，"他念道，"可是大概有两年时间没人这样叫过我了。"这是日记的第一句话，读起来让他的后背感到一阵寒战。

"认得出来吗？"朱迪思问。

"没问题，我擅长识别手写的字，我可以去客厅看一下吗？那边灯光好一些。这本日记看起来非常有意思。"他很少有这种非常振奋的表述，不过这次没有任何表演的成分。

"一定得是现在吗？"她问道，一只胳膊抱着他的肩膀，头靠在他的胸膛上。

"不，当然不是非得现在。"他回答，"让我们先睡觉吧。"

"真好，你刚才真的让我感觉非常棒。"她情意绵绵地说。

"我也是。"他把日记放在床头柜上，关了灯。他睁着眼睛在昏暗的房间里呆望了一阵，说："我们可以睡开一点吗？我觉得有点不舒服。"

她没有回答，但是他能感觉到，她的手臂和头移开了，这让他感到轻松了一些。

他等了半个小时。现在起床拿着日记溜去客厅，应该完全不会让她察觉。他用手机打光，屏住呼吸，光着屁股坐在木椅上，读完了日记的前二十页，然后把它放进购物袋里，放在《艾曼纽2》的碟片旁边，兴奋地回到了卧室。

17

他敲破煮鸡蛋的蛋壳，蛋白露了出来。早饭时他们的宿醉感还没有消失，昨晚关于那本日记的对话也无法继续。只要他一走出这栋楼，他就想立马去最近的复印店，他要把日记复印下来，然后安安静静地从头到尾读一遍。到傍晚的时候他会给她发个信息："昨晚上我睡不着，稍微翻了一下你父亲的日记。为了不吵醒你，我就去客厅看了。后来可能我喝醉了也很累了，把它装进了我的购物袋里，一不留神就带走了。"

这就是他编的故事了，虽然不那么令人愉快，但是估计会行得通。然后他就应该表现得是在克制自己的遗憾。他当然知道，这并不好。她满含笑意地望着他，他也对她微笑。

咬到蛋黄的时候他说："昨晚真的非常美好。"

他想说一些奉承的话，但只是点了点头。最后，他借口要准备周一的一些事情，所以吃完早饭就得要走了。根据她的表情，他知道她设想的周末是另一个样子：在市区逛一逛，去喝喝咖啡，互相喂羊角面包吃。"我的脑子总会惦记起那些手头要做的事情，也许我把这些都处理好以后，我们可以明天做一些好玩的事情，那时候我也会感觉自在一点。"

她非常理解地点了点头，穿着睡衣陪他走出去。门在身后悄无声息地落了锁，他成功地离开了朱迪思的公寓，没有争吵，袋子里装着那本日记。下楼的时候他还总是感觉到朱迪思·斯托恩的气息。

白天的光线很刺眼，路过的小吃店气味几乎让他要窒息过去，以至于走进复印店时，他的头还嗡嗡作响，但这一切都不重要。他将日记本一页一页地铺在复印机的玻璃台上，仔细检查每张纸是否有模糊的地方，是否有瑕疵。亚伯·卡普兰把这本日记复印了两份，花了将近一小时才完工。

"我叫亚伯，"中午的时候卡普兰重新开始读起来，"可是大概有两年时间没人这么叫过我了。我在集中营里从 1942 年 12 月一直待到 1945 年 1 月。在这里我有一些其他的名字，但在这里唯一真正有用的名字，就是我左臂上的编号。"

卡普兰深吸了一口气继续读下去。

"火车从韦斯特博克开过来，在那里我和米尔加待了四天。火车上我一直把牢牢绑在右臂上的祷告带按在胸口上。'我今天嘱咐你们的这些话，你们应当把它记在心里，以后也要再三提醒你们的孩子，不论你坐在房子里或是走在路上，不论你们躺下或是站起来。'我们都知道那些谣言。劳工营，或是更糟糕。为什么我们只允许从阿姆斯特丹随身携带一个手提箱？

"但现在我们已经在列车上了，我们必须忘记以前听过的一切，这是唯一不让我们失去理智的方法。我牵着米尔加的手。我在盖尔宗买的精良西装这一周来已经弄脏了。但是她低声对我说，她喜欢我汗水的气味。即使在这种情况下，她仍然保持着善良的美德。我亲吻了她的额头。"

卡普兰放上《第七交响曲》，一张比他在朱迪思那里听过的版本更古老、更适合他的碟片。日记里的那个老人，他跟自己有一样的名字，卡普兰试图忽略这个巧合。他再一次拿起日记复印本。

"周围绝大部分人都是我未曾谋面的。不过，我发现了屠夫诺亚，以前我在他那里买过腌肉。他一直睁着眼睛，却不看任何东西，只是直勾勾地盯着前方，呆滞而空洞。

"你们应当把它记在心里……再三提醒你们的孩子……不论你坐在房子里或是走在路上，不论你们躺下或是站起来。

"我担心列车到站时他们会取下我的祷告带。但米尔加认为，我应该考虑当下。她恳求我，她还从未这样子过。

"后面远远地坐着一位带婴儿的母亲。第一天我们从长条面包上掰下几小块分给了孩子，这些面包还是我们在韦斯特博克匆匆忙忙收拾的。但第二天面包就吃光了。孩子哭个不停，他的哭声让我抓狂。孩子不哭的时候，也没有人关心他。我们几乎听不到他母亲的声音。我们第一次觉得原来没有子嗣是一种幸运。我只有米尔加，我只需要关心她就行了。

"车厢里不管男人还是女人都慢慢地变得不爱说话。他们越来越虚弱，有一些人已经站不起来了。他们脸色苍白，面颊日渐消瘦，有一些人开始腹泻，甚至流动的排泄物都干在了他们麻木的腿上。

"第三天我忽然发现，我已经有好几个小时没有顾得上米尔加了。我感觉好像站在我自己旁边，好像我的灵魂出窍了一样。

"日子还在不停地流逝，但我的思想却停滞不前。这无边的时光，我们挤在一起，一起恐惧，一起疲倦地走向死亡。黑暗中有人打架，米尔加躲在我身后寻求保护。

"在我们停靠的所有车站，从来没有人试着与我们有一丝丝接触，我们自己也太疲倦而发不出救命的呼声。有些地方有融化的雪水渗入车厢内。我们张开嘴，把脸贴在墙上，在感到细流进入嘴里时，我们闭上了双眼。

"'当你走在路上，当你躺下的时候。'

"在路上，躺着，我再也想象不到有另一种生活，我的祈祷也失去了力量。直到今天我都能记得那个时刻，那个我清楚自己不再恐惧任何事物的时刻。然后火车停了下来，我两年浑浑噩噩的生活就开始了。"

傍晚卡普兰给朱迪思发了一条拟定好了的消息，他一生中第一次使用了"愚蠢"这个词。他还写道，他当然会谨慎地不去读这本日记。这是对那个男人一个小小的但必要的背叛，那个男人不再只是活在他用充满能量的老式文字记录下来的语言中，而且也活在卡普兰自身中。卡普兰提议周一共进晚餐时归还这本日记，却并没有说共度周日。

朱迪思给他打电话的时候是周一，白天。还从没有人在白天给他打过电话。也许她生气了，因为他没有建议她去森林散步或是其他什么，或者更糟的是因为他把那本日记带走了。也许是最糟的情况，她猜到了他想做什么。但是当卡普兰接起电话的时候，一句话足以解释一切："我找到了那座建筑。"

18

第四节课的铃声响了之后不久他就溜了，每天的这个时候都是很安静的时刻，他跟朱迪思约在市中心一个咖啡馆里碰头，这里比那个华而不实的音乐学院酒店更适合她。他在她的嘴上亲了一下，两人并肩进入咖啡馆里。馆里面有年轻人在苹果电脑上工作，喝着被浓郁奶泡包裹着的咖啡，墙上挂着崔姬①的大幅照片和很多奥黛丽·赫本的肖像画。

一落座，他就说："我没想到我们会见面，否则我现在就把日记还给你。对不起，它滑到了我的袋子里，我真笨。"

"好吧，你昨天已经发信息说过了。"她唤来服务生，一个身材苗条的年轻人，一头卷发，鬓角很打眼。她点了两份沙拉和苏打面包，对味道赞不绝口。他补充说："还要一杯咖啡，要那种

---

① 崔姬（Twiggy，1949— ），生于英国伦敦，模特、歌手、演员。——译注

从壶里倒出来的，从那个一直在灶上煮着的机器里倒出来的。"朱迪思明白他的意思："他要一杯浓缩咖啡。"

卡普兰拿起糖包把玩着："我能再问你一些问题吗？关于你父亲的？"一段奇怪的沉默，朱迪思没有任何表示，没有告诫，也没有安慰。"他当时的境况怎么样？"

"我们下次再谈这个吧，不然一切都搞砸了。"

"你说得对，"他说，"我们还是聊聊那栋房子。你确定你的消息属实？"

"你是说那个临时收容所？百分之百确定。我是昨晚得知这个消息的，今早又从另一条渠道得以证实，两种说法一致。"卡普兰正确地评估了朱迪思的网络技能，这对他有好处。"说实话，"她继续说，"我有点儿惊讶，居然没有人知道这件事。他们是……"她四下环顾，然后弯下腰贴近他说，"罗姆人，吉卜赛人①哎。"

她目似点漆，在她的眼底卡普兰似乎看到了亚伯拉罕的眼睛，男孩的目光直击他心灵深处。"什么意思，吉卜赛人？只有吉卜赛人。"

"是呀，难以置信。"

服务生过来把盘子放到桌子上。"而且这是在荷兰。古怪，简直太古怪了。"

她把地图放在盘子间，地图上那栋建筑所在位置标记了一个红十字。卡普兰发现，他本来只要把搜索范围稍稍扩大一点，他

---

① 吉卜赛人自称罗姆人（Romani）。——编注

就可以自己找到那栋楼了。朱迪思似乎感到了他的失落。"你不高兴吗?"她问,"你之前说的是对的,我本不应该质疑你的话,以前这里确实是个小学,一目了然,他们有卫生设施,这样这一片建筑群就很隐蔽,不会引起注意。"

"接着说。"

"这栋房子提供给避难的人住宿,"她说,"但不能这么叫,因为官方不承认罗姆人是政治避难者。"她从桌子上拿起地图。

"那究竟是什么呢?"

"具体我也不是很清楚,但肯定不是拘留所,就像刚刚所说的,也不是政治避难收容所。"朱迪思看着他,"是个有限期的临时收容所,官方说法应该是专为非法移民设立的中转收容所。但又不能驱逐他们,因为他们无家可归。"

卡普兰将撕下的面包片放回盘子,说:"'非法移民收容所',这是我迄今为止听到的最恶心的词。我们的衰落充斥着委婉语。"他还是咬了一口面包,胶状物质在他嘴里一点点融化,"这些人到底有没有护照?"

"有的有,有的没有。有些人持伪造证件上路,有些虚构生活经历。但这能怪他们吗?当时我家里一半人也是这么做的。"

"我有个或许很愚蠢的问题,罗姆人是个难题吗?"

"比利时修订相关法规,因此罗姆人和其他避难者重新选了一条新的路线,这个消息或许你已经看到过。罗马尼亚和保加利亚加入欧盟时,部分临时法规于 12 月 31 日废除,并且自 2014 年 1 月 1 日起罗马尼亚人和保加利亚人允许在欧盟内所有成员国找工作。"

"我并没有看到过这条消息。"

"在我看来，正常的政治避难者并不是什么严重的问题，现在每个月有两个避难人被分摊给四万城市居民，但其中一个之后还是会被驱逐。罗姆人是欧洲大陆上最大的少数民族，通常来说他们也属于欧盟公民。总的来说是一个明显的反吉卜赛主义的例子。"在卡普兰的心中这个词和另一个"反"词密不可分。"赤裸裸的种族歧视。"她继续说，"糟糕的是，政府声称不是这样的，他们说这涉及概率论，潜藏在它诱导性的统计数据背后。"

"你怎么看？"

"它的意思就是，罗姆人似乎经常做出'违法犯罪行为'。官方声称，民族融合问题超出他们职责范围，打击犯罪也是如此。市长、内政部和司法部的非官方合作非常密切，移民局从旁协助，警察局设立特别执行部门。"

"所以出现了那些奇特的制服。"卡普兰更像是在自言自语，而不是在对朱迪思说，"难道你不觉得，当时也是这样开始的，"他肯定了她刚说的话，"他们以虚假的数据来证明排外的合理性？"她点头。"2014 年 1 月 1 日？"他重复道，"那时候他们就会成群拥入我们国家。"朱迪思挑了挑左眉头，或许是他说错了什么。"或者？"他迟疑了一下，"有什么不对吗？"

"群众起义，你其实是这个意思吧，我们的文化人，亚伯·卡普兰。"

"难道我们不必担心吗？"

"在法国，罗姆人可以住在高速公路沿线的小社区，因为那里有无数空置的地皮。而在我们这里罗姆人很快就会被发现，根本没有他们赖以生存的地方。而问题在于，政策没有给予他们必要的时间。"

朱迪思和卡普兰沉默了，一边吃面包，一边试图用各自的方式分析这个事件，朱迪思想寻找实际解决方法，而卡普兰则搜索过去类似的案例。

"你牙缝里有东西。"他说。朱迪思立刻紧张地开始剔牙。"往左一点，嗯，掉了。"他撒了个谎，因为他实在不想看到她再在嘴里瞎忙活了。"我们要做些什么呢？求助媒体？"马艾可，是不是可以把信息透露给那个酒吧女记者？

"为什么？你不记得我不久前说过的吗？没有亲身经历过这些避难者的遭遇，是很难理解他们的生活的。"

"不理解，"他说，"不会吧。"

"我想我还是把你带到难民居住的地方吧，他们是从以前住的难民教堂被安置到这里来的，你亲眼看看他们的生活是什么样的。"

"你不是说过，这所学校相当于半个监狱。这和难民营还是有本质区别的。"

"那是一个你从未见过的世界，会让你大伤脑筋，而现在你有机会去改变它。"她看了一下时间，"如果你愿意，我们可以立刻出发，他们总是会睡很久。"

"我们有必要配合这些被拒绝的政治避难者的时间吗？"

她没有回答，而是示意服务员结账。"我们干脆今天就去，只是我还得回家去一下，你也回去取我父亲的日记本。"

付款的时候，服务员问卡普兰是否想办一张免费的会员卡，一次消费享受百分之十的折扣。这么简单就可以成为会员，可卡普兰不想给小费，宁愿付全额。

在咖啡馆门前卡普兰向朱迪思表示感谢，她咕哝道："明明是我喊的结账，他却要给你会员卡，这是性别歧视吗？"

他仔细玩味她所说的不公平感，然后说："这与当今的女权主义不相符合。不给钱还为没得到打折卡而埋怨。"

她注视了他一会儿，在他的脸颊上落下深深一吻。

19

卡普兰和朱迪思站在维特林珊门口，一个阿尔迪超市的箱子横在他们中间，里面装着四袋各重五公斤的大米。来之前朱迪思提议给不久前住进这栋房子的人带些东西。"作为报酬？"他问她。"不，作为一种姿态。"朱迪思回答。现在他们带着这些"姿态"站在这里。这是一栋灰色的办公楼，很高，但显得很臃肿。门口围着一群无所事事的男人，看起来像是非洲人。他们没一个人注意到从某个窗户里挂出来的大幅标语，上面写着：我们就在这里！

站在临时接待桌后面的男人立马认出了朱迪思。他是管理仓库的，朱迪思低声说道。卡普兰把箱子放到地上，感觉手臂上的肌肉有些酸痛。一个深色皮肤的男人走过来，他脖子上挂着十字架，嘴角还叼着一支烟。他没对卡普兰表示感激就扛走了箱子。朱迪思说，这些难民待在现在这栋楼才两周，她用了"新占"这个词。

入口大厅后面远远地堆着几十个装过香蕉的水果箱，里面装满了邻居们捐赠的书和衣物。墙上用黑色的马克笔写着英文的"母亲"字样，隔着三十厘米还写了"宝宝"两字，没人知道是谁写的。空气中弥漫着一股潮湿的泥土味，本身倒也没有让人觉得不舒服。

通往三楼的楼梯下面站着一个男人，穿着浴室用的拖鞋，张开手臂自我介绍道："我叫刚果。"据刚果说，这栋楼按楼层分成几块，二楼是仓库，三楼安置着讲法语的难民，就是那些法语区国家的人，四楼是阿拉伯人，五楼和六楼是索马里人，七楼还有一些其他国家的难民。

刚果打算带他们去索马里人住的那层楼。中途朱迪思竟遇到了熟人，一个一头油腻卷发的男人，眼睛却是水汪汪的。刚果没跟他们告别，自顾自趿拉着鞋继续往上走。朱迪思的那个熟人说自己是也门人，想带他们看看他睡觉的地方。

他们进入一个很大的房间，里面除了大约二十张床之外，都是光秃秃的。这些床有的是被丢弃的带顶棚的家居床，有的是破烂的行军床。在一张低矮的木床上蜷缩着一位老人，身上盖着毛毯。一台电视机正开着，荷兰播报员正在播报重大事件。床边的墙上写着一些名字，其中很多个"穆塞纳"。卡普兰好奇穆塞纳是谁，也门人不以为然地说："就是个男孩子而已，到处写名字，就想让自己出名。"他说的是英语。卡普兰问，想获得名誉有什么不对吗？朱迪思欲言又止的样子让他意识到，用这样的方式来掌握主动并不妥当，但他并未因此而受到影响。

"拜托，"也门人面无表情，"真是蠢，如果上新闻，所有人都会知道你。""但是相反你也可以说，跟其他人区别开来是聪明的做法。"卡普兰说道，"比起完全陌生的人，人们不会轻易排斥一个知道名字和相貌的人。"朱迪思出乎意料地赞同他："可不是吗，尤尼斯曾经是难民大篷车的代言人，现在他的事件刚刚又重新展开调查。那些无国籍者说的外语具有神奇的意义。"

"什么是'重新调查'？"也门人吃力地模仿着这个词，"我完全搞不懂什么'重新调查'，'重新调查'之类的。"他转向卡普兰，"你知道最糟糕的是什么吗？最糟糕的是希望，他们让你因为希望得病，让希望在你脑子里生根发芽。他们以为，希望会让人镇定。事实上希望导致了狂躁，希望就像是癌症。"他好像很平静，看上去既不绝望，也不抱渺茫的希望。他现在的生活状况只有一种结果，而导致这一结果的纠葛、不好的经历、命运的重击都是无法察觉的。卡普兰看到的是一个完全由后果决定的男人。

卡普兰问他今年多大年纪，在这待了多久。他说自己三十岁了，四年前就到了荷兰。卡普兰想知道他为什么还是不会讲荷兰语，他耸了耸肩。卡普兰接着说，学会荷兰语又没什么损失。男人笑了笑，并不很赞同。

"这儿更亮堂，"朱迪思满怀希望地说，"我是说与难民教堂相比。"她打了个手势，大概是想表达这里开阔又敞亮。

"你说的'亮'指什么？"也门人问，"没有光吗？我带了灯。"这样一来，朱迪思和卡普兰都没法反驳。

一只孤独的空塑料袋挂在暖气调温器上，缓缓摇晃，这一点卡普兰当然注意到了，他还注意到了床垫上的焊接环和被子上的霉菌。这种绝望的处境让他无法再无动于衷，这样的情况对每个人来说都是极其残酷的。他记下了这一切，但这些并没有触动他。这对难民来说是绝对算好的了，他们什么也不用做就可以得到食物和安身的地方，而为了得到这些，一些艰难为生的荷兰人会不惜用护照去行谋杀之事。

他渐渐觉得自己同那些政客有点相似，本来像他这样的普通人对那些政客一直是持厌恶态度的。为什么坚守学生时代就树立的理想对他来说那么难呢？这些改变究竟是如何发生的呢？是什么时候发生的？当这些改变发生时为什么没有一个人告诉他？

他能够很容易地认同亚伯拉罕，甚至是从前学校里未曾谋面的人也让他觉得，他们跟自己存在某种关联，他很容易就记起他们那一张张写满苦难的面容。也许他曾经期待过，甚至奢望过：这巨大的人类困苦在这里终结。

而他所看到的，除了无聊不再有其他任何东西。他极其想同情他们，但他也必须为此而受苦。无聊的人不会受苦。朱迪思推测，大部分难民接近中午才起床，然后盯着天花板或者又躺回去，她的猜测并不是没有根据的。要是没有什么起床的必要，他们压根就不会起床。

朱迪思想要顺便拜访一下索马里人。通往五楼的大门旁边的墙上原本写着"只有索马里人才能进入"，虽然现在字已经被刮干净，但仍然能明显地感觉到一丝丝威胁。和阿拉伯人不同的是，索马里人用布把床与床之间隔开。这个场景使卡普兰想起了夏娃母亲住的地方。

那是她去世后的一天。房子里的镜子都用布遮住了，传统上这是一种对抗魔鬼的方法，如今是为了不让哀悼者看到他们自己痛苦的脸。卡普兰认出了那支给去世之人祈福用的特别的蜡烛，他在准备皈依犹太教的时候看到过这种蜡烛。小琳的遗体被送到了阿姆斯特尔芬①的殡仪馆去了。夏娃没有哭，只是摇着头沉默地穿过房子。

　　突如其来的一股香味把卡普兰从回忆中唤醒，就像失去知觉的人嗅到嗅盐突然变得清醒一样。原来是有人在做饭，香味从顶楼厨房飘过来，那是正在沸腾的板油的香味。朱迪思和卡普兰一起爬到了顶楼，看到这里的墙上也同样写着名字。

　　一个身穿红白相间长袍的女人小跑着奔向朱迪思，她们互相拥抱。这个女人从他们面前走向厨房，她要监督这些年轻人有没有认真工作，她自称是"厨房女王"。卡普兰问朱迪思，他现在应该如何处理亚伯拉罕的事，朱迪思嘘了一声说："必须得现在吗？"

　　"我已经承诺他了。"她必须明白这一点，"玩笑会开得越来越大，整件事情失控了。"

　　"可能会是这样吧，但是亚伯，你是清楚的，不断地谈论这件事也并没有什么用，不是吗？如果你认为必须采取行动，那就去做，而不只是写一封信。和校长谈谈，去他办公室找他，直接去做这些。"她总是讨厌懒惰。他觉得是忍耐，而她觉得不过是服从命运的安排。"我知道，你觉得他无法忍受。对你来说他就是社会问题的体现，太多的管理者，而真正参与其中的人很少，

_____

　　① 阿姆斯特尔芬（Amstelveen）是荷兰首都阿姆斯特丹市的南郊城镇。——译注

但是你要尽力不去理会这些。"

卡普兰停下脚步："等等，你是怎么知道这件事是与谁有关的？"

"我看电视、读报纸知道的啊。并没有很多人关心你在说什么。你觉得我会不知道你在伊斯兰学校工作吗？人们做他们必须做的事，这与我无关。"

"有什么不对吗？"厨房女王问，对被打断显得不是很开心。

"没什么。"卡普兰答道。

"那就好。"女王带他们参观了一间用布隔开的房间，这是她的卧室。收拾得很整洁的床上是真正的床上用品，地板上铺着明亮多彩的地毯，墙上写着她名字，布沙拉。在这个所谓的女生房间的一个角落里有一个仿造的路易·威登牌子的手提包，包里塞着一只泰迪熊，胳膊从包沿上耷拉下来，上面的线已经散开了，毛茸茸的熊脸上是毫无生气的微笑。

屋里的一切让卡普兰感到眩晕，于是他一言不发地走了出去，来到顶楼的天台。出于安全考虑，人们从烟囱到房门之间拉起一条隔离带，在隔离带的背面，金橘色的太阳恰好落在阿姆斯特丹国家博物馆的双塔间。

他吸足了新鲜空气，从隔离带下面穿过去。为能捕获更多光线，他走到屋顶边沿张开双臂。地平线左边能看到绿色的大字"喜力酿酒厂"，右边是戏剧院的大门，戏剧院的下方是电车、游客以及水面上环游城市的小艇。他闭上双眼，10月的阳光温柔地洒在他的眼皮和嘴唇上，十分温暖惬意。微风吹乱了他的头发，轻抚着他脖颈间的发丝。他已准备好倾倒在这迷人的阳光下。突然，一个女人的声音把他拉回了现实中："你注意到这本书没有？"

20

那些陌生的声音嘎嘎响成一片：我是刚果，希望就像癌症，厨房女王。这期间卡普兰已经把日记本还给了朱迪思，她一言不发地接着了，也没有一丝恼火的样子。回家的路上卡普兰在一个橱窗中看见了《集中营生活》这本书，作者约翰·范·施托克教授。卡普兰最近才读过有关这本书的东西。

他走进店铺，找到这本书放到柜台上。书的背面有一张很美的照片：梳得整整齐齐的头发，两片薄唇。范·施托克曾在乌得勒支大学读书，后来获得美因茨欧洲历史研究所的奖学金，之后在荷兰战争文献研究所的研究室工作了十七年，主要研究犹太人遭受迫害的那段历史。1996 年他获得博士学位，研究主题是"作为文学类型的集中营文学"，之后他成为阿姆斯特丹的一位副教授，他以这个身份定期为日报和周报写稿，总的来说他的简历令人印象深刻。卡普兰随意地翻开一页，突然被书中的一句话给吸引住了："一个错误有时候也可能使整个历史显得让人无法置信。"

他的脚步沉重，楼梯在他脚下发出呻吟。他把一瓶新的杜松子酒放进冰箱，用山葵和蛋黄酱做成味道还不错的调味汁，把土豆煎成金铜色。他坐在餐桌前，在笔记本电脑上查找"罗姆人"

的准确定义。在一个不知名的网站上他发现一份由希姆莱于 1938 年 12 月签发的法令,法令中纳粹承诺"从其种族本质来规范吉卜赛人问题"。1942 年 12 月希姆莱在《奥斯维辛公告》中对驱逐吉卜赛人做了具体化说明,接着在 1943 年 1 月 29 日发出了载有该公告执行规定的快件。

他继续搜索。这件事情的复杂性在于,根据种族卫生学理论来看,纯种的罗姆人十分接近雅利安人,他们其实是混血儿。种族卫生学和人口生物学研究中心形容他们"个性飘忽不定、变化无常、不可靠、懒惰、脾气暴躁、孤僻"。

罗姆人在奥斯维辛建立了一个严密的组织,维护着属于自己的法则、习俗和文化。1944 年 5 月 5 日,集中营里最后六千名罗姆人在毒气室被处死,原因不明。

卡普兰搜索到的是一些穿越时空的乱糟糟的信息。所有这些信息都可以查到,但人们却无法确定这些东西的正确性。这就是现代史学的声音,一堆混乱的杂音。

他拿出杯子和杜松子酒瓶放在桌子上,去放了张 CD,这个时候的音乐应该非《第七交响曲》莫属。他把一沓书页放在腿上,开始读这本在他看来是第一手资料的复印本。书上的那些词句好像被吸入了他的身体里。

"那是一个夜晚,可能是我经历过的最黑暗的一个晚上。数千米的铁丝网围绕在我们四周。'铁丝带电。'有人以一种飞快的、几乎是无声的方式低语,而这也是我们互相说话的方式。集中营里面将不会有什么两样,我们所有人知道的事情都是一样的,也都觉察到不可以谈论其他的事情。

"火车一停下来车门就打开了，我们被拽下车。到处是喊叫声，我跌跌撞撞摔了下去。更糟糕的是，我跟米尔加走散了。

"最后我们都站在铁轨旁，德语的命令声在身边来回穿梭。挨了几轮棍子之后我们终于意识到得把行李放到地板上。男人和女人分开，身强力壮的男人要和体弱的男人分开。到处都没有发现米尔加，我竭尽全力才勉强听到黑暗中某个地方传来她的声音。有时候传来我觉得熟悉的声音，或者说是嘈杂声，但是每次这些声音又都消失了。

"一些党卫军穿过人群，他们的徽章在黑暗中闪闪发光。他们提了一些关于年龄和健康的问题，对着我们咆哮。没有人问我。我身边站着一个男人，他很鲁莽地回问了一句，问是否能留下自己的行李，因为里面有重要的证件。他提问的声音逐渐消失。

"我喊米尔加的名字，挨了一拳，我再喊，被狠狠地踢了一脚。那些最后一段时间与我待在一个车厢的女人、小孩和老人，在月台的另一边变成一大片黑影。我再喊，没有人回答。我们这些剩下的人都必须上卡车。对面那一片人影消失了。近半小时之后，我们到达那座大门，大门上是那个特别的字符，在我的余生这个字符一直都悬在每一座大门的上面。"

多年前卡普兰和夏娃一起观看罗丹的著名雕塑《地狱之门》。在巴黎的那座公园里，他们无言地站在雕塑前，或许有一小时之久，甚至过后数小时他们都说不出一句话，满脑子都是那些雕像，那些美丽与痛苦的完美结合体。

他的手机振动起来。现在这个时候谁给他打电话他都不想去管他。在那座曾经的学校的楼房里罗姆人正在等待，他们的命运完全未知，对他们来说永远都是如此。卡普兰再次打开手提电脑，历史事实，现实报道，所有这一切他都必须要弄到手。全世界有八百万到一千万罗姆人。"罗姆人不得与大篷车居民和所谓的农村司机混为一谈。"想要找到具体的官方报告是不可能的，因为他们没有在户籍登记处登记过。

"吞没"，这是一个用来描述第二次世界大战期间吉卜赛人被迫害的词。"大屠杀"这个词的起源是他在为进入新家庭做准备的过程中发现的，这个词原本是希腊语里用来描述那种完全烧焦了的献祭品的。

卡普兰读道，法国在最近这些年里特别驱逐了很多罗姆人，仅去年一年就不少于一万名，比以往任何时候都多。法国内政部长干脆让人把他们由空置小屋和淘汰的大篷车组成的营地碾平，他也因此而闻名。

起初罗姆人离开法国的时候还可以得到一百五十欧元，后来这个数额削减到五十欧元。这些措施都于事无补，几乎所有人回到罗马尼亚和保加利亚之后，又买了回法国的车票，因为在法国有工作、医疗和学校。这些社会福利在荷兰也有，但是并不是针对所有人的。在这里政府甚至懒得驱逐罗姆人，他们被关押，没有获释的希望，甚至被定罪的希望都没有。

"但在这里唯一有用的名字就是我左臂上的编号。"卡普兰想起日记里的这句话。他把胳膊放在桌上，灰黑色的绒毛，接种天花疫苗留下的伤疤，还有一个伤疤是他三十岁时喝醉酒磕在自行车锁上留下的。

　　由于无法继续工作，他又喝了一杯酒。音乐还在，碟片一直在重复播放。他花了好大的力气才站起来。房间里的灯在摇晃，光线不可预测。

　　卡普兰漫无目的地在房间转悠，他不知道自己在找什么，最后他拿起DVD《艾曼纽2》。他观察着DVD的封面，上面的图片传达的是温暖和色情。他希望能够在里面发现从前的那个自己，那个第一次看被禁电影时的自己，年轻，带着犯错的坚定决心。他把碟片放进播放器。一艘驶入香港港口的小船，它的温暖照片，远东音乐，船上的艾曼纽。船上的舱房不够，她必须在女子宿舍过夜，在那里她遇见了安娜·玛利亚，一个十八岁的少女，长得就像画上的人儿一样漂亮。卡普兰知道自己喝醉的时候就会变得很多愁善感。但他无法改变任何事情，这些图片把他带回了上中学的时代，那个时候就连危险都还有些天真无邪的味道。因为喝了酒的缘故，他一躺到床垫上就立即陷入深沉的睡眠。

　　第二天卡普兰顶着嗡嗡作响的脑袋到了学校，他把耳塞深深地塞进耳朵里，汗湿的手放在办公椅的靠背上。他面前放着校长的信，通知他"不能在没有事先通知、没有说明理由的情况下就这样离开校园"，但没有说明可能的后果。

　　"就这样""没有事先通知""没有说明理由"——这个家伙到底要用多少词来表达同样一个意思？他没有对卡普兰的请求信做出任何反应，而是发出这样一个懦弱的警告！他把信捏成一团，开始将会持续一整天的计算马拉松。他时不时记下一个名字，但也没有太多。没有亚伯拉罕的消息，但愿这意味着他没有危险。

在家吃完饭之后卡普兰把复印件拿到面前，在旁边放了一沓空白纸。钢笔是他从学校带回来的，那个丑陋的茶壶在他鼻子面前冒着热气，背景音乐是肖斯塔科维奇。他曾经设想自己开笔写《这一本书》时一定得具备某些前提条件，现在这些条件的大部分都已经满足了。卡普兰拿起笔，开始改编朱迪思父亲日记里的话。

这一时刻终于到来。他的头好像随时会爆炸，但是他的意识却从未如此清晰过。没有人能做他现在计划的事，也没有人敢做。这个知识，这个嗡嗡作响的意识，正是他这么多年一直在等待的。在前所未有的热情中，他拿了一张白纸开始动起笔来。日记中的有些句子他觉得需要补充，在语言和词汇选择方面做一些强化可能会更时髦一些；过于强烈的情绪必须取消；不能有太多的回忆，太多的猜测。纯粹事实组成的生活。在他看来，改进这样的文本的想法似乎是一种亵渎。但要是没有人发现他做了改进，是不是还会有这种亵渎？

随着写下的每一个字母，卡普兰让自己深深地沉入过去的时光。这就是他之前开始写作的原因，这是一种能够认同某人的体验，不，是完全将自己置于另一个他从未见过的形象中的体验。

这是老亚伯的话，现在变成了他卡普兰的，再也不会是原来的样子。一个完全真实的故事，虽然被重新构思，但确确实实发生过。要是他经历过这一切，或许他能再次写诗，而不至于被诸如阿多诺这样的德国哲学家谴责为野蛮。

有什么东西减缓了他的写作进度，卡普兰活动活动他僵硬的手指。或许朱迪思的父亲还活着。她从未谈起过他，即使卡普兰问起来她也是讳莫如深，避而不谈。她放弃了一些没有说服力的，听起来都是命中注定的术语，如集中营、骄傲、信仰、坚持等，除此之外她就保持沉默。卡普兰很清楚，对他自己来说，没有什么比去想象大屠杀幸存者的事更悲惨的了。幸存者们打发时光的方式就是，从报纸上剪下折扣券，期待下一个共同的拉密①之夜，在卷闸门后面吧嗒吧嗒地走来走去，准备进行一次英雄之旅的最后的犹豫步伐，这样的英雄之旅在被遗忘的战争年代里见证了其最重要的阶段。

迷醉消失了。空气中有一种奇怪的寒冷，他的胳膊上起了鸡皮疙瘩，双腿发痒。写作的质量毋庸置疑，他一直严格地遵循原著，写作的合法性甚至必要性也毋庸置疑。他很冷静地发现，夏娃没有在场，虽然她答应过，在他创作他的杰作时她会陪在身边，但现在她没有在。

21

突然间他就醒了。他很确信自己做了一个噩梦，虽然清楚回忆并说出梦的细节还要花一点时间。房间里还是很黑，蚊子似乎都睡着了。

他的睡眠质量一直很差，他经常被激烈、狂热的梦境所困

---

① 拉密（Rummikub），也叫以色列麻将，又被译为魔力桥。——译注

扰，这种症状或许在医学上有相应的名称。在他还是孩子的时候，有多少次他半夜从梦中惊醒，然后开始在黑夜中大声说话，只为了驱赶噩梦，将无意识中不可思议的东西用比较正常的语句表达出来。长大成人之后这种现象并没有好转。夏娃告诉他，晚上做噩梦感到恐惧，这事儿没什么好羞耻的，她是第一个给他这样讲的女人。

在刚恋爱那会儿，一听到他的声音她就会醒过来，就好像是身体对警报声的自动反应一样。结了婚以后，每次被吵醒她都宁愿再睡一会儿，因为第二天早上她还得继续面对新的、更令人疲惫的一天。他夜里继续说梦话，要改掉这个毛病已经太迟了，但他尽可能地减少噪声。确切地说，他不可以眼看他们的爱情走到他所想象的结局：某人把自己的梦告诉了一个早就不再睡在他身边的人。

早上五点钟，他揉了揉眼睛。那条连衣裙，他梦到了她的连衣裙。他站起身来，跌跌撞撞地走向衣柜，柜子里还放着搬家用的纸箱子，里面是他写的两本书的剩余样书。衣柜的角落里挂着夏娃的最后一条裙子，卡普兰把这条裙子藏在书本下面，从他俩共住的屋子里带了出来，而他俩一起收集的电影合集则留在了她那里。

他曾告诉夏娃，这条裙子被他弄丢了，搬家的时候常会发生这种事。她不相信卡普兰，不过正如他所预料的，她并无兴趣为此而争吵。自此之后裙子就一直挂在那里，旁边是他的两套西装，多年前买的，其中一套很久没穿过了，另一套是为夏娃的文化之夜而订制的。他每年将这条裙子送到洗衣店清洗一次，经营这家商店的亚洲人从未注意过他。在他们眼里,他原本应该是一个普通的男人,每晚依旧有个女人在他身边安睡,每晚都在等待着被噩梦吵醒。

2003 年夏。这应该是她第一次也是最后一次穿这条裙子。那个下午对伍迪·艾伦和寿司的否定,他永远都不会忘记。

那是在一位律师好友的派对上。是她的好友,不是他的。画着海藻小船的盘子里铺满了鱼子,配着少得可怜的凉菜汤。卡普兰不知道夏娃是怎么认识他的。这个律师以一种令人激动的方式赢得了一系列诉讼,引起全城轰动,之后就经常出现在各大媒体上。他似乎想要大展身手,以便尽可能久地为万众所瞩目,因为各行各业的精英都在那儿,一个新闻主播,八卦记者,几个荷兰B 级电影演员。而这些对卡普兰来说都毫无意义,派对上的人他一个都不认识。如果有人在那天晚上问卡普兰靠什么谋生的话,那么他可以自信地回复对方,自己是一名作家。

整整一天他们都在赌气。他不想同往,对此她很快就同意了,她同意得太快了,他忽然觉得,夏娃和律师之间可能有奸情。他说:好的,我会和你一起去。她说:除非你真的想去。他回答说:我想去,因为你之前请求过我。就这样整个下午就这么过了。那一个月他们总是围绕这个话题吵来吵去。他坐在床上等着她。

她来了。当看到她穿着新剪裁的连衣裙时,他觉得再也不能克制自己。这一天终于来了。

这是一条她早前原本可以穿的裙子,不过现在似乎不太合身。不是因为她在十年婚姻里变胖了,但她确实已经有一点发福了，肌肉有点松弛，手臂粗了点，腰部线条也不明显了。这些在平日里看起来并没有这么突出，但在这件早年设计想显身材的衣服下就可能有点显胖了。

她站在立镜前，看着自己的背影良久，然后问他觉得怎么样。他说：裙子很漂亮。她说：我知道裙子漂亮，我自己买的。他问：哪里出了问题？她说：没问题。

她转过身，双手放在身体两侧，眼睛盯着镜子，就好像镜子后面有一台摄像机。长时间的沉默意味着她不高兴了，于是他说她很漂亮。她一言不发地离开了房间。将近二十分钟之后才听到她在客厅里喊，她准备好出发了。

现在他们来到了律师的花园派对上。卡普兰静静地站在旁边，雄心满满地打算将他的计划付诸行动，那就是要比其他客人更快地发现每个带点心的盘子。夏娃在舞台的中心毫不怯场，她与人攀谈、大笑，像其他人一样打着手势，她在那里就好像在家里一样自如。"在那里"意味着，不是在他身边。

看着她的时间越长，他的怒气就越盛。在他俩交往早期，他还有能力仅用一个字来刺伤她，这种伤害又总是引起他对她的爱。但是不久她就学会了用一种无所谓的态度来回应他的下流行径。在第三杯普罗塞克之后，他突然想起自己还有一个武器。

他走到她身边，在她耳边低声说了些什么，她朝他转过身来。他问她是否还记得那个夜晚，在那个晚上她觉得自己像一个绝对的失败者。问她是否还记得他的安慰，记得寿司和伍迪·艾伦。他从来无法想象这一点，她陶醉于荣耀的璀璨灯光里，想要抹掉那些还不太成功的时光，那个时候他对她是不可或缺的一部分。

她从他的身边走开。他开始在人群中溜达，走向一个身材苗条，正盯着自己的酒杯发呆的女人。他在她耳边窃窃私语，然后就走开了。如果有人，当然主要是女性，恰好身旁没有人的话，他就会过去与之搭讪。他仿佛不经意似的指向夏娃，低声说，现在请看看这个。一旦得到言语或目光的认可，他就会去寻找下一个。她们不知道他是谁，他是一个不露面的闲话制造者，很快就没有人记得这些闲话的源头了。

卡普兰觉得自己的计划开始起作用了，于是往这栋租来的乡间别墅的楼梯走去。他从最上面的台阶上观察他一手造成的事故，他看到一群因八卦和负面评论聚在一起的人。

然后那个可怕的时刻到来了，在这一刻夏娃意识到所有女人都在谈论她，她意识到自己就是那些人假装怜悯低声嘲笑的对象。她眯起眼睛，他慢慢地踱下台阶。她看到了他，强忍住眼泪，她知道自己的成功之路不会被一条不合身的裙子所阻挡，而公开哭泣无疑是一个重大事件，人们会持续数月谈论这件事。

然而卡普兰并没有感觉到预想的轻松，那种长期没有偿还的账单被结清的轻松感，那种以痛苦偿还痛苦的轻松感，他并没有感觉到。相反，他的喉咙哽住了。报复感立即变成柔情，好像之前他内心坚硬冰冷的东西转瞬就融化掉了。卡普兰几乎站不稳，他颤抖着抓住楼梯护栏，像现在这样的彻底、极度混乱的情感转换，他以前从未经历过。他原本要离开的，这种恶毒是某种全新的东西，完全不适合像他这样的人，虽然它是因为夏娃那里最近时不时出现的其他恶意行为才产生的。

他们离开聚会，跟来的时候一样叫了一辆出租车，当时他们还预计会喝醉,不过这些都没有发生。出租车后座非常宽敞,这样他的右手不用碰到她的左手。过了一会儿她淡淡地说:你说过,我可以穿这条裙子。后来他们在车上就一直沉默,她没有注意到他的手在不停地颤抖。

现在他明白,曾经,每天在一起既是承诺也是奖赏,曾经每天都有意义。现在一切都变得毫无意义,再没办法补救了。他们彼此浪费了一起白头偕老的机会。这一切都只是一瞬。

这一幕还藏在这条裙子的材质里,它还是离他很近,挂在离他睡觉的地方几米远那里。他穿上晨袍,给自己倒了一杯美汁源,坐到白色的阳台椅上喝起来,他很喜欢在这个时间点做这件事,这是他的习惯。

在逐渐明亮的晨光里,厨房变得生气勃勃。在这个带有萧条小花园和一些玻璃暖房的庭院中足有一百套房屋,在那些暖房里或许还种了大麻。有多少家庭想住在这里,有多少"单身",有多少人,对他们来说"单身"不再是一种官方身份,而是最重要的生命特征?

22

看到人们对亚伯拉罕的所作所为时,卡普兰什么也没说。

男孩的脸蛋发红,还满脸泪水,他的一部分头发被烧焦了,棕色的污渍在秃掉的地方清晰可见,剩下的头发一缕一缕奇怪地竖着。

卡普兰把男孩拉到身边。迄今为止杜夫曼一直都在袖手旁观。杜夫曼，你这个撒旦！杜夫曼，你这个恶魔！卡普兰下意识地反复咒骂着他的仇敌，后来他真的认为校长就是一个魔鬼，一切邪恶的化身，一个卡普兰一直在犹太教义中徒劳寻找的形象。一个邪恶的力量，它首先接管了学校，然后通过什么也不做来谴责人们；它谄媚地经由夏娃的耳朵侵入她的身体，从心脏开始，一个器官一个器官地侵占她。卡普兰所知道的所有痛苦和压抑的情感都集中在这样一个人身上，集中在这一点上。如果魔鬼降临到地球上，那么他再没有比在这完美的躯壳里能更好地伪装他自己了。

"坐吧，坐我的椅子。"亚伯拉罕身上散发出头发烧焦的味道，这种气味慢慢地弥漫了整个房间。男孩坐了下来，眼神空洞。卡普兰拖出箱子，费力地弯曲膝盖也坐了下来。他两次想说什么，但最终没有出声。"怎么？……"他嗓子嘶哑，再次试探着问道，"发生了什么事？"

亚伯拉罕抽泣着，他没有真哭，也没有作声。

卡普兰站起身走到他身后，观察他受伤的头。"我去拿一个包扎箱。等我回来的时候，你详细地告诉我到底发生了什么，是谁干的，好吗？"

男孩依旧呆坐着，眼睛睁得老大。卡普兰转身决定去 A1 室，那里是存放科技课备用设备的地方。他拿了包扎箱，翻找了一气之后，还在一个抽屉里找到了剃刀，好用来处理纱布。

亚伯拉罕仍然像之前一样坐在那里，还是那样呆滞，还是那样死气沉沉。他的腿在微微颤动，好像他没有力量使它停止下来。

卡普兰给他的伤口喷了一点带碘的消毒液。"会有点痛，"他说，"你抓住我的手臂就行。"除了重复他死去的父母所说过的这些话之外，四十九岁的他还能做点别的什么？"准备好了吗？要开始了。"他把小布条放到男孩头上。他预计会有些反应，但男孩却没有动弹一下。卡普兰继续擦洗伤口，他觉得烧焦的地方得很长时间才能恢复。

接着他从包扎箱里拿出剪刀。"抱歉，但必须要剪。"他开始剪男孩的头发，并试着剪个既适合他，同时又能遮盖他秃掉地方的发型。一缕缕头发落在地上，男孩仍然沉默，有时他微微抽泣，声音听起来疲惫多过悲伤。

卡普兰拿起剃刀放到男孩的头上，嗡嗡嗡的声音。

好了。

男孩看起来完全不像不久前他们第一次见面时那个容光焕发、完美的亚伯拉罕，当时卡普兰内心还怀抱希望，觉得自己能给他真正的帮助。现在的他脸色苍白，头顶光秃秃的，神情沮丧。

"谁干的？"没有回答。"只有你告诉我是谁干的，我才能帮你。是，我没能阻止这一切，但现在事情真的发生了变化，现在已经很过分了，现在这是一种真正的犯法了。我们可以因此惩罚他们。"沉默。"请你告诉我一个名字。"

亚伯拉罕抬起眼睛。他双眼潮湿，不过他抿着嘴把眼泪憋住了。卡普兰从书架上拿出装证件照的文件夹，但是没有一张照片，没有一张可能的作案者的照片令男孩的脸显出最轻微的变化。"是这个？"卡普兰引导他说。男孩发出一声毫无意义的抽噎声。卡普兰把打开的文件夹递给亚伯拉罕，但是男孩拒绝用手指认。"我知道，你是一个骄傲的孩子。"卡普兰试图安抚男孩。"你这一点值得尊重。你也不是叛徒，你是一个优秀而勇敢的孩子，你知道吗，亚伯拉罕?"

男孩的眼里第一次闪现出光彩，一种类似生机的东西，即便这只是被压抑的愤怒。"我……叫……易卜拉欣。"

"我不是你的敌人。你的敌人就在这个文件夹里。请帮我找出来。"亚伯拉罕嘟哝了一声，仅此而已。"我没听懂。你得说清楚些。"男孩吸了下鼻子。"我不明白你为什么要保护这些浑蛋。"卡普兰瞥了一眼手表，"在这儿等一下，我去失物里看能不能给你找到合适的帽子。你留在这儿好吗? 待会儿我们马上去找校长，我们要一起将这件事处理好，确保那些浑蛋得到他们应有的惩罚。"

男孩的双眼变得更加黯淡，完全失去了光彩。

卡普兰确实找到了一个破旧的足球帽。此外他还在这些东西里发现了那个黑色的迪瓦钱包。他不可置信地将钱包拿在手里，肯定是这些浑蛋从亚伯拉罕那里夺走的。就好像他一直在期待这个发现一样，现在他觉得自己已经准备好把男孩带到杜夫曼那里。最终他将敢于直面他的敌人。

他回到自己的房间，却发现里面空无一人。唯一能让人想起男孩曾经在这里待过的，就是他头发烧焦的气味。

这一天大部分时间卡普兰就那样呆坐在那里，坐在一片焦煳味儿中。没有看表，他数着时间等待那个时刻的到来，一个他再也控制不住自己的时刻，那是在第八个钟头的某个时候，也就是三点之后不久。其他的班级都已经放学回家了，走廊里快没人了。杜夫曼应该要为男孩的痛苦受到惩罚，除了他没有别人。校长室门上方的灯已经灭了，卡普兰压下门把手，然后开始捶打门板，一切都无济于事。他走到窗边，到处都看不到那辆跑车。

回到家里他愤怒到吃不下东西，迪瓦钱包摆在他面前的桌子上。他厌恶自己腋窝下涌出的酸味，但他先不去洗澡，他必须先把给杜夫曼的邮件写完。

他愤怒地开始打字，狠狠地敲打键盘。他描述自己在 1B 班学生易卜拉欣·贝纳默身上发现的伤，他的话就像拆房子时用的破碎锤一样具有冲击力。信末他表达了自己的怀疑：这一次的行为可能是用打火机欺负人时失控了。不，"失控"不用承担责任，程度太轻了，这是一种"肆意的残害"。

一小时后他没有收到回复。虽然今天是星期五，但在危急情况下校长是要能让人随时联系上的。他又寄了一封信，表达了他的信件被忽视的失望。

又过了一小时，还是没有回复。他又发了一封邮件，再发一封。最终，他发出了最后一封信，在这封信里他点明，由市议会空降来的白色骑士是如何管理新学校的，这一点媒体或许会感兴趣。在十点四十五分卡普兰收到了一封自动回复："您投递的邮箱已满。"

周一上午卡普兰将再去校长办公室，他会勇敢地面对杜夫曼，镇静，无所畏惧。

23

周六他一直在市里闲逛，周日他打电话给朱迪思。他坐在运河对岸的长凳上，眺望着他的房子。他可以听到身后不远处商业中心的喧闹声，那是深陷绝望之人的避难所。不知不觉中，秋天变成了冬天。海鸥在他头顶上盘旋，空气清澈而凉爽。

两声铃响后她接了电话："接到你电话真好。"

"哦，是吗？"

"怎么啦？你听起来好像不太对劲。"

他深深地吸了一口气，抬头看着海鸥优雅而慵懒地飞翔。"是关于那个男孩的，他被人虐待了。"他讲了整个事情的来龙去脉。

"你必须和校长谈谈，"朱迪思说，"不能再这样下去了。"

"我认为必须保护亚伯拉罕。必须要给予严厉的惩罚，强硬的……"

"我说的不仅仅是那个男孩，亚伯。我也在说你，你说话的语气，听起来不是很好。"

"我听起来怎么啦？"他知道接下来会是什么。

"强迫症。"

他以前就知道这个词。夏娃使用这个词是在他的文学创作还不是很活跃的时候，如她所说，他整日整夜地显得歇斯底里的紧张，无法摆脱。卡普兰当时就告诉她，强迫症是形容局外人的。她不应该用这个词，这个词会让他们离心。如果夏娃当时没有听懂他的意思，那么现在他也根本不需要再在朱迪思这儿尝试。
"我没有强迫症。我只是小心，真的。"

"我很高兴你这么说。这样我就放心了。"

这是讽刺吗？他猜想不是。"我不想伤害你。"他说，他说的是真心话。

"这就对了。"

"但周一我该怎么对那个人说？"

"就按你刚刚告诉我的。但不要表现出你对他的厌恶。只谈那个男孩，关于他的事情如何处理。你千万不要提到媒体，通常这类有职业野心的人对媒体二字会反应特别敏感。"

"但我怎么看到他正确处理这件事呢？"

"他一定会正确处理这件事的。真的，亚伯。"停顿了片刻，她又说道，"顺便说一句，关于罗姆人我已经有了一点进展。也许你会感兴趣？"

"当然。"他回答道，尽管他现在并没有心情谈这个。

"2007 年匈牙利发生了多起袭击事件，七人死亡，其中包括一名父亲和他的孩子。这是一场谋杀，因为他们是罗姆人。当时媒体称整个事件为民族大屠杀。"

"民族大屠杀。"卡普兰喃喃自语道。

"后来证实是匈牙利警察反恐小组的前成员制造了这些袭击事件。正如《联合国难民公约》所述，人们可以说这是'对迫害的正当恐惧'，对吗？这样对人们来说除了移民就没别的办法了？"她深吸了一口气，"就在几个月前一位法国议员宣称，可能希特勒杀的罗姆人还不够多。那是二十多万人呢，亚伯。"这些话让他好久才缓过劲来。"我已经和一个老朋友约好明天见面，他是一位维护外国人权利的专业人士。"她继续说道，"但正如我之前所说的，事情并不简单。官方说这不是监狱，私下也没有人想接收这些人。"

"那么我们还继续寻找帮助他们的方法吗？"

"我们还在寻找。"

一架飞机从他头顶飞过。在多云的傍晚，当天空满是飞机的时候，他可以天马行空地想象，这是同盟国的军用飞机，他们准备解放这个国家。

"啊，"她说，"险些忘了，我想感谢你这么快就把我父亲的日记还给了我。这是一本对我来说十分重要的书。也许你可以抽空看一下，我觉得你肯定会对它感兴趣。"

这是他心里的一根刺，对于他私下在洛维复印店复印了一个版本的事，为什么她不能不羞辱他？"不用谢。我也非常期待。"

"我们见一面？"

"很快。"他又观察了近一刻钟的飞机，然后进屋去了，那些飞机飞得非常低，令人印象深刻。

街区的灯光渐次熄灭，卡普兰坐在桌前，在他面前的左边是那本日记的复印本，右边是一堆空白的纸。他边读边写，他的大脑好像在燃烧，这让他十分不舒服。他工作到深夜，他知道他可能会睡不着。第二天早上他会去见杜夫曼。

"一开始我们被剃了光头，用的是剃刀、理发机和钝剪刀。他们会不会对米尔加和其他女人也这么干？或者干脆已经这样干了？这个问题一直在我头脑里挥之不去。我们必须交出自己的衣服和鞋子，取而代之的是一件不合身的犯人服和一双破旧的木屐。"

卡普兰犹豫了一下，但还是接着往下写，直到他完全沉浸到朱迪思父亲的语言中去。万物都有其自身的功能，无意义的事件是不存在的。陈旧的话语变成了新的句子，他不知道什么时候逐字抄录，什么时候加以修饰，他的笔一直在运动。作者要服务于比真相更高的目的，他确信这一点。

"我们到达的那一天很快过去了。如果我要保持正直的话，我就得避免任何关于前辈和后来者的思考，避免思考过去和将来。我必须专注于最简单的东西。我对米尔加的思念和担忧正在减弱，而我听之任之。有时我还能听见党卫军将我们分开时所发出的叫喊声。那是一种原初的、尖厉的喊叫声，与我过去那些年如此喜爱的那种声音完全不同。

"我从一些人那里听说了另一片集中营的事情，那里关押着女人们。另一些人对我的问题只是同情地点点头，这让我后背僵直发冷。我们这些新来的人，就在某个窝棚里（约六十个窝棚组成一个街区）居住或生活——即使这里完全谈不上居住或生活。每个街区都由一个'街区长老'来管理，大多数情况下这个人有资格胜任这个岗位是因为他是暴虐狂。我的街区长老叫朱瑟贝，但事实上朱瑟贝主要听从斯拉瓦的教唆，一个从不作声的俄罗斯人，在他身上要么藏着伟大的善良，要么是无法描绘的残暴。"

29 区是女犯区，这一点卡普兰在互联网上看到过。24a 区是妓院，只允许雅利安囚犯进入。卡普兰从范·施托克的《集中营生活》中了解到，从 1942 年 3 月至 8 月中旬，女性囚犯被安置在一至十街区，用电线和混凝土与男囚犯隔开，但至少还在同一个集中营。然而由于女囚犯人数的增加，到 8 月，党卫军不得不把四十二名在押女犯和新近被抓的女犯都关到比克瑙集中营。卡普兰自言自语，如果米尔加被关到了比克瑙，那她至少还活着。

"头十个晚上我不断地被噩梦所折磨，这些噩梦暗示我，米尔加就在女犯区，白天我没能获得可靠的信息来否认这一点，抑或必要时来证实这一点。了解她的任何事情都有性命之忧。"

卡普兰的笔顿了一下，但他没有停止写作。

"有一次我注意到一个看起来不一样的人，他还没有被集中营的灰色沉闷所同化。那是 1943 年 5 月。那个男孩。当我发现他时，我的心跳几乎停止。那个男孩，后来证明他叫亚伯拉罕。他穿的女士衬衫上也有颗星星，即使他看起来不太像犹太人，倒更像一个吉卜赛儿童。我很诧异，在我们这个集中营里有这么一个看起来如此幼小的人——十二岁，或者十三岁。但我决定不问什么。最后我想的是，要让他觉得自己在我这儿是不受欢迎的。在被叫醒和去集合之间的空隙，他来到我的床边。我们大多时间沉默，现在几乎没什么可说的。晚上干完活后他又站在那儿。如果说在集中营里有像友谊之类的东西，那么现在我们之间建立了这种友谊。"

卡普兰再感觉不到其他，他完全与日记文本、与那个片刻，此时与彼时，完全融为一体，合二为一。

"起初我总是还期待是不是有这种可能性，这个孩子是由于管理上的纰漏被送到这里来的，而一旦他被发现不能像其他男人一样可以利用，就会毫不犹豫地被弄走。晚上我梦见那个男孩，白天我想念米尔加。"

24

一架喷气式歼击机飞过，在空中画出一条长长的白色条纹。卡普兰等着白烟慢慢幻化成灰色，好像它逐渐干枯了似的。现在是上午七点半，空气寒冷。疲劳导致他的脑袋像乳胶一样僵硬，仿佛所有的肌肉、神经和血管都处于紧张状态。他的指尖发痒。这将会是卡普兰把亚伯拉罕带到安全之地的一天。

他还得耐心等一会儿，那辆黑色跑车还没有到停车场来。卡普兰坐在他的办公室里把玩钢笔。他从那本日记里拿了几页来练习老亚伯的笔迹。下午某个时候他会去杜夫曼的办公室，要在一个特别的时刻过去，那一定得是老师和学生都足够清醒的时刻，好让他们能注意到这一时刻的重要性。

但是在约十二点半的时候，当他整理前三节课缺课学生名单时，他注意到亚伯拉罕的名字，易卜拉欣·贝纳默，这几个字在他眼前燃烧。或许那个男孩受的伤害太严重了，以至于他不敢再上学了。他拿起电话，拨了教师办公室的号码，找1B班班主任奥萨夫人接电话，他是从班级名单上找到她的名字的。奥萨夫人接了电话，他提出了自己的疑问。

尽管已经有不祥的预感，但奥萨夫人的回复还是让他心碎："易卜拉欣已经不在我们学校了。"卡普兰在电话这头结结巴巴地讲了一些话。"是的，听起来也许有些奇怪，"她继续说道，轻松的语气让卡普兰觉得无法原谅，"但是他在班上不太合群。考虑到孩子的利益我们决定让他转学。"

"为什么会有如此负面的评价？"卡普兰问道。

"您说什么？"

显然，奥萨夫人不教荷兰语，也或者刚好在教。这样一来这所学校的教学比卡普兰所担心的还要糟糕。"谁决定的？"

"这种决定通常都是由家长、孩子和学校领导层经过商讨共同做出的。"

"是杜夫曼决定的？"

"谁？"

他竭力控制自己保持冷静："校长杜郁夫先生。"

"嗯，确实是杜郁夫先生做出的最后决定，但事先每个人都可以表达自己的意见。"

"做决定的总归只有一个。"

"您尽管相信我，我们对此尽了全力……"

"全力？奥萨夫人，亚伯拉罕并不是单纯地'在班上不太合群'。他被戏弄，被欺负，是真正的那种欺凌。我们做了什么？不是保护受害者和惩罚肇事者，而是将他逐出学校。学校就是这么做的吗？"

"他叫……"

"为什么？我想听一个理由。"

"我不知道能不能告诉您。"

"给我一个充足的理由，之后我就不打扰您了。"他决定用更平静、更有效果的语气，"我会告诉您一些私人的事情。他是唯

——个,我再说一遍,唯——个,这些年里唯——个来找过我的人。"他隐瞒了副校长找他的事,这对所有当事人都是最好的。"没有校长找我,没有感恩的老师找我,也没有来告别的毕业生,只有这个背着沉重书包的低年级学生,拿着母亲给他的可笑钱包,他外在的这一切让他不受同学欢迎。他和我,我们是盟友。对这样一个简单的问题,请您赐予我一个答案,不要站在学校的立场,也不要委婉和修饰。请回答我。"接下来的沉默中他听出了她的犹豫。卡普兰继续说:"之后我不会再打扰您,我向您保证。拜托。"

"好吧。"她的声音有点像正在参与一项什么阴谋似的,"但您不能说是从我这儿知道的。我听人说,校长认为人们对这个男孩的关注真的太多了,多得甚至可能会对学校造成负面影响。在他的领导,在杜郁夫的领导下,我们必须做些什么。不过这些我都只是听人说的。"

后面还说了几句什么话,但是卡普兰已经听不进去了,那声音就像有人在遥远的地方胡乱地弹奏着乐器。卡普兰挂断了电话。这就是亚伯·卡普兰的干涉,正是他的插手使男孩的命运已无可挽回。

下午剩余的时间,他每半小时就去一趟校长办公室,但是校长门上的绿灯永远是灭的。五点的时候,地下室里只剩下那些留堂学生的自行车了,他决定回家。他的脚步虚浮。

压抑的能量使他的双腿不住地颤抖,有两次他差点要跌倒。这种压抑的能量在他走到学校和他家之间的第一座桥时突然就爆发了，变成了某种介于活力和亢奋之间的东西。

他转身径直走进废弃了的体育馆，从架子上拿了一根棒球棍，接着去了地下室。那里还有几辆自行车，极有可能是那些问题学生的，就是他们使亚伯拉罕遭受折磨，以后可能还会对新的亚伯拉罕们实施恶行，而这些过错从来没有受到惩罚。

卡普兰在一辆看起来最昂贵的自行车前站住。没有豪言壮语，只有具体而微的行动。他双手紧握棒球棍，指关节都泛白了。他把球棍朝下，在被霉菌腐蚀的水泥地板上敲了两次，小动作。他瞄好球棍的运行曲线，标记好准确的击打方位，然后开始从容果敢地砸起那辆银色的山地车来。

他必须设法保持这种奇怪的能量。回到家他再次让自己投入写作狂热中，只有在这种状态中才没有任何东西可以伤害他。

"在男孩和我之间能彼此信任之前，"他念道，"有人又从我的身边带走了他。我的街区很安静，他的消失使我们深受打击。我们中间有一个人期待看到巡逻队，这个时候有些人谨慎起见，就嘟囔着'卡帝施'①。其他人对此感到愤怒，因为他们相信亚伯拉罕被带到了难民营的儿童部。'他的名字永远被称颂'，我心里一直在念叨着这句话。

"德国人好像觉察到了我的想法和我的希望，那个男孩带给我们的希望。从我作为所谓的幸存者生活在荷兰时起，我就经常听人说，德国人没有感情，也不了解人性，就像一台机器。这种

---

① 卡帝施（Kaddish），犹太人的祈祷词，通常是在服丧期间为亡者的灵魂得救而念诵。——译注

说法其实并不对。在我生命里我还没遇到任何一个人，他会比德国人更了解情感、希望、绝望、恐惧和勇气的微妙之处。"

卡普兰把手放在刚从冰箱取出来的杜松子酒瓶上降温。他换了一件衬衣，又坐回到桌旁。他的眼睛因精神太过集中而感到刺痛。

"我也不清楚男孩出了什么事，或者将会出什么事。我不知道，他们会不会把他放到死亡之墙上，再朝他脖子上给一枪，又或者他们只是把他换到另一个地方去了。"

卡普兰曾经在哪里读到过，说在死亡之墙前的空地上大约有两万人被枪杀，血流成河达四英尺之深。这道墙——不，这种事不可以发生在这个孩子身上。

"我们对自己、对他人都不可以有太多的猜疑。每天我们都身处其中。但私下里我一直发抖，夜里我把手指都掐破了皮。偶尔有那么一次，在干完白天的劳动之后如果我还有一丝力气，我会许一个简单但不可原谅的愿望：有一天我会向你们所有人复仇。"

25

卡普兰走进校园。秋天的落叶正打着旋儿四处纷飞，校长的停车位又是空的。祸不单行，他发现自己门前有一封红色的信，信中声称一个学生看到了他毁坏自行车的全过程。卡普兰觉得简直无法想象，但现在这些已经不重要，没有人会相信他是无辜的。他唯一能指望的，就是亚伯拉罕。

即日起，他被停职三个月，没有薪水。如果他不遵守的话，停职将变成无限期的解雇。顺致崇高的敬意，H. 杜郁夫，校长。这是杜夫曼给他的唯一一封信。自己之前做了那么多的努力，都没有收到他的只言片语。卡普兰至少把信读了三遍，眯着眼睛辨认落款的每一个细节。他开始全身发热，脸色发红，感觉全世界都看得见他的屈辱，他一次又一次地环顾四周，却没有发现任何人。

他打电话给朱迪思，但她没有接。无论如何，他必须设法防止别人来更换他的门锁，检查他的房间。他收集的数据远远超过了他的职责范围，也远远超过人们觉得合适的范围。因为按官方要求，每个已离开学校的学生档案都会被扔掉。他高高竖起衣领，只露出一双眼睛，然后回了家。

那天余下的时间里，他尝试阅读和写作，却徒劳无果。也许是他太过专注，或者纯粹只是出于沮丧。当他凝视着运河里的水时，他看到了不幸；当他听到一个路人的脚步声时，他听到了受害者的步伐，或者相反是一个谋杀者的步伐。世界前所未有地沉重。

他在中国餐馆点了些东西，狼吞虎咽地吃掉了。细雨沾湿了窗户。电话铃响了，他看到是朱迪思打来的，却感觉不到一丝想要接听的欲望。先前他陷入深深绝望的那个时刻，她没有接他的电话，她已经否定了他。

一想到他完全得靠自己，他就没法接受。他一掌拍在桌子上。现在只有夏娃还在，她过去曾接受他所有的弱点，他们两个都曾接受这一点，他们还鼓掌欢呼，那个时候太阳照耀着，阳光在他们苍白的脸上闪烁，祝你好运。这一天，这个决定必定有意义。也许对他最后一次求助于她，她甚至都不会生气。他暗自发誓，以后绝不再有求于她。他打开冰箱，拿了一瓶白葡萄酒到客厅喝起来，想以此获得一点勇气。

他不会打电话给她，他不能给她一个轻易拒绝自己的机会。他想要和她四目相对，这个愿望有那么奇怪吗？

他喝得醉醺醺的，好不容易打开了衣柜，拿出那套五年前买的西装。当时他正路过一家考究的商店，里面恰好在季节甩卖。他想起夏娃反复说过，深蓝色十分衬他，那可是他从来没有穿过的颜色。他把衣料抚平，开始换衣服，套上裤腿的时候他得留神不被绊倒。但最后他还是决定把西装挂回衣柜里，今天晚上并不适合第一次穿这套西装。

他穿上了夏娃给买的黑色西装，梳好头发，还在脸上搽了一点面霜。关上柜门时，他的目光停留在夏娃的那件连衣裙上。他犹豫了一下，从衣架上取下裙子，最后一次抚摸它，之后他会把它还给夏娃。也许他醉得太厉害了，不可以自己开车，他踉跄着，目光迷离。最好还是乘电车吧。今晚应该是回到那些老习惯的夜晚，回到那些几乎被忘却的关联的夜晚。

晚上十点左右，他站在了她家门前。他看到门铃按钮旁依然是他的名字，这个时候他的满身醉意仿佛随风而逝，他的脑子一下子变得无比清醒。他看到自己手机屏幕上显示出朱迪思的三通未接电话和一条未读短信，她的语气满含担心和不安。不知出于何种原因，他环顾了一下四周——后来他想到，他应该是有所预感，他看到不到三米远的地方停着杜夫曼的跑车。不需要再看第二遍，卡普兰认得这款车型，这种轮毂，也认得这种笨拙的停车方式。突然之间他很确定，杜夫曼夜夜就躺在夏娃身边。当卡普兰忧心忡忡地给他写信求助，并做着噩梦时，这个男人正拂走她额上的一缕发丝，按摩她柔软的双脚。

摄像头上方的红灯让卡普兰意识到，他正在被监控中。他继续按门铃，直到扬声器中传出夏娃绝望的声音。他无论如何都要进去，不，必须进去，他斩钉截铁地说道。嗡嗡声中，门打开了。

上一次他来到这里，还是参加那所谓的文化之夜，有划艇比赛，有精致的点心，有穿红裙子的年轻姑娘。他把那条裙子放在门厅的长凳上，用颤抖的手指按下电梯按钮。

她就站在那里，在公寓的门口，宛如一个完美的妻子。杜郁夫就坐在不远处的黑色真皮沙发上，不抬头也不看四周。夏娃给卡普兰端来咖啡，他却更想要来杯杜松子酒。从她眼中他看出，这种选择令她感到不安。不过她还是从一个美式冰箱里拿出了佛里斯兰杜松子酒，倒了两小杯。

"他在这里做什么？"这是卡普兰能说出来的最好的语气。

"海因？"她的目光仍停留在玻璃杯上。

"我的死敌。"卡普兰的语气很坚定。或许最需要彼此的并不是朋友或恋人之间，而是敌人之间。

她皱起了眉头："你在说什么？死敌，你活在哪个世纪？如果你来这里是为了闹事的话，那我要告诉你，我不必对任何事负责任。你和我，我们已经不在一起了，很久以前就不是了。"

"正因为如此，我才不在这儿。"

"因为什么？"她停顿了一下，"告诉我，你来这里不会是为着那个协议的事吧，被你称作我们之间的协议的那个？"

听到这话他松了一口气，肯定地说不是这件事。"不，我想和你谈谈，我需要你，你的建议。你还记得那一段我们俩都做噩梦的时期吗？一天晚上是你，一天晚上是我。的确，我做噩梦的时候比你更多，但尽管如此，我们还是一起做噩梦。对我来说，那永远是一个美好的念想。"

"只是我的建议吗？"她抿了一口酒说道。

"只是你的建议。"杜松子酒滑入他的喉咙，凉凉的。"但现在我看出来，你不可能给我任何建议了。我看出来，你背叛了我。"

"什么？"

"迄今为止所有的一切，所有的不愉快，所有的争辩，所有的争吵和诅咒，我都能忍受。但是，这件事我忍受不了。"卡普兰不知道是否该压低嗓门。虽然夏娃和他站在烹饪间里，声音有所屏蔽，但杜夫曼距离他们总共也没有十米远，"这完全是一种新的伤害方式。"

"有问题吗？"声音从隔壁房间传来，那种令人厌烦的说教语气，和当时在学校大礼堂里的如出一辙，声调中有着同样的力道、同样的傲慢。

"哦，危机公关经理想要干涉进来吗？"卡普兰用杜夫曼能听到的声音问夏娃。杜夫曼从沙发上站起身来，夏娃揉了揉额头。

"有什么问题吗？"那个声音问道。

"问题是，我想和我的妻子谈一会儿。"这是他面对校长直接说出的第一番话。为了使自己在这场对峙中多占几许优势，他补上一句："浑蛋。"

"亚伯。"夏娃的声音听起来很平静，她不是真的爱那家伙吗？

"请原谅，"杜夫曼说，"但我不能被这样对待，夏娃和我……"

"夏娃和你，夏娃和你，你在说什么？我仍然是她的丈夫，你只是一个暂时的第三者。是，我们不再在一起了，这一点我这段时间也明白了，但光凭我的丈夫身份，我就比你更有权利说'夏娃和我'这种话。我可以再来一杯杜松子酒吗？"

"这可能不是什么好主意。"夏娃回答道。

他从她手里拽过了酒瓶，她没有反抗。

"是因为那个自行车事件吗？"校长问道。

夏娃的目光来回逡巡，却找不到一个落脚点。很显然，她什么都不知道。

"你就从没想过，我之所以在这儿，和你没有半点关系，是吗？他根本就不存在，这真是一种美妙的生活。"

"什么事件？"夏娃插进两个人中间。

"哦，他什么都没告诉你吗？他把学校搞垮的那种方式方法，难道不属于你们的枕头风吗？他没有告诉你，他首先是无视你的丈夫，然后夺走了他唯一的朋友，最终还停了他的职吗？"

她朝杜郁夫看过去，卡普兰感受到她与自己之间一丝团结的气息，他多希望，这次气息还能持续多年。"他在说什么？"夏娃问校长。

"他毁坏了一个学生的自行车。"杜郁夫说，语气不带任何感情色彩，"车子是一个参加课后补习的低年级学生的，他患有阅读障碍症。"他这些信息孰真孰假，卡普兰无法评估。

团结瓦解了，她的目光再次转向他："这是真的吗？"

"好极了，对，是真的，我把一辆自行车，这么说吧，给办了。我承认。"他转向杜郁夫，接着说道，"那么你也应该说说那个男孩，说说亚伯拉罕。一个在我们眼前被欺负、被虐待的男孩。你敢说的吧。"

"真的吗？"杜郁夫问道，"你真的要我这样做吗？要不要我说说那些不断从你那里收到的乞讨信？那些出自一个没有人知道他到底在做什么的行政人员的信？"

"那个男孩需要我们！"卡普兰近乎咆哮道。

夏娃将她的杜松子酒一饮而尽。她直愣愣地盯着前方，从他手里拿过酒瓶子，又给自己倒了一杯。

卡普兰环顾四周："电视机都放哪儿了？是不是在什么地方有划艇比赛来着？"

"亚伯，"夏娃转向他，"你想从我们这里得到什么？"

我们。两个字，却似万箭穿心。卡普兰看着杜郁夫："我只想让你知道，你夺走了我的一切。你就是一个侵略者，你的本性是夺走人的一切。但是多亏了你，我才知道，反抗侵略者就是我的天性。"

杜郁夫看向夏娃，问她，他是不是应该要弄明白卡普兰在说什么。她摇了摇头。

"而说到你，"卡普兰对夏娃说，"说到你，我只想让你知道，没有人会像我那么爱你。"

"我也是这么想的。"夏娃轻轻地回答道。

26

风在怒号着,但运河里的水却波澜不惊。一只鸟在楼宇间盘旋,从卡普兰身边飞过,停在稍远一点的地上去啄一个垃圾袋。傍晚的寒意拂过卡普兰的脸颊,他的心中沉闷忧伤。

他必须做些什么来打破这种压抑。他没有坐在车里,这让他感觉到自由,最好不要再有责任,不要财产,什么都不要。一辆出租车从运河对岸驶过桥,朝他驶来。他决定上车。司机在处理仪表,咨询总站一些问题,然后回头问道:"要去哪里?"

他的右手放在那条裙子上,他终归还是没有把裙子还给她,现在回想起来那是一个正确的决定,她不值得他的关注。"就那么开吧,"他说,"随便去哪里都行。"他往后靠在头枕上。出租车向右拐了个急弯。卡普兰的身体似乎不需要太多的刺激,这场运动在他身上引发了强烈的感觉,以至于他的双手还有手臂都开始发痒。

唯一可能让这个灾难性的夜晚有一定意义的就是,全身心地、真正地去体验它。他一定会感受到某些东西,他决定接着再以另一种感情来克服这种感觉,以便于自己能进入一个永久的漩涡,进入一个闪电球。"对,我想要这样。"他对司机说,"转弯,加速。"

司机有一双乌黑的眼睛,后视镜里,他的目光带有一丝笑意:"你确定吗?"

"我确定。加速吧。您可以这么想:我想感受它。"

司机微笑着,把一张 CD 放入播放器。节奏强劲的室内打击乐,司机随着节奏上下点头。出发!出租车在十秒之内提速,街道路面坑坑洼洼,底盘似乎都要颠出去,他们开得如此之快。对卡普兰来说现实消失了。

等红灯的时候,卡普兰隆隆作响的肚子试图找到平衡点。这个时候车子里散发出一种烧焦了的橡胶气味,不过卡普兰既没有感觉不舒服也没有觉得恶心,而是有一种了不起的感觉。"棒极了!"卡普兰喊道,"这就是我想要的。"

"想要更多吗?"司机问道。

卡普兰心里产生了一个关于威望的奇怪想法,他觉得司机不会被任何顾客挫败。"要更多!"卡普兰镇定地说。

司机选择走那些刚够车身通过的小道,他急速转弯,而且越来越大胆。他还时不时地把警用扫描仪的警报声调大一点。黑暗中一张地图亮了起来,跟普通地图不太一样,一张没有房屋和建筑物的地图,只有完全黑暗、空旷的街道和出租车司机,司机们互相帮助,以免他们被人发现。

音乐在继续,曲子与曲子之间的间隔并不很明显。测速仪针指到一百,安全带勒住了卡普兰的肚子。一百二十码。卡普兰已经感受不到恐惧,没有想死的愿望,也没有想活的渴求。

出租车终于停了下来,卡普兰睁开眼睛,他感到皮肤上有痒痒的盐渍,是泪水。司机抱着头枕往后靠,一边问道:"现在呢?可乐?一点可卡因和女孩?"

看起来似乎只有这两种可能性供卡普兰选择——就好像所有的图片、物体和文字都还没有找到合适的位置。他最终说出"女孩"两字，之后再没有勇气纠正自己的回答。他以前从未嫖过娼，但所有这些半心半意的道德给他带来了什么呢？如果一个人行为的后果只是倒霉和不幸的偶然事件，那么什么会带给他善？后来他开始慢慢地感受到某些东西——愤怒。"我要两个。我想要两个女孩。"

"两个女孩。这归尤尼斯管。"

"谁是尤尼斯？"卡普兰带着些疑惑问道。

"我就是。"

"啊哈。在这种情况下当然是的，非常感谢。"

"乐意之至。"尤尼斯说，"会给你搞定。"他用这句话对卡普兰的回答表示祝福。

他们驱车穿过红灯区。没有像之前开得那么快，卡普兰觉得是他的耻辱减缓了汽车的速度，这是一种很奇怪的感觉，但摆脱不掉。他从口袋里掏出手机，看夏娃有没有给他打过电话，事实上并没有。不过朱迪思给他发了一些短信，但他决定晚点回复。今天晚上他想要做一个自由的人。

出租车停下了，街上拥挤着太多的嫖娼者和酒吧顾客。他们必须得步行了。因为害怕被人看到——你永远不知道会不会，或者害怕待会儿必须要进行可耻的谈判，卡普兰待在车上没动。

"我要她们来找我，尤尼斯。两个。到我的酒店房间。"他的要求没有被拒绝，他仍然无法想象自己真的会面对娼妓。

尤尼斯点头，问："在哪家酒店？"

"在音乐学院。"卡普兰说，他一时想不起其他什么地方。

"好。我认识女孩。成交。"尤尼斯摊开手，卡普兰给了他五十元。"这是给你的。女人的钱我来给。嗯，给多少合适？"他没有得到回复。"三百欧元。"卡普兰很断然地说，一个完全任意的数额。"半小时之后在酒店里。一手交钱一手交货。我还得去趟自动取款机那里。"

"女孩子需要做些什么？"

他将会真的和她们发生性关系，这个想法对卡普兰来说既不诱人也不可怕，就是一种对欲望的渴求，一种微弱的渴求。但他的四肢似乎仍在沉睡。"她们两个可以互相干。"他突然有了这个让他松了一口气的主意，这样他就不必做任何事。尤尼斯怀疑地看着他，于是他又补充道："我不会做任何事情，我保证。"

尤尼斯挑起右眉："多久？"

"一小时？大约这个时间之内？可以吗？"

"好的。"尤尼斯向总部报告，说他想休息一会儿。他下了车，朝着一扇窗户拍了一下手，窗户后面映现出一具姿态妖娆的女性屁股。

卡普兰嗅了嗅他的裙子，但什么也没有闻到。他向自己保证不再浪费思绪去想这件已经深陷其中的事。最轻微的怀疑也会毁掉一切。

十分钟，尤尼斯不需要更多时间，他再次满意地坐到驾驶座上。"搞定了。半小时之后。两个女孩，漂亮的女孩。在音乐学院。"

在拉杜威斯街的自动取款机里取了钱之后，卡普兰再一次请尤尼斯在普林森运河段停下来，他之前拜托过司机选择走环境优美的道路。他下车，走回到一个船形花园边上，刚刚经过时这个花园就引起了他的注意。

二十个精灵盯着他，二十个奇形怪状的侏儒，这些在艾夫特琳主题公园里被称作拉夫的精灵，他们拿着铲子、喇叭、苹果和越野滑雪板，他们身后，刚好就是船的入口处上方是圣诞节灯修饰的字：你所想要的都是拉夫。卡普兰毫不犹豫地穿过狭窄通道，拿走了最丑陋的那个精灵，一个大胡子的拉夫，这个精灵闭着眼睛，怀里抱着一颗心。卡普兰拿着这个精灵，在被一个路人发现之前转身回到了出租车上。

"现在去音乐厅。"卡普兰说。绕了一小段路。下车时他额外给了尤尼斯五十欧元让他等着。然后他看着另一个方向，拿着拉夫走到音乐厅入口处。他挥动手里的东西，向前、向后，再向前、向后，然后松手。小矮人撞到音乐厅的玻璃幕墙爆裂了，陶土和玻璃碎片在空中奇妙地飞舞。卡普兰迅速跳下来钻进出租车后座。

音乐学院酒店。卡普兰请尤尼斯等一下，他去询问酒店是否还有空房间。尤尼斯说："没问题。"但是当卡普兰进去的时候，他听到出租车开走的声音。

虽然他没有身份证，不过在出示了银行卡之后，他得到了一把房间钥匙。在他房间前面的走廊里有一个香槟冷却器，还有一个托盘，上面放着两个脏盘子和用过的餐具。地毯吸收了各种噪声。他在房间里迅速地洗了个澡，以便能马上躺到床上，时不时地闻闻雪白的床单。那条裙子挂在一把椅子上。

在约定的时间前五分钟，他下楼等在大厅里。女士们准时到了。她们穿着慢跑服裤子和人造毛皮大衣，一个是金发，另一个是黑发，两个都化了浓妆。接待员看到他们三人时皱了下眉，但是卡普兰把所有的耻辱感都丢到了脑后。

在电梯里他出于礼貌用荷兰语问了一个问题："你们觉得我们的国家怎么样？"对方用断断续续的英语回答："不错。"他们去了214房间。进去之后女人们依次去洗澡，黑发女郎先出来，赤身裸体。她关了灯，掌握了主动权，她极有可能经验很丰富。

"请更暗点。"她说，"这样更好。"角落里的落地灯还是开着。"现在来点音乐。"

卡普兰紧张地走向电视机，用遥控器找一个合适的广播电台。金发女郎也从浴室里出来了，她们两人一起躺倒在床上。"我们穿那个？"黑发女郎指向那条裙子。

"当然不是。"卡普兰说道。

"你想要做什么？我们开始亲吻吗？"

"要是你们马上就开始的话我想我会更喜欢。"

黑发女郎在她的钱包里翻找。卡普兰看着电视。他从放在电视梳妆台上的水果篮里拿了一个苹果，咬了一大块，苹果很多汁。黑发女郎看起来吓坏了："我没有带人造工具。"

他试图尽可能亲切地微笑，说："没关系。"他按了几个按钮，电视从新闻频道切换到经典音乐频道。他身后女孩们互相揉着呻吟着。两个艾曼纽，一张床。反处女。那个黑发女郎拿了一个套子套到手指上。

　　卡普兰坐到一把椅子上，一阵怀旧的情绪袭来。在与夏娃分开后的最初几年里，他时不时会想，拉比在等待着他这个迷途的儿子。然而无济于事，卡普兰不再进犹太教堂，而且决定，不再需要这个团体来庇护自己，使自己免于崩溃。对于自己做出的这个决定他感到自豪。在这一刻，连这种罪恶的幻想也没有让他满意，他太累了。

　　"那下面脏吗？"他问，只是好奇和一种中性的表达，但听起来相当古怪。

　　"好一些，"她说，"更卫生。"

　　卡普兰又咬了一口苹果，果汁几乎溅到床上，女孩们又开始呻吟起来。卡普兰看着他的裤子，还没有躁动的迹象。"不，"他说，"不要这样呻吟。这是假的。"金发女郎看着黑发女郎，用一种听不懂的语言问她什么。"她在问什么？"卡普兰想知道。

　　"她问什么是呻吟。"

　　"你来自哪里？"

　　"罗马尼亚。"

　　古典音乐声似潺潺流水。许多单簧管。他的思绪转到了之前的学校，返回家园。"两个人都是？"

　　"是的，来自同一个城市，锡比乌，小城市。在罗马尼亚我们有最古老的博物馆。"

　　片刻沉默，这时候每个人都逐渐重新意识到自己的角色。

　　"继续。"卡普兰说。于是黑发女郎对着金发女郎低声说了些话，后者就趴在床上，胸贴床面，臀部向上拱起。卡普兰看到了他不想看到的细节：伤疤，还有丘疹。黑发女郎拿了一瓶润滑油，涂到金发女郎无毛的下体上，她的身体抽搐了一下，但很快她的臀部和腿就开始熟练地抖动起来。卡普兰感觉特别惊奇，同时对女性人体结构感到敬畏。

当金发女郎又开始呻吟时，卡普兰站了起来，喃喃自语，说她们不必继续注意他。如果想挺过今晚，他就必须尽快喝醉。他从迷你吧里拿了三瓶酒：威士忌、朗姆酒和伏特加，还拿了一个杯子。他又坐回椅子上，把三瓶酒都倒到杯子里喝掉。他的手完全不颤抖了。"换个姿势。"他扮着酒鬼脸说。"拜托。"他声音嘶哑地又补充一句。

他最后一次住酒店到现在已经很多年了，和朱迪思在一起时他就没有去过除餐馆外的其他地方。住酒店还是和夏娃在一起的时候，在比利时。佛兰德斯的瓦特佐伊①，舒弗啤酒，鹅卵石路面，互相打闹。他多么怀念那段美好的时光。

女孩们改变了姿势，现在是黑发女郎躺着，而金发女郎跪在她身旁。电台播放着格里高利教会音乐，管风琴的声音不断增强。卡普兰又喝了一口酒，闭上了眼睛。现在只有呻吟声和赞美诗混为一体的奇特的声音。女孩们开始互相交谈。他想象着她们在说些互相挑逗的东西，直到他意识到这个想象是多么可笑又多么有预见性。

卡普兰再次起身，把果核扔进垃圾桶，然后去移动电视机的光标。他停在了汉斯·特约文的歌曲《诺查丹玛斯》中间。突然响起的荒诞的歌曲使他感到振奋，他狡黠地笑了。女孩们停了下

---

① 瓦特佐伊（Waterzooi），佛兰德斯地区的一种名菜，鱼或鸡肉奶油炖菜。——编注

来，惊讶地看着他，问道："不好吗？"他试图用肢体动作向她们表示，这与她们无关，但她们还是继续问："不好吗？我们做得不好吗？"他还在咧着嘴笑，后来女孩们也忍不住笑了，于是他们三个人一起笑了起来，在阿姆斯特丹音乐学院酒店里，在这个冷清的楼层，在这个有回声的房间里。

卡普兰用遥控器关掉音乐，笑声消失了，女孩们沉默地继续刚刚的动作。"现在你们随意玩，"他说，"玩得开心点。"他说得确实很开心——他的胃绞在了一起。她们理所当然地按照他的要求做。……

她们又开始用罗马尼亚语交流。他试图辨别那些听起来像意大利语的单词。他知道这两种语言类似，但他听不懂一个字。他到迷你吧那里，再往杯子里倒了三瓶酒。他的紧张不安已经消失了，在他眼前的这场表演，他感觉越来越抵触。他无法想象是自己策划的这场表演。他又看了一次朱迪思的那条可爱的短信，然后关掉手机。女孩们继续聊天，这不是重点。"你们在说些什么？"他问道。

金发女郎看着黑发女郎，后者仍然在用手指抚摸身体，一边回答说："我说我想要她。"金发女郎急切地点头。他看着面前这两个女孩的景象，她们可能是早年游历欧洲，定居在这里，不想被遣回而不得不从事这份工作。在她们的脸上一瞬间闪过亚伯拉罕的脸，被迫害、垂头丧气、反抗、又再次被追逐的神情。卡普兰不再有耐心："说实话吧。我不会生气的，我保证。"

黑发女郎似乎迟疑了一会儿，她的手指停了下来："我们说我们想去吃东西。我们聊在哪里吃晚饭。她总是想去麦当劳，我一直想要汉堡王。"她的眼睛很大，她的眼神没有抵抗。

"谢谢。"卡普兰松了一口气说，"好了，你们可以停了。非常感谢你的诚实。"女孩们又持续了一会儿。"请停下来。"卡普兰说。黑发女郎指出还有十三分钟。

"没关系。"

"我们不好吗?"金发女郎问道。

"你们很棒。你们两个都很好。现在，我可以问一下你们多大了吗?"

"我二十一，"黑发女郎说，"她十九。"

"你们很棒。"他又很肯定地说了一遍。

她们两人穿好衣服。房间充满了樱桃味润滑剂的气味。卡普兰从内衣口袋里额外拿了一些钞票，塞进了黑发女郎的手里。"拿着它，去吃一顿美餐。附近有很棒的餐厅，或者去大堂，他们有美味的法国奶酪。不要吃麦当劳，麦当劳难吃死了。"金发女郎咯咯地笑了，后来她发现他是认真的，于是抚摸着他的肩膀。他陪女孩们走到门口，在那里黑发女郎亲吻他的脸颊告别。然后她们走了，穿过沉闷的走廊，不再是两个轻率的女孩，而是那些误入异国的骄傲的女人。

他关上了身后的门，眩晕的感觉一下子从他身体里消失。这是他还能为这个世界提供的东西。至于哪些人最迫切需要他的帮助，这个问题他不需要思考太久。

午夜前十五分钟，一定还有他能打电话的人。他只想起了一个人，马艾可。她接了电话。"半小时后来音乐学院酒店接我，"他说，"开车来。我有一个故事告诉你。"

令人惊讶的是，一个女人，她抽着一根烟，嘴唇紧紧地夹着滤嘴，嘴角周围有着深深的皱纹，就像静止的水在微微颤抖，她只要通过这一点就可以表达出这么大的怒火。马艾可。她说，这个时间还见面真是相当奇怪，一边把香烟摁灭在她的汽车烟灰缸里。车是一台相当丑陋的老沃尔沃，卡普兰坐在副驾驶座上直咳嗽。

"不要担心，"卡普兰说，"这是交易。"她手指上的戒指不见了。他决定不问她此事。

"你有个故事给我，"她说，"是骗人的吗？"

"你有城市地图吗？"

"我有一部智能手机。"

"拿来看一下。"他说。他绝不容许自己的计划变成突然心血来潮的行动。他用手指按下她的手机显示屏："去那里。"

"我有一个条件。"卡普兰说，相信她不会退缩。他们现在在那所昔日的学校附近，按卡普兰的要求，马艾可关掉她的沃尔沃车头灯。"我给你弄一个故事，"卡普兰说，"条件是你在这儿分散他们的注意力。"

"注意什么？"

"我得进去取点东西。"

"什么？"

"一个人。我只要求你足够分散他们的注意力，这样我就能进去了。这件事不违法。"

"最好是好事。"

"在拐角的地方有一所学校，里面都是纯粹的罗姆人，警察也介入了。接下来是，2014 年 1 月 1 日新的国际法将生效。政府担心成群的罗姆人会来到我们的国家。无论这种担心是否合理，我们的现实都是由反抗手段和行动决定的。"

"你刚说这不会犯法。"

"并非警察所做的一切就都是合法的，并不是人们针对警察所做的一切就都是非法的。有时候反抗权力是我们的义务。"

"罗姆人？我不相信你。"

"这可不太像做新闻的态度。这个故事可以是一个伟大事业的开端。"这也算不上是谎言，"对你也是。"他犹豫地补充道。她从口袋里掏出一个便条本开始做笔记。"我的名字不要写上去。"他说，她点头。"今天是哪一天？"

"应该是 9 日。怎么了？"

"11 月 9 日？水晶之夜。在德国，七十五年前，打碎窗玻璃之夜。一千多个犹太教堂被人纵火，约八千个犹太商店和公司被毁掉。"1933 年开始的希望与恐惧之间的斗争在那一晚成为定局。在那个夜晚，最后残存的一点奢望都消失在一片火海之中。白天依然芬芳的树木，在黑暗中就像审判员，眼看着旧城市被烧毁。

她耸了耸肩。

"好吧，分散他们的注意力。你有主意了吗？"他问道。

"没问题。"她拿出智能手机，用令人赞叹的激情呼救，警察和救护车越多越好，因为可能会死人！"五分钟之后这里会一片混乱。"挂了电话之后她冷静地说。

正好五分钟之后，就真的有两辆警车、一辆救护车呼啸而过。马艾可打开车头灯，跟在车队后面，最终停在了那座曾经的学校附近，离救护车十米远。她下车大声喊叫："那里面关押着一些人，违背他们的意愿非法关押他们，这是一种耻辱，俄罗斯，朝鲜，关塔那摩！"

救生员和警察都不知道应该怎么做，跟着她走到围栏前，围栏里警卫拿着橡皮警棍和手电筒看着他们。这些警卫官方身份也是警察，这一点让状况更加混乱。来来回回的呼喊，任何协商都失败了，三种不同类型的蓝光穿透黑暗。

卡普兰本能地采取行动，毫不犹豫。他随着救护车走，爬到建筑后面一个无人看管的地方越过栅栏。实际上所有的工作人员都冲出去了，卡普兰现在站在学校里面，恰好站在一幅平面图前：妇女和儿童在一至四教室，男人在五至八教室。

他向左走，一个守卫迎面走来，一个小伙子。卡普兰一拳猛地打到他的胸口上，小伙子头着地倒在地上呻吟。卡普兰看到他的腰带上有一串钥匙，就取了下来。钥匙上有编号，他本能地选择了第二个教室，打开门，二十双黑色的孩子的眼睛，带着防备厌恶的眼神。

"快跑！"他喊道。"跑！"他疯狂地挥舞着双臂。孩子们开始慢慢地移动，只有几个人立刻跑到外面。卡普兰把钥匙串塞进那个看起来最大的男孩手中，指着钥匙上的数字，然后指向其他教室，但小伙子似乎不明白他的指示。接下来卡普兰看到一个男孩，他的双脚令人难以置信地脏，他呆坐在角落一动不动，双臂环着身体。这个场景深深地刻在了卡普兰的脑海里，就像一个记忆，他感受到它的味道，嗅到它气味。就是这样一个男孩。

卡普兰和那个男孩是最后留在教室里的人。他向男孩伸出手，男孩犹豫着。远处传来一阵咄咄逼人的哨声，男孩终于抓住了卡普兰伸过来的手。卡普兰把他拉到身后，他们一起跑到走廊上。与此同时，大约有四十名罗姆人四下里乱成一团，男人、女人和孩子们。

兴奋传遍了全身，正如他所希望的那样，他的头脑变得越来越清晰。噪声越来越大，卡普兰推测救护车在这期间又开走了。

突然，就像从高烧性谵妄中清醒过来一样，逃跑路线出现在他眼前：打破窗户爬向外面，在灌木丛中等待，等警卫重新占领了入口和出口之后，然后再跑。

他们一动不动，他安慰少年，任凭尖叫声和警铃鸣叫声四下响起。然后那一刻来了。出发，一个男人和一个男孩，在黑暗中跑过野草地，水晶之夜后的整整七十五年，背后是来自地狱的声音。风冷冷地吹在他们脸上。

27

卡普兰去厨房为男孩做早餐，那孩子昨晚上睡在他的大床上。卡普兰非常满意地回顾他所做的事，那是一场果敢的行动。在那短暂的片刻，他是一个行动者。

早上他收到一封来自学校管理部门的邮件，信里称，如果他对自己的所作所为公开承认错误，并赔偿损失，那么可以从轻处罚。但他立即删除了这条消息，现在有更重要的事情。今天下午他要给孩子弄一个安全藏身的地方，要有很好的隐蔽性，同时人又要能够在那里待得住。也许衣柜里有足够的空间，他曾经偶然在一块大板子后面发现了一个夹室。卡普兰会保护这个男孩，他还从来没有这样保护过一个人。

　　当然政府会搜寻这个男孩。但他们既不知道名字，也不知道地址，也不了解做这件事的任何动机，只有那个被卡普兰打倒的警卫，他会提供一点不太具体的陈述。马艾可，一个已经准备好为她的故事战斗的人，她会得到她的同事们的支持，而且她可以宣称自己只是关心此事的过路人。她应该暂时不会有麻烦。

　　他强迫自己给她发了一条短信，很幸运地她很快就回了信息，一切顺利，警察没有证据抓她。一分钟后，她发了第二条短信：谢谢你的故事。

　　他装了两碗酸奶。也许他应该跟朱迪思说一声，他不能让人替他担心。他把碗放在地板上。这样一个男孩，还是一个小孩子，他不属于牢房。男孩睡着了，他的睫毛颤抖着，嘴唇在嚅动，似乎在说话。卡普兰一动不动地站在床边，他不会错过任何细节。他坐在床上，看着衣柜镜子中的自己，开始用湿毛巾清洁男孩的脏脚。

　　他想起一句曾经看到过的名言，那个时候小说还是他生活中最重要的试金石。那句名言说，你用一种方法赢得了一个女人，也会以同样的方法失去她。在他的生命中有一个类似的例子，现在他还能很清楚地回忆起来。那个时刻，他第一次意识到他和夏娃是一体的那个时刻，他就正好站在一面镜子前。同样，意识到他将会失去她的时刻，他也正好是站在镜子面前。

　　第一个时刻。那时候他们刚刚在一起才几个月。他们还不敢相互称之为恋爱。在那个他们一起度过的第十五个，或者也许是第二十个晚上，性爱就像一种净化仪式。第二天早上，她站在他卧室的镜子前，用随身携带的面霜搽脸。她没有看他，他斜站在她身后，追随她的一举一动。他每次梦到爱人的时候，总是会梦见一种模糊不清的样子，现在这种模糊不清的样子终于出现。她知道他在看她，但什么也没说。她没有修饰自己，显然她懒得费心思让自己看起来更漂亮，更值得去追求。他成了理所当然的一个存在。

最后的那个时刻，是在他们分手前几个月的某个时刻，那个最后的时刻还是第一个时刻里镜子里的形象。穿这条裙子惨败的场景还记忆犹新，这次她穿着一条黑色长裤，中间有一条深深的褶皱，配一件相当透明的上衣，这引起了他的怀疑，觉得她是为了另一个男人而打扮。她盯着镜子，他斜站在她身后，跟第一个时刻同样的位置，从最佳的角度看着她化妆、换衣服，这种虔诚的仪式。他完全不知所措，她所有的动作，他所有的联想，一切似乎都扭曲了，好像充满了另一种能量，一种失望和痛苦的能量。他的存在早就不再是理所当然的了，她现在充满敌意，对他避之不及。他们站在了对立面。

他必须改掉思念夏娃的习惯。她最多可以作为一个爱情幻影而继续存在，而在当下这种幻影并不合适。一个女性形象，就像日记里的米尔加，展现出一个奇怪的亲缘关系。就像老亚伯每时每刻想念米尔加一样，亚伯·卡普兰会在每句话里都谈到夏娃。

现在他的处境是，他的命运与另一个亚伯的命运纠缠在一起，后者的命运又与朱迪思的命运紧密相连。

朱迪思，他纠正自己，不是夏娃。

第二部分

『没有任何生意可以跟大屠杀生意相比。』

1

一只苍鹭从容地拍打着翅膀，从公寓的窗子前悠然飞过。卡普兰看着今年的第一场雪从空中飘落下来。12月，所有的家庭都在准备庆祝，于他却一直都是艰难的一个月。光明节，也就是灯节，多年来他一直是独自过这个节日，没有爱人，没有马铃薯饼，没有灯光。不过今年冬天卡普兰大多时候都很平静。当然被停职这一点让他不开心，不过既然已经发生了，他就必须充分利用它。除了重新定义他的生活，赋予它新的形式，他别无选择。他解救了一个人，保护了一个需要他的人。最后他对自己说，他生命中有自己一直追求的伟大目标。

出于实际考虑，卡普兰给男孩命名为亚伯拉罕二世，不过那个后缀"二世"在日常用语中就不用了。如他所期望的，男孩藏在了衣柜后面的小隔间里。卡普兰先清扫了隔间里的灰尘，然后去附近的建材市场买了薄而耐用的保温材料、一块羊毛地毯、几个小枕头和一盏使用电池的灯，之后他布置好了隔间。

大床上，男孩的脚从被子下伸出来。白天亚伯拉罕可以躺在大床上，卧室的窗帘一直是拉上的，得让他恢复监看。男孩穿着卡普兰洗得褪色的 T 恤。

卡普兰注意到，亚伯拉罕的右手中指缺了一截，一定是很久以前切掉的，因为指头顶端没有炎症的迹象，而且缝合线已经完全与皮肤长在了一起。这个残缺虽然极其微小，但不可逆转，它破坏了男孩的手的完美，这种方式有些残酷，就像人们看到一件被刀子毁掉的艺术品。

他很少上床睡到亚伯拉罕边上，虽然男孩并不抵触这一点，可能他习惯于和很多人睡在一张床上。晚上的时候男孩也可以到客厅待一会儿，条件是他不能过多地来回跑。住这个街区的好处是房子对面没有人住，只有昏暗的运河水。

第一条规则：

潜藏是否成功，取决于知情人圈子的大小。显然，知情人越少，不被发现的概率就越大。任何随着时间的推移而知晓此事的人，必须自动做出决定，是做同谋者，还是做叛徒。众所周知，对荷兰人来说在当时要做出这个决定有多难。一个国家由错误的决定来定义自己。

到现在为止，只有卡普兰知道亚伯拉罕住在他的公寓里。他不再与马艾可通话，她没有为他提供过任何帮助，他也没有欠她任何东西。她竭力想要让"她的"关于学校的发现引发公众讨论，但没有什么成效。她的指控既没有被官方否认，也没有得到证实，失去了冲击性，最终从报纸上消失了。当然，在遭到卡普兰干涉之后，警察尽可能迅速地将罗姆人安置到别处去了，自然也是无人知晓的地方。集体的冷漠让卡普兰有片刻失望，但很快他就意识到了好处：罗姆人和那所学校受到的关注越少，他不被发现的概率就越大。

三周前的那个傍晚，有一些警察在混乱中擦伤或扭伤，还有一个罗姆人在逃跑时脚踝骨折，除此之外再没有人受伤，卡普兰撞倒的那个卫兵也没事。人们无从获知罗姆人失踪事件的消息，这件事大概只有警察才知道。

他努力与朱迪思保持距离。要是她谴责他的行为的话，他会受不了。但避免与她的所有接触，那又会再次引起怀疑。他们时不时用短信交流，但从未直接见面。

夏娃呢？对于摄像头记录下来的卡普兰对小精灵拉夫的所作所为，夏娃在无限善意中决定不去告发，也就不惊动法律。他所受到的真正惩罚是，他们的关系又冷了一度。他必须尽可能地忘记那个坐在夏娃家沙发上的情夫杜夫曼。卡普兰不再有上司。

他喜欢观察白天如何幻化为黑夜，他不想错过天空中任何色彩的变幻。他对自己说，也许停职还是有好处的，过去的三个星期里他也经常这么告诉自己。这样他就能够全身心地投入他的两项工作中去：照顾这个潜藏者，写他的伟大作品。

卡普兰是土耳其蔬菜店里唯一的顾客。他问那个性格开朗的胖子收银员有没有哈罗米奶酪。那个男人对卡普兰的这个愿望感到很高兴，跟他谈起了幸福和缘分，这是卡普兰很少说起的东西。卡普兰提出还要一块，男人惊奇地看着他，问他是否有客人。"客人"这个词钻进了他的心里。

"有什么事吗？"男人用非常平稳的荷兰话问道。

卡普兰翻出了一些钱，说："我感觉不舒服。"男人脸上的笑容消失了，"流感。"他说。

那人走到收银台，把零钱找给卡普兰，说："热水、柠檬和蜂蜜。一本家庭食谱。"

卡普兰道谢后，大踏步离开了店铺，途中他不小心撞到了脚，但他没有发出咒骂声。站到自己家门口时，他都快喘不过气来了。

就像人们总是会在生命最后几年里想要描述自己的生活一样，他觉得他现在所经历的生活与往常有根本的不同。这是真的。当看到这个被解救的男孩吃东西的样子时，卡普兰觉得如此接近一种宗教体验，这种体验是他自从离开犹太教堂之后再没有过的。他童年时没有得到的这种关照，现在这个男孩应该得到。亚伯拉罕狼吞虎咽地吃掉他的食物，大声地打着饱嗝，他手指灵活，并不需要缺掉的那一截。

"或许你该吃慢点。"卡普兰说。男孩久久地望着他。"你想再来点水吗？"卡普兰问，"多喝点，多嚼一嚼，你一定得好起来。"男孩的目光只是变得更加空洞。卡普兰走进厨房，拿一个大肚玻璃瓶装满水，又回到餐桌旁，指着水重复道："水。这是水。"

"水。"他耸耸肩对男孩说。

"嗯，还行。"他喃喃自语，再次给男孩的杯子倒满水。他抱着双臂看着亚伯拉罕二世很快就吃掉哈罗米奶酪和辣椒。直到男孩睡着了，卡普兰才拿出手稿来。白天他脑子太乱了，只有在晚上他才能找到他需要的平静，记录下这个不断在变化的故事。

他在黑夜中，在烛光下写作，今晚也是如此。他服用了扑热息痛，以防止写作带来的发烧症状。

1943 年 11 月的刺骨寒冷中，老亚伯和奥斯维辛的斯拉瓦一起被转移到更大的比克瑙集中营，那里永远需要新的劳动力。奥斯维辛曾经是给荷兰人作军营用的，比克瑙则是专门为囚犯建造的，只为一个目的而设计，一个只能用悄悄说出来的目的。"长长的围墙，没有尽头的牢房，让我眼花缭乱的脸庞。集中营的世界。"

《第七交响曲》的 CD 放到哪里去了？听这个音乐无疑是最重要的仪式之一，弹奏者在哪里？他们模仿的吹奏者又在哪里？专注，从一个特别时刻开始，他告诉自己，不要太多地泛泛而谈。

那是 1943 年 12 月，他们还从来没有见过这样的事。

"当时我们就像看到从另一个世界回来的幽灵。已经开始破晓，我们奉命停止工作，所有犯人都像我一样无精打采地走回各自的营房。我不知道是谁先看到他的，他突然出现在那里，我们只是盯着他看。是小亚伯拉罕，像一个茫然无措的泥人站在那里，仿佛他是从地里长出来似的，就那样站在集合场地的中间。天气湿冷，我们看着这场景，它本身让我们既费解又印象深刻，对我们来说，已经再没有什么景象能让我们感到震惊了。直到最后艾科勒向前迅速把男孩拉出了守卫的视线。艾科勒是一个三十岁的意大利硬汉，我们营房的第一批住户。我应该经常问自己，为什么不是我采取主动，难道我不是曾经任何情况下都是亚伯拉罕的保护者吗？我应该经常会回忆自己在这一时刻的麻木，这种让我感到极其不安的麻木。我的懦弱是不可饶恕的。"

老亚伯和营里的其他人一样，必须持续不断地劳动。卡普兰知道这个口号："通过劳动毁灭"，这是司法部长奥托·格奥尔格·蒂拉克在 1942 年与希姆莱谈话后的文件档案中记载的，这个想法就是，囚犯应该自己劳作到死。对德国人来说，这不仅是最便宜的处决方式，而且罪犯到死也是一个免费的劳动力。但老亚伯很了解自己的身体，知道什么时候他必须养精蓄锐，并且他很聪明，知道什么时候能在间隙中偷懒养神而不被发现。那天他们必须搬运石块，之后大家筋疲力尽地挪回营房。

"我们人太少，难以聚到一起，但足以让男孩藏在我们中间。我敢肯定，我们所有人都有一个相同的疑问，只是没有说出来罢了，那就是为什么十八天前他突然消失？在这个不断有新人进来，有旧人消失的地方，还从来没有人能从地狱里回来，这个问题更难回答：他是如何逃回来的？"

卡普兰突然想起有一块松动的地板，就在他的床后面。

"我之前发现过一个隐藏的地方，但一直没有告诉任何人。那个时候我告诉自己，总有一天会有些值得被隐藏的东西进入我的生活。我把这个地板完全揭开。挖出土块之后，我们就可以做一个内室，刚好够容纳下这个男孩。我向艾科勒提出这个建议，他在勇敢地拉回男孩之后赢得了营内其他囚犯的尊重。他也认为我们必须要做些什么。如果守卫发现了男孩，他就会被送到一个不可能逃走的地方。街区年龄最大的斯拉瓦第一次开口赞同我们的主意。"

第一条规则：潜藏成功与否取决于知情人范围的大小。卡普兰对自己说。

"整个营房都会知道这件事，这是不可避免的。就好像我们所有人都手牵手围成了一圈，我们中间有一个男孩，他迄今为止还没有说任何话。要是我们中有一个人松手的话，我们立刻就会发觉。这个脱离的成员，这个叛徒，将会小命不保。"

俄国人是集中营里的第一批犯人。卡普兰在《集中营生活》中读到正是他们建造了比克瑙的营房。对这个他们亲手建造起来的城市，他们以一种奇特的方式感到自豪，而这个城市的实际大小到后来才看得出来。

"在我们营房的两个俄罗斯人米洛和斯拉瓦的帮助下，艾科勒收集了一些旧抹布，好让男孩躺在上面。有时候，我听到他夜里因寒冷打战的声音，我就会在夹室前面蹲一会儿。天气结冰的时候，我就拿些雪进来供他洗漱。他的右手中指缺了一截，所有的人都看到了，但没人提起过。提起这个话题应该是男孩的事情，但他并没有这么做。在他失踪和重新回归之间有一段无法轻易弥合的空白。我试着教他几句话，但他似乎无法理解我讲的东西。

"那么我的语言有什么意义？

"有时候我遇到一个荷兰人，我们就交流了一些我们以前熟悉的话，就像古老的钱币，在很久以前曾经拥有过价值。但是这些话是很危险的，它们让我们想起自己必须被遗忘的生活，对我来说就是，与米尔加的生活，有吃有睡循规蹈矩的生活。我经常看着男孩睡觉的样子，然后就想象我自己还是孩子时期的脸，在很早很早以前的那些时期，那时候我们还没有意识到，生活将会带来什么。"

　　卡普兰的工作流程：先读朱迪思父亲的原文，几乎逐字地抄写下来，在纸张边缘标明读者可能忽略的，或者有利于理解故事的地方。接着又用手重写文本，这次做一些他认为必要的修改。多亏了这种相当劳动密集型的方法，才使得卡普兰非常接近原著，同时更加熟悉老人的笔迹。这是迄今为止最自然的方法，也是唯一能让他经常忘记这个亚伯和那个亚伯之间有区别的方法。

　　上大学的时候亚伯就已经知道了"历史感"这个概念：真正的历史学家如果发现前人还从未认识到的事物，建立一个前所未见的联系，这个时候他会体验到这种感知。这是一种他从未体验到的感觉，这一点也证明他不能算真正的历史学家。过去几周的工作再次证实，他想要体验的这种感觉完全是非历史的。他所描述的那个时刻，那个嵌入历史的时刻，摆脱了地球、战争前线和坟墓，所有的语境都消失了。昨天和明天之间是虚无。

　　他试图尽量不去考虑文本的命运，不去考虑这本书是否会成功，不去考虑可能的读者，他必须思考实际方面的事情。一旦手写工作完成，在一个月左右之后，卡普兰会将文本输入他的笔记本电脑，制作出一个真正的手稿。他把这份手稿，而不是誊写版本身交给出版商的时候，也许他会把誊写版的复印件加进去。如果直接交誊写版的话，人们只要检查墨水和纸张就会立即发现不真实。也许在递交原稿时他们会仔细考察一下，但只是为了验证真实性，没有人会逐字逐句去校验文本。

　　总有一天他需要这本日记原稿，也需要获得朱迪思的同意，才可以正式地处理她父亲的这部作品，他知道这一天会到来。到那一天他就只拥有自己的作家之手，在他面前是无限的自由。

老亚伯此时到营地已经近三个月了，开始一段时间他有时看到幽灵在营地里游荡，他自己现在也逐渐变成了一具幽灵，无精打采，不怒，不悲，死气沉沉。

有时候，卡普兰希望文中记录的事件不是那么糟糕，当他把原文中这些事件誊写下来时，他好像在企望摆脱早已注定的命运。后来他意识到，文中所有事件都是由他掌控的，这份可能全世界都能看到的手稿就出自他之手。

他泡了杯新茶——黄色茶壶里必须添满水，这也是一个重要的仪式，然后翻阅着复印件，在卧室里慢慢地踱着步子。或许没有那张音乐 CD 就办不成事。他可以第二天去买盘新的，但也许刚好只有他手头的这个才会产生必要的效果，而且在那些他认为是灵感的实际事物被神奇混合之后，在他卡普兰身上没有余下任何东西。那些被他看作灵感的东西，乍看起毫无意义，但最终却是最基本的要素。

不，是别的东西。他意识到自己很恐惧，害怕继续写作，害怕他的处境。他不能回头，他被比自己更强大的东西推着往前，但路的尽头却超出了他的视野。他的恐惧促使他第二天继续写作，甚至比前一天更狂热。

他把茶倒进水槽里，给自己倒了一杯杜松子酒，他决定去看看亚伯拉罕。卡普兰仍然对这个男孩的经历几乎一无所知。很快他就会提出合适的问题，用正确的语言。走廊间微亮的灯光刚好能让卡普兰发现衬衣堆中男孩的脸。

白天，男孩偶尔还会让他感到紧张。他看到的不是一个孩子的眼神，这种眼神来自一个老人。这双眼睛里是冷酷的痛苦，而这将会是亚伯拉罕与卡普兰永远的区别。

卡普兰喝了一口酒。亚伯拉罕的眉毛轮廓很分明，看起来好像被修剪过，缺失的手指头。卡普兰永远想象不出，男孩之前过的是什么样的生活。漆黑的手臂和脸颊，洗不掉的颜色。很明显亚伯拉罕不喜欢洗澡。卡普兰给他看了淋浴间，给他买了肥皂，但他不敢继续下一步。

卡普兰又取了一条毯子，羊毛的，男孩不可以被冻着。亚伯拉罕骨瘦如柴的肩膀正好适合这个夹室。卡普兰在他身边蹲下，他注意到一个闪光有棱的东西，从原来的那条毯子下面露出一个角来，看起来像是他很久没看到的 DVD《艾曼纽2》。也许是亚伯拉罕偷走了它。也许他拿的东西还不止这个 DVD，他想起自己没有找到的音乐 CD。对这种背叛行为有什么话说吗？他考虑要不要唤醒男孩，并对这个小房间进行搜查。这个很自然的想法让他觉得有点倒胃口。

卡普兰一边等着淋浴的声音，一边装满两碗麦片。如果这个男孩想得到照料的话，他至少应该好好表现。咔嚓声表示热水器已打开，然后是噗噗噗的三次打火声。尽管他对这次搬的家从来都没有满意过，但卡普兰对自己这套公寓的情况还是了如指掌，它的叹息和嘟囔声他都很熟悉，也很喜欢。

他急步走向夹室，把衣服推向左右两边，把毯子拿开。《艾曼纽2》DVD 就躺在那里，事实上旁边还有《第七交响曲》的CD。此外卡普兰发现了一支蜡烛，一个看起来别致但实际上很便宜的银色细线，还有他的车钥匙。他拿起这些物品，心情沉重地把它们放在地板上，旁边是给亚伯拉罕盛麦片的碗。之后他拿来一把椅子坐下，开始吃碗里的东西。

亚伯拉罕光着上身，腰间围着毛巾，头发湿漉漉地走出了浴室。可以看到他身上的每块肌肉，这个男孩有种荷兰孩子无法达到的强健。他向卡普兰点点头，没看那些东西，直接消失在内室里。

"拿着，"卡普兰说，"早餐。"虽然这男孩能吃，但通常比卡普兰吃得少。"你必须饮食规律。"男孩拿起他的碗。"嗯，是这样的，我不知道该怎么说。这些东西都是我的。你明白吗？"男孩擦掉嘴角的一滴酸奶。"如果听懂了的话你就点点头。"男孩点点头。在被囚禁和孤立的阶段竟然还流露出无赖的特点，这难道不是很不正常吗？他不是发现在那些复印件里也是日复一日地描述了诸如此类的东西吗？卡普兰努力回忆艾萨克·辛格[①]的一句话，讲的是：被压迫的人并不必然就是好人。"为什么？"他用几不可闻的声音问，"为什么？"

过了大约十秒，他依旧没有得到回答，他试图抓住亚伯拉罕的手，但男孩把手扯了出来。

"我们是朋友，"卡普兰说，"朋友。我们要等到 1 月 1 日。1 月的第一天。我帮你。我是支持你的。难道你不知道我是你这边的吗？"

---

① 艾萨克·巴什维斯·辛格（Issac Bashevis Singer，1904—1991），美国犹太作家，被称为 20 世纪"短篇小说大师"。于 1978 年获得诺贝尔文学奖。——译注

下午晚些时候，卡普兰看着亚伯拉罕在厨房里准备做点吃的。这是男孩第一次自己动手。他将面包片捣碎放入锅里，加入水和糖。他用手把这些东西揉成一种糊状，倒在一个深碟里。他的双手满是糖，满意地把盘子放在桌子上，并用手势邀请卡普兰品尝，这是一种求和。他做的这些东西当然没办法下咽，但卡普兰没有表现出来。亚伯拉罕认为这顿饭太棒了，他不停地挖盘底，舔手指。卡普兰从没见过他这么高兴。他决定不再说偷东西的事。

大约是晚上八点钟，有人来敲门。卡普兰愣住了，他把手指放在嘴唇上，把亚伯拉罕轻悄悄地带进他的内室。他将木板放回原来的位置，把衣钩推到一起。门又被敲了几次。已经很多年没有人不请自来登门拜访的了。卡普兰将门开了一条缝。是他楼下的邻居，库伯先生，他想借一把螺丝刀。那个男人语速很快，内容是事先早就背好了的。

"当然可以，"卡普兰说，"请稍等。"请他进来，而不是让他在外面等，这样或许不至于太让人感到奇怪，"进来待会儿。"

库伯进门，环顾四周，敏捷的目光。六十多岁男人的嘶哑声音："我听到了噪声。"

"好吧，库伯先生。是人就会发出声音。"

"您在和人聊天。听起来像是个孩子的声音。"

"如您所知，我没有孩子。生活有时候就是这样子。"卡普兰翻找着工具箱，把一把螺丝刀递给邻居。"我不是不好客，但我又得工作了，截止期限就到了。"

库伯的目光仍在公寓里逡巡，不时地左右挪动步子。"截止期限到了，当然。您看，我只想了解，谁住在我上面。"

卡普兰听出他责备的语气。他想起楼下扫帚敲打天花板的声音，还有这个可怕的夜晚。这家伙只是嫉妒，因为他还从来没有被人拜访过。"您可以这么想，您听到电视声了。我经常看电影。"

"我听到了您的声音。"他紫色的大血管在跳动。

"有时候我也会在看电视时打电话。"

卡普兰的这个邻居拖着脚走到电视机旁，拿起《艾曼纽2》DVD 的外壳，阅读背面的内容概要。他瞥了卧室门最后一眼，一言不发地离开了房间。卡普兰在他身后关上了房门，听到自己心脏怦怦的跳动声。

第二条潜藏规则：看不见是最高的利益。

第二天早上，星期天，12 月 16 日，卡普兰去了最近的理发店。他在那里咨询并购买了一袋一百克蓝色粉末，用来染金色头发，还买了一瓶浓度为 9% 的过氧化氢。回到公寓后，他将两种物质混合成溶液。然后他唤醒亚伯拉罕，低声对他说："让我帮你。"他示意男孩必须悄悄的，他把男孩拉到身边，把一把洗过的画刷伸向了男孩的脑袋。

起初亚伯拉罕试图推开卡普兰的手，但夹室狭小的空间迫使他放弃了无望的反抗。卡普兰开始染色，很快男孩的头上就冒出一股奇怪的气味，因为腐蚀性物质的反应，头上的小伤口裂开了。

现在不要怀疑，他做的一切这都是为了男孩好。

半小时后，他们多多少少还是一起合作冲洗了头发，结果是一头相当怪诞的橙色头发。到了第二轮，这次亚伯拉罕的反抗比第一次弱。又过了半个小时，亚伯拉罕成了一个金发男孩，毫无疑问是来自荷兰。

2

卡普兰站在文具店收银台前等待付账，这个店里设有书店，他匆匆浏览了一下畅销书榜，这种排行榜不断在变化，但永远让人感到沮丧。他付了墨水的钱，得到一册免费的《梦想之书》，真是躲也躲不过。罢了，谁知道呢，也许里面有些许生活的智慧，他可以拿来用在亚伯拉罕身上。回家的路上卡普兰几乎按捺不住自己蓬勃的生命热情。

餐桌上放着一罐咖啡豆，肯定是亚伯拉罕在哪个柜子里找到的，每隔几分钟他就拿起一颗豆子开始啃。在他啃头几颗豆子的时候，卡普兰忍不住想要说些什么，但是过于严厉的语气也许会吓着孩子，于是他一言不发地看着男孩那咀嚼着的颌骨和逐渐变黑的牙齿。

卡普兰打开《梦想之书》开始朗读："'我们希望，每个人都不要再惹怒他人，希望人人都拥有美好的生活。'这个愿望来自摩根、艾拉、丹尼斯、米兰、妮娜、马茨、丹尼尔、艾科伦、西莉亚、斯蒂芬和沃特。总的来说人名比句子的单词还多，但是那又怎样，这是一个美好的想法。"亚伯拉罕的眼睛看上去只有瞳孔。

"好吧，现在再来看这一条：'获得冠军的机会。我们想要一起给予年轻人一个机会，让他们感觉有所成就。如果他们能回赠我们笑容，那该是多么好啊。一个笑容，因为他们也很重要。'这条来自奥斯特沃德的莉娜·荷蒙，1964 年生。"这意味着，这个莉娜四十九岁了，与卡普兰同岁。他会不会有更好的东西提供给人民，而不仅仅是恳求一个笑容？

"我对荷兰的梦想是，人人能得到机会，即便他异于众人。无人遭受愚弄，人人皆被接受，即便他对某些事情不擅长，或肤色不同，或国籍不同。人人都应该被平等地对待。"

他转向亚伯拉罕，男孩刚好又往嘴里塞了一粒咖啡豆。"你没看到这里的言下之意吗？我们国家非常乐意为所有人提供家园，非常乐意帮助他人。不，不是'乐意'，这个表达不正确。应该说，这对我们来说是一份荣幸。能够给你提供住宿，是一份荣幸。你懂吗？"卡普兰知道，在《塔纳赫》① 中，"贝内"这个单词既可以引申指代以色列国家的儿童，贝内以色列，也用于指真正的儿童。卡普兰认为，在语言上民族国家和儿童是相关的，这并非毫无理由。男孩微微笑了一下，笑容几乎无法察觉，不过卡普兰看到咖啡豆的黑渣至少盖住了他的四颗门牙。卡普兰把第二个梦想读完："'还有在音乐课上学习任意乐器的机会。'这条来自吉森堡②的杰勒·腾伯曼，十三岁。杰勒在乐器的选择方面可以不受拘束，这真是太好了。三角铁还是芬达民谣吉他，对杰勒来说都无所谓，棒极了。"要克制涌上来的多愁善感的情绪，

---

① 《塔纳赫》（Tanakh），《希伯来圣经》，犹太教经典。——译注
② 吉森堡（Giessenburg），荷兰南荷兰省的一个小镇。——编注

玩世不恭的态度显然是最好的武器。为什么会这样？卡普兰并不知道，但是这个武器永远不会出错。男孩虽然在认真听，但是看上去他并不理解卡普兰想要告诉他的事。

卡普兰把打开的书调个方向，指出荷兰语中几个简单但很重要的词汇。亚伯拉罕并没有读出声来，他只是点着头，时而嘟哝一声"呃"。这个孩子很可能根本不会阅读。卡普兰叹了口气。不是说他要针对男孩指出这一点，而是亚伯拉罕也许是荷兰历史上最无聊的一个隐匿者。

无论如何他是最不懂感激的一个，一个小时后卡普兰这样想，因为他看到，男孩再一次从镜柜里偷了一件东西——这次是一支口红，是朱迪思不知何时遗忘在那儿的。

正午十二点整，一阵旋转式的低沉轰鸣声在卡普兰住所的上空响起。一直安静坐在里间的男孩一跃而起，冲进客厅，紧紧抱住卡普兰，在他背后躲了起来。卡普兰向后伸出手臂，环抱着男孩。他抓住亚伯拉罕的手，触到了男孩右手中指残缺的末端。卡普兰起了一身鸡皮疙瘩。他不会屈服的。那只是一架低空飞行的飞机，东风强劲时常常会出现这种情况。他尝试给男孩解释，却不知道该怎样说。于是他们就那么等着，直到噪声消失。

亚伯拉罕如今已经在他这儿住了三个礼拜了，但他们之间还谈不上亲近。他对自己说，得耐心等待，人与人之间的关系是没法逼迫而就的。夹克衫口袋里传来手机提示音，他掏出手机，是朱迪思的短信。她的大卫杜夫香味，她给他按摩双肩的那双手。他绝不会向她坦白自己对她的渴望。他看也不看，就删掉了短信。

半夜不知何时，卡普兰从睡梦中惊醒。壁橱里有响动。他打开灯，急急忙忙冲向衣橱。男孩困在梦魇中，脑袋不停地来回晃动，双臂挥舞着，额头上汗珠密布。随即，伴随着一阵剧烈的颤抖，男孩从床上猛地弹起，大声惊叫，双眼完全失神。"别怕。"卡普兰轻声安慰他，"别怕，有我在。"

第二天，卡普兰的视线缓缓地追随着西沉的太阳，他看到所有云彩都被驱至太阳两侧。普里莫·莱维①曾经描写过一次日出的背叛，因为日出预示着他被转移的这一天终于来临。那么日落是否也会隐含着类似的风险？

卧室里传来橡皮球的声音。球是亚伯拉罕早上找到的，之前的住户有小孩，估计是他们留下的。这真是一个特别的想象，这套房子里曾经有一个小孩子玩耍过，胖乎乎的小手，出其不意的笑声。

单调的咚咚声从墙上到地上来回作响，一次，一次，又一次。为什么他不能让那孩子明白，闹出响动是很危险的呢？

咚、咚、咚。

这个时候卡普兰不能穿过客厅，因为这样楼下的邻居很可能会因此锁定声响的位置。他恨不得抢下亚伯拉罕的球，然后使劲扔到街上去。

咚、咚、咚。

---

① 普里莫·莱维（Primo Levi, 1919—1987），意大利著名作家，化学家，犹太裔，主要因其描写自己的集中营经历的作品而闻名，作品有《如果这是一个人》《元素周期表》等。——译注

卡普兰拿起笔记本电脑，尽可能轻地坐到桌旁，他的指甲在木头上划出细微的刮痕。终于，随着男孩的到来，他有机会将自己的语言付诸行动，他终于可以在这场对他产生影响的战役中一同战斗。然而，也许他并没有足够强大到能参加战斗，这个男孩是一个负担。

咚、咚、咚。

卡普兰闭上双眼，按摩着指关节。不，他绝不会出卖这个孩子。直到深夜，亚伯拉罕早已在壁橱里躺下多时，他才打开了思路。

"'联络官'兼党卫队成员阿道夫·陶博，一个在别的方面毫不起眼的男人，却在集中营里以其两招致命的本事而闻名：首先在头上给人一记痛击，使人立刻晕厥，紧接着用他的黑靴子踩住那人的咽喉，直至其窒息而亡。"

卡普兰满意地看着自己写作时所做的调整：把原本的过去时转换成现在时，这样能让集中营的场景变得生动一些。写下开头几句之后，他很难再找到行文的节奏。他知道他该写什么，是**集中营的世界**①，但是他做不到，就算有朱迪思父亲日记中的话帮忙，那也不管用。他在《集中营生活》一书中读到，鲁道夫·霍斯②1943 年在柏林获得了一个新职位，政府委托他监察所有的集中营。某些消息来源说这是一次升迁，而另外的消息则说这是他职业生涯的滑铁卢。在前言中还提到，霍斯从未极力争取表现，而是宁可让自己的成绩说话。另外一则报道则称他为一个真正的

---

① 原文为法语。——译注
② 纳粹集中营中毒气车的发明者。——译注

先驱者，因为他有新颖的理念和授课方法。私下里，霍斯在接下来的几个月里一再声明，他日日思念"他的营地"。

阿道夫·陶博，1908 年生，是真实存在过的一个人，他的残暴在众多作品里都被描写过。没有他的照片，不过有一条波兰语版本的维基百科词条，死亡日期和地点则不详。

CD 在忠实地工作，音乐听起来却比以往低沉得多。也许卡普兰过度地分散注意力了，杜松子酒、扑热息痛。他一句话也写不出来，除非这些句子与真实的人建立联系，朱迪思的父亲、这个男孩、小琳。但为了能够写出这本书，他必须抵抗住所有这些呼喊的声音，一定程度上的冷酷是写作的基本前提。

一道闪电刺穿了他昏昏沉沉的状态。为了这个故事，他需要一个承担一切残暴的人，一个迫使营房里所有男人采取行动的人，一个党卫军队伍中的新人。在后续阶段卡普兰可以把这个人的角色融入一个真实存在的施刑人身上，以避免学者的怀疑。然而现在这个时间点最重要的是，他能够不受阻碍地继续写下去。

卡普兰拿起钢笔写道："他是一名高级党卫军军官，这一点确凿无疑，他宽阔的双肩撑起笔挺的黑色制服，军官帽下是满头金发。他在领导层中的位置居于联络官之上，甚至还可能在约瑟夫·蒙格勒之上。蒙格勒是营地医生，他有时候在那个军官面前近乎卑躬屈膝。

"尽管谣言满天飞，但我学会了不去听信。然而现在，当我看到陶博和蒙格勒站在那里，并且清晰地感觉到，他们是多么惧怕这个新来的男人，这个永远只是盯着人看却从不开口说话的男人，我就知道，他那响彻集中营的外号八九不离十是真的。魔鬼。据说，他到目前为止唯一说过的话就是：'这个世界是人间地狱。这是我的报复。'"

卡普兰知道，随着这个魔鬼的到来，一个新的阶段开始了。德国人请求他的支援，却没有觉察到，他们已经惹上了超越自己想象力的祸患。晨哨响起时，这个魔鬼常常抬头望天，明亮的天空让他的眼睛闪闪发光，那双眼睛来自不知名的冷酷之境。故事自己展开了，这个寂寥的夜晚包裹着卡普兰，让他的思绪自由飞翔。

"晚上艾科勒成功地搞到一把糖。他不愿意说出为此他必须付出什么代价。墙角有一只桶，里面的积雪正在慢慢地融化成水。有了水、面包和糖，我们就可以煮一锅粥，喂给那个男孩吃。他对我们十分感激，至于他没能马上找到正确的语句表达出来，这一点并不碍事。他的嘴角沾着食物残渣，我们没有指出来。这个瞬间很完美。之后，斯拉瓦拭去男孩嘴角的糖屑，塞进自己嘴里。"

卡普兰走进小房间打量着孩子，过了大约十分钟又坐回桌边，汗珠灼痛了他的眼睛。他虔诚地依次提出问题，男孩专注地看着他。"然后，仿佛一个不可突破的障碍突然消除了。男孩开始说话了。一开始我颇为吃惊，他到目前为止仅限于发出声音和单个的语句。但是，他一句接着一句说得越来越快，而且还产生了节奏，这都证明，说话比沉默来得更加自然。我心中也开始激动，仿佛一块大石从我的胸前滚过。他给我讲了一切，他的出身、他的生活、他的手指怎么缺了一截的，以及他的未来。他完全向我敞开心扉。我不做评判，不表示同情。我倾听，点头，还总是难以相信，这一个瞬间可以包含如此一种脆弱敏感的信任。这个男孩和我成了一个共同体。"

3

卡普兰先前在当地报纸上看到过这个，而且朱迪思就此给他发过两条短信，他都简短却不失友好地回复了。现在他亲眼看见了这一点。他就站在这里，在维特林珊旁边这所曾经被占领的房子前，这个地方对那些最终被拒绝了的避难者来说曾经是一个避风港。没有了那些在大门口游荡的男人，这里简直毫无生气。他们彻底不在这里了。

在巨大的政治压力下，这个团体的一部分人宣告，同意在过渡时期搬到阿姆斯特丹南部的港口街旁边那个曾经的监狱里去，报纸把他们称为"倒退者"。其他人被安置在斯普伊斯塔特街的旧棚户区弗兰克利克。这种分配意味着"我们在这里团体"的最终解散，它也许从来都不曾是一个真正的团体，而更多只不过是一些个体的集合。他比以往任何时候都更加想念朱迪思，想象她会对此说些什么。

卡普兰穿过街道，远处一辆电车在呻吟。他把亚伯拉罕的橡皮球扔进了垃圾箱。离开家之前他曾试着给男孩解释自己要去哪里，男孩身上正套着一件过大的 T 恤，卡普兰的话对他毫无用处。出于安全考虑，卡普兰还是锁上了卧室的门。他发誓，不让自己离开亚伯拉罕超过一个小时。

大楼的门口悬挂着一张难民教堂支持者留下的纸条："保留

下来的，都是永铭于心的时光。我们祝愿之前的居民和他们周围的所有人，在他们必须参与的战斗中，都拥有智慧、力量和勇气。"

　　他密切关注着搬迁报告。记者的调查有可能导向那所从前的学校，它受到的关注越多，失踪的男孩被调查出来的危险就越大。但是到目前为止还没有任何一篇值得注意的文章见报，这种现象他往常可能会说是文化衰落的预兆，但是现在他求之不得。

　　在维斯特里克咖啡馆里，他点了一大杯咖啡，好让他有足够的时间在报纸上搜索有关罗姆人的报道，还有即将到来的"广开边境"的日子，1月1日，十天前荷兰电讯报也报道过这件事。

　　但是他粗略浏览了一遍之后发现，报纸上完全没有关于罗姆人的报道。不过一则采访引起了他的注意，那是对范·施托克教授有关民俗学和纳粹主义的采访。这位教授看上去的确是唯一一个像卡普兰一样，致力于研究最重要问题的局外人：研究历史的必然性。

　　现在，在毕业了这么多年以后，卡普兰的历史知识仅限于，他不了解的东西他知道去哪本书里查阅。他绝不可能赶上范·施托克。卡普兰满怀妒忌地登上了七路电车，回到他的秘密生活，回到男孩身边。

　　公寓里很安静，一种刻意的、令人不安的宁静。男孩躺在壁橱里，等待着夜晚的降临，窗外一丝风也没有。卡普兰翻看着《集中营生活》，却没有找到让他感兴趣的东西。他打开笔记本电脑，想搜索"我们在这里团体"的照片，然而任何地方都找不到那个也门人。他在网上读了三篇范·施托克的文章。"只要荷兰人坚持每年花两分钟静默纪念，只要战争没有沉寂，我们打在德国坦克上的所有子弹就都没有白费。这是汇集了所有声音的唯一的平静。"真实的、恰当的话语。正在这时，卡普兰的电话铃响了。是库伯，楼下的邻居。

"是您扔的水弹吗？"

"抱歉，您说什么？"

"您已经听到我说的话了。有人扔水弹，我整个花园里到处都是破碎的气球。甚至对面的露西也跟我抱怨过。"

"库伯先生，我都四十九岁了。"一阵短暂的、难堪的沉默，"不管怎样，我没有扔水弹。"

"我往上看过了，我敢发誓，那些水弹是从您这一层落下来的。"

"您会相信我的。我根本没在家，您没听见我刚刚上楼吗？"

"是，是，这倒是。"

"就是说嘛。而且我一个人住。"也许他能从库伯的反应中推测出，对方的怀疑有几成。

"这我知道。"从库伯的语气中听不出什么。

"好的，我得继续工作了。我会帮您盯着点儿的。我楼上还有两层，不是吗？住的都是有小孩的家庭，如果我没记错的话。"

"如果您愿意这么做的话，请便。"

"那行。再见。"卡普兰掐断了电话。那些不被允许争吵的人，他们到底怎么吵架呢？

气球散落在卡普兰和男孩中间，是花哨的荧光色、红的、黄的、绿的和蓝的。气球是朱迪思以前某个时候给买的，那时她为了装点卡普兰的生日庆祝会，悄悄地买了这些，她本想通过这种方式获得策划他生日活动的权利。卡普兰一边思考着措辞，一边把玩着一个气球，突然，这个气球咻的一声撒了气，从亚伯拉罕面前飞过，打在墙上。卡普兰小心翼翼地笑了笑，然而男孩却没有回报以笑容。

"亚伯拉罕。"他说，声音里不乏严肃，男孩毫无反应。"你听得懂我说的话吗？如果听得懂，就点头。这是非常危险的事，如果被人发现，你又会被关起来，关到一所以前的学校里，或者更糟糕一点，关进一家拘留所，要么就是其他某座碰巧空着的可怕大楼里。他们很惧怕你们，他们害怕1月1日，害怕你们这群人。所以，让你待在我这里，直到局势稳定为止，这样真的对你更好。"他急切地盯着亚伯拉罕看了很久。"监狱，"他压低声音说，"你懂吗？所以，最最重要的是，你要保持安静，不要引起别人的注意。你懂吗？点头。"男孩点头，呆呆地盯着卡普兰右脚钙化的脚指甲。

卡普兰把手放在桌上，放在那些气球上。昨夜男孩和他交谈过，这一点他清楚地知道。亚伯拉罕给他描述了自己的生活，但是这种生活已经再次沉沦，昨日推心置腹说的话看来已被遗忘。没有人能够阻止这种沉沦的发生。

"这样做是有生命危险的。"他继续说道，"你瞧，我明白，你还小，喜欢玩儿，我也明白，你在家百无聊赖。但是我们在这儿有极其重要的事情要做，你和我。"原先遮遮掩掩的话，现在统统倾泻而出。"我们不会把你送走，我们不会让你失望，你就是新的机会。"他停顿了一下，"我不知道你是否明白这一点，但是我正在专心做一件事，一件也许同样重要的事。我的书，《这一本书》。你知道什么是一本书吗？"男孩点点头。"我写这本书，不光是为了你和我，我写书也不仅仅是为了二战中的遇难者。二战，你懂吗？"男孩摇摇头。"你很诚实。我会给你解释的，明天。今天真是漫长的一天。现在该是吃饭的时候了，比萨怎么样？"亚伯拉罕的脸庞明亮起来。"但是往后你不能再做出疯狂的事了，能向我保证吗？我真的得专心致志地工作了。不然的话，一切都是白费工夫。信任必须是双向的，我信任你，你信任我。能保证吗？别再玩气球了。"男孩点点头。"明天我会给你上课。今晚我们吃比萨。"

附近的商店已经挂上了圣诞灯饰，一条条灯绳牵得整齐而平行，略微下垂，红的、白的，一直绵延到街道尽头。五天之后就是圣诞节了。思念席卷而来，一想到最近这段日子对朱迪思关心甚少，他就满心愧疚。他给朱迪思发了条短信，让她知道，他在想着她。但还没等收到她回复，他就关机了。在复印店里，他在确保绝对隐私的情况下，选了一台电脑打印了十页纸，是他要给亚伯拉罕上课用的材料，里面涵盖了课程中的主要人物。

回家路上，他经过土耳其人开的蔬菜店，再买了点儿哈罗米奶酪，但也没买得比平常更多。他正想要离开时，一个穿着深色长风衣的男人走近了这家店。就在他要进门的一瞬间，外墙的阴影就像一顶黑帽子的帽檐一样盖在他的脸上。

　　卡普兰差点儿把奶酪掉到地上，但是他咬紧了牙关。那个男人笨拙地挪动了几步，从阴影里走了出来，仿佛那顶帽子被风吹走了。他看着卡普兰，他们没有打招呼，但却也不躲避彼此的目光。卡普兰从男人身边擦肩而过，走上街头。他在一棵树后面停下来，目光紧随着那个穿黑色风衣的男人，直到他最终拐进了另一条街。他不禁生出一种摆脱了巨大危险的感觉。

　　下午的时候，他们一起坐在桌边，亚伯拉罕啃着一块吃剩下的饼皮，空的比萨饼盒子散发着轻微变质的洋蓟味道，卡普兰把它推到一边，拿起了第一张纸。

　　"我现在要跟你讲述的，也许并不美好，"他开了腔，"但是却很重要。你必须知道，人类有能力做出什么，以及这个世界能有多么阴暗。你必须知道，什么东西事关重大。第一课：这是阿道夫·希特勒，不，他叫希克格鲁伯①。在某种程度上他就是我的书的主要人物。你认得他吗？"

　　亚伯拉罕点点头。他当然认得出希特勒，至少认得出他的照片。然而卡普兰并没有察觉到男孩对此有什么超乎寻常的关注，没有任何迹象表明，这孩子知道他的命运和这个男人息息相关，或者知道，他的民族在此人的暴行中遭受了多少苦难。但重新去感受先辈为我们所承受的苦痛，这是我们共同的责任，这是卡普兰想要给男孩解释的。毕竟，我们不能让下一代又像崭新的白纸一样来到这个世上，而不与那些为了让我们拥有现在的一切而牺

---

　　① 希克格鲁伯（Schicklgruber），希特勒的母姓，希特勒的父亲是一名私生子，所以希特勒早年一直随母姓，成年后才改为父姓希特勒。——译注

牲的人产生任何关联。

"这是艾希曼。看，艾希曼。机器。"亚伯拉罕的脑袋上下移动，就像是被一个木偶戏演员所操纵。"你现在就只知道点头吗？"男孩又点了点头，一如既往地笃定。"好吧。"卡普兰说道，他竭力掩饰自己声音中的疲惫。"艾希曼是希特勒的副手。他负责运输，管火车。"

男孩显得很惊讶，他重复着"火车"这个单词，模仿蒸汽机车的轰隆声。卡普兰立刻打断他："这不是开玩笑的。没有火车，希特勒就不可能酿出这么多灾祸，你明白吗？人们说，艾希曼不过是一个平庸的组织者，对'命令'有着可怕的虔诚。人们不再认为他是一个刻板的官员，他原本可以消灭所有红头发的人，或者所有名字以'R'开头的人。但是我拒绝相信这一点。他肯定是对万恶的反犹主义着了迷。"他有些迟疑："也许我不该用这些来烦你。"男孩的脸上毫无表情。"艾希曼，"卡普兰结束了他的讲话，把纸推向一边，"坏人。非常、非常坏。"

卡普兰让男孩看那些图片，并且用点头和摇头来做出评价，通过这种方式，卡普兰给他展示了希姆莱、海德里希、戈培尔、丘吉尔、斯大林、威廉明娜女王，以及荷兰国家社会主义者安东·穆塞特等人的照片，尤其在提到安东·穆塞特这个名字时，他特别急切地看着男孩，但是他看起来毫无反应。最后还有一张历史学家娄德容①的照片。

"你真的一个都不认识吗？这些可都是举世闻名的人物，他

---

①　娄德容（Lou de Jong，1914—2005），荷兰最重要的历史学家之一，同时也是记者。——译注

们在历史上可都是举足轻重的。"有那么一会儿，他想到了他的父母亲，想到了有轨电车窗户上的弹孔，想到了有可能是他父亲的那个人，想到了死亡。有一个多年来一直困扰着卡普兰的问题：如果他有另一个父亲，他会成为一个不同的人吗？也许更勇敢，更强大？男孩耸耸肩。读到最后一页时，卡普兰叹了口气说："世界闻名啊。"

"世节问名，世节问名。"这是亚伯拉罕的第一句话。他的发音和那些妓女一模一样。

凌晨五点，卡普兰蹲在衣橱里，男孩的呼吸沉在梦境的深处。一阵微风从打开的窗户中飘进来，吹动一件蓝色衬衣，衬衣飘飘荡荡，摩擦着卡普兰的鼻子，一次又一次。第二天早晨，卡普兰醒来，头疼欲裂，感觉眼睛要裂出来一样，他睡了还不到三个小时。在他面前的桌上躺着那个迪瓦钱包。他把钱包收在镜柜最下层的抽屉里，那是唯一一个可以上锁的抽屉，里面还藏着老亚伯的手稿。他认识这只钱包上标志品牌名称的字母上那每一块亮晶晶的石头，尤其是表示"瓦"字的"A"这一块，已经慢慢开始要脱落了，这让他满心伤感。他起身，走进客厅，塞了一点钱在那个钱包里，然后离开了公寓。

在"您的专业旅行书店"售书区后面最远的角落里，在最高一层书架上是一排严重泛黄的里博旅行词典，店员从中抽出了一本罗马尼亚语的。卡普兰接过书打开，说："您这儿没有更新的了吗？"

"很抱歉，先生，要么是这本，要么就是四卷本的语言培训教材,价值一百三十欧。您的学习目标是什么?您是要去度假,还是想要完美掌握这门语言?"

学习目标。这个词语把他带回他努力忘却的中学时期,也带回那些在走廊里擦肩而过的中学生身上,他们因为太晚才订课本而惴惴不安。

"度假。"卡普兰呆呆地凝视着书页,结结巴巴地说,"'不浪齐乌瓦',意思是早上好。"店员不知道该对此作何回应,于是就消失在售书区的前方。卡普兰还在继续翻阅,"常用"一章映入眼帘,里面列着"a)见面"和"b)相互(不)理解",紧随其后的还有"边境""乘火车出行""居留"和"警察局"等条目。

他合上书,一颗汗珠滑入耳朵里,有那么一会儿汗珠堵住了他的耳道。他再次站在街头,当他第三次大声说出"不浪齐乌瓦"时,他看见街道对面有一家二手玩具店。虽然他已经领不到薪水了,但在男孩的教育上是不能省钱的。他买了第二代 PS 游戏机,店员很乐意给他提供建议。他就装了唯一一个游戏——《荣誉勋章:战争前线》。

他花了一番工夫安装好了游戏机,但他想让亚伯拉罕下午再玩。他坐到桌旁,拿出复印的东西来,在另一张纸上,他做了一些写作练习,为的是再次训练一下自己的书法。仿佛在一种迷幻状态下一样,他继续写下去,老亚伯的话变成了新亚伯的话。与此同时,卧室里一直出奇地安静。这是一个完美的下午。

亚伯拉罕去上厕所的时候,卡普兰窸窸窣窣地翻着打开的旅行词典,他最后停在"罗马尼亚—荷兰语"词汇表上。"罗曼"

这个单词在荷兰语里是一样的，"罗民"这个单词意思是"罗马尼亚"。卡普兰突然在这两个词语中辨认出了同样的词干：罗姆。

4

飞机马达轰鸣不止，炮弹四处开花。

那个士兵，一个美国人，脑袋埋在两脚之间的步枪枪管上。水陆两栖飞机周身布满豁开的炸弹弹孔。男人们俯下身来，天空泛着微光。急救员的耳朵里涌出一股细细的血流。

"跟紧我，我们会挺过去的。"指挥官大喊，"我们得攻下这个海滩！"然而，就在他们放下着陆板，看见面前绵延的奥马哈海滩时，船上射出一枚炮弹，子弹在他们周围呼啸，旋转着击穿水面。士兵们的身体被打成了筛子，他们抽搐着缩成一团，但还有一个士兵活着。

男孩在玩游戏时积极投入的样子真是令人惊叹，游戏机的控制手柄就像是他手臂自然延长的一部分。卡普兰呆呆地望着屏幕，不禁进入角色当中，游戏里的声音变得真实起来。

一、二、三，那个幸存的士兵从水中探出头来，战争场面徐徐拉开：从左至右，沙滩上到处立着反坦克装置"比利时之门"① 和"捷克刺猬"②，士兵的身体嵌入铁丝网中。每隔几米就有一颗

---

① 比利时之门，比利时国家陆军为了对抗德国法西斯军队而修建的一种反坦克路障。——译注

② 捷克刺猬，在瑞士称坦克刺猬，在奥地利称钢铁蜘蛛，是一种拦截障碍，在 20 世纪首先被用于拦截坦克。——译注

炸弹爆炸，德国炮兵就部署在小山包后，那个士兵能够看到掩体和枪口冒出来的黄白色火光。但是原地观察太久会要了他的命。五百个德国人，六公里长的沙滩，三万五千个盟军的靶子。

然后，在指挥官的鼓舞下，他壮起胆子，他行动了。他端起M1式加兰德步枪，弹匣里还有七发子弹，他咬紧牙关跑到沙滩上，沙子和鲜血在他周围不停地四下飞溅。

卡普兰知道游戏是关于诺曼底登陆的，游戏完美地模拟了这场战役。这些骇人的图像看上去令男孩颇为开心。卡普兰看着自己面前的那个士兵，就是男孩所赋予人格的那个，不仅跑过沙滩，而且穿过历史而来。那一度真正被摧毁的沙丘，那四处飞溅的沙子，那些掩体：舞台布景中，那些当时真正中枪倒地的士兵成了游戏人物，男孩就是那个英雄。

如此一来可能发生的是，这一天既是2013年圣诞节第二天，也是1944年6月6日。在用犹太人方式生活的那些年，他不得不放弃这个节日，因为说到底，圣诞树就象征着异教徒那令人讨厌的传统。自打和夏娃分手以来，圣诞期间的卡普兰家里就存了太多的蔓越莓、土豆和火鸡。他还来来回回地哼唱着一支圣诞歌曲。他竭力禁止自己去想象，夏娃和朱迪思会怎样度过这些节庆日。今年他购物袋里东西的数量比起往年多了一倍。他曾经在一家大型连锁超市的顾客杂志上看到，有六百万荷兰人按照这份杂志上的菜谱烹饪圣诞大餐。这鬼数字依然还在，不过如今它已被点缀上了小花环。

在男孩玩游戏时，卡普兰一边削皮，一边留意时间。两个小时游戏时间，**两个小时**①，这是根据开始几天在家玩 PS 游戏机的经验而得出的，规定范围内的最大时间限度：这是一部历史频道长篇纪录片的时长，片中也有类似的战争声响伴随。卡普兰每次都要费老大的劲儿，才能让男孩从屏幕前脱身。朱迪思若作为母亲，肯定能把孩子管得更好。但知道这些对他来说有什么用呢？

亚伯拉罕处决德国人时，手指关节都因狂热而泛白。每炸毁一辆坦克，他就开心得咪咪笑。在此期间，他已经是"美国荣誉军团"空降部队八十二师的一员了，这次作为伞兵参与市场花园行动②，盟军的这场进攻战役应该夺取荷兰境内的主要桥梁。他在卡普兰的国家滑翔降落，接着沿着荷兰大坝的坝基匍匐而行，再悄悄穿过街道和市内通航运河，前往内伊维根的一座桥。一架荷兰磨坊的风车叶片在熊熊烈焰中燃烧。但是他看上去不清楚他和他的武器现在在哪个国家。土豆削好了，准备做土豆泥。火鸡在烤炉里噼啪作响。亚伯拉罕还有半个小时的游戏权利。

"请、请！"卡普兰说，然而这个用罗马尼亚语说出来的请求在亚伯拉罕身上纯属浪费，男孩摇着头，同时在屏幕上用一颗子弹解决了两个德国人，他大叫起来："是！是！"卡普兰试图从他

---

①　原文为罗马尼亚语。本页及下页中特殊字体除专门注释之外，均为罗马尼亚语。——译注

②　市场花园行动（1944 年 9 月 17 日和 27 日），是二战中盟军的一次由空降部队奇袭，配合地面装甲部队快速移动的协同作战行动，为了夺取荷兰境内主要河川上仍由德军控制的一系列桥梁，而战略目标则是在夺得这些桥梁的控制权后，让盟军得以跨越莱茵河这个德国边境上最后的天然屏障，趁德军尚未站稳之际，在短时间内结束第二次世界大战。——译注

手里抢走控制手柄，男孩一把拔出电源线，把手柄高高举过头顶，在家中四处逃窜。卡普兰跟在后面追，一边警告他保持安静："**我们得小声点儿，嘘！①**"

男孩停在桌子的另一边。卡普兰从左边绕过去，他就从右边跑过来，然后又调转方向。想到这个动作还会持续下去，卡普兰就感觉疲惫不堪。他做了一个绝望的手势，接着三步并作两步跑去电视机那儿，要拆掉游戏机。

但是当看清他的意图时，亚伯拉罕清晰地叫出："不行！"

卡普兰转过身，瞪着他看了好久："你说荷兰语？"

亚伯拉罕点点头："**一点点②**。"

"天哪，不要说德语。用荷兰语这个叫作恩卑接。"

"俺比接。"

"听起来已经好多了，"卡普兰说，"非常好。"男孩的面部表情明朗起来，他激动地说出一个长长的罗马尼亚语句子，也可能是两句或三句。"我听不懂你在说什么。"卡普兰回答道，又想起了那句罗马尼亚语翻译，在他看来那是一个核心句子："**我不理解③**。"

随后，他郑重地站到亚伯拉罕面前，说了一声："抱歉。"

"你是一个奇特的孩子。"卡普兰说着，把手搭在亚伯拉罕的肩头。

---

① 原文为英语。——译注
② 原文为德语。——译注
③ 原文为罗马尼亚语。——译注

卡普兰从烤炉中取出火鸡，一股蒸汽扑面而来。都已经过去十五年了，那个和夏娃共度的除夕夜，那个关于火鸡的故事，那个小小的伤疤，那不可捉摸的命运羁绊，都隐藏在这片刻时光里，不管他多么果断地一刀切进火鸡，肌肉的力量还是不敌怀旧的愁绪。她一直占有这个不可名状，却又理所当然的空间，这个空间直到过去的几个月才真正开始缩小，从而为朱迪思留出了更多的余地，但现在却最终还是成了空。

然而，朱迪思现在没有在他的身旁，她的气味也没有附着在他的衣服上，她的微笑也没有赠予他勇气。他主要思念的到底是朱迪思还是夏娃？他把鸡胸肉切成条，放在右边的盘子边沿，然后各加一小勺蔓越莓果酱和土豆泥。给孩子吃简直完美。

5

第二天早晨，卡普兰坐在厨房餐桌旁工作，男孩问是否还可以再玩游戏机。"晚点再玩。"卡普兰回答。从那一刻起，他就感觉到亚伯拉罕一直烦躁不安，他不是叹着气在卧室里打转，就是嘟嘟囔囔地在他的壁橱里滚来滚去。这种情况下卡普兰根本没法工作。

夜里，他全身心投入一项新工作：把手稿录入电脑。手指敲击在键盘上，发出嗒嗒嗒的声响——终于到了这一步。最初的计划是先把整部原稿写下来，然而实施起来未免太耗费时间了，所以不如现在就把手头的稿子尽量都输入电脑中。出版社肯定会赞赏这一点，因为现如今已经没人有时间去破解手稿的笔迹了。

再工作几天，他就能把日记的原稿同时添进新的手写稿中和电脑文件中。确切地说，他在同时写两本书。再过几天。

亚伯拉罕又开始想要玩游戏了。"**两个小时**①。"卡普兰没有废话。也许是因为这番话也可能指游戏时间的最大限度，男孩没有理解卡普兰的意思，他犹疑地朝电视机蹭过去。"**不，不**。"卡普兰一边翻字典，一边纠正自己。"**两个小时以后**。"

亚伯拉罕脸色通红，他双臂交叉抱在胸前，冲回了卧室。

"非常感谢！"卡普兰在他身后喊道。"**谢谢你**。"但是一进卧室，亚伯拉罕就开始在床上跳来跳去，还把衣架到处乱扔。卡普兰的脖子都僵硬了，眼睛后面抽搐了好几次，带来强烈的刺痛。

他看着表，他还可以控制自己一百八十秒的时间，然后他站起身，走进卧室，用男孩现在很熟悉的"嘘"声警告他安静。他没有说话，只是用手指指向楼下，提示男孩那是库伯先生的间谍活动中心。但男孩仍蹦跶个不停，床垫不断地吱呀作响，男孩的脑袋像上了发条一样不停上下摆动。就这样过了几分钟，卡普兰回到客厅，抄起游戏机，打开窗户，把游戏机控制台伸向窗外。

男孩从卧室能看到所发生的一切，他试图判断，卡普兰会不会真的让游戏机掉下去。卡普兰想起了那辆被毁的自行车，想起了他身体里隐藏的爆发力，他可不会被吓退回去的。

"对不起！对不起！"亚伯拉罕大喊着跑进客厅。

"嘘。"卡普兰对他发出嘶嘶声。

"对不起。"男孩在几米开外低声说。

---

① 本页中特殊字体部分原文均为罗马尼亚语。——译注

卡普兰差点就真的把游戏机扔下去了。他多么渴望那随之而来的宁静啊！但是他没有那么做，他慢慢地收回手臂。最后，他又把游戏机整齐地放回电视机旁，默默地重新连上电源。

报纸上还一直没看到关于那所废弃学校里的罗姆人的报道。而且再过几天就要到 2014 年 1 月 1 日了，可很奇怪的是对此报纸上也没有报道。卡普兰把蔓越莓碗都舀空了，那些红色的莓果上都结了一层冰冷的糖霜。他把剩下的拿去餐桌，打算接下来的下午时间都在那儿工作。扔掉食物？这可不是我们会做的事。他阅读，润色，抄写下来，然后输入电脑中。

这一阵子房间里安静得几乎让人感觉不安。比起亚伯拉罕坐在客厅里消灭德国人，或是因临时禁止玩游戏而闹别扭的那几个小时，家里简直是安静太多了。卡普兰盯着屏幕，盯着那些他刚刚写下的句子：他对老亚伯的依恋开始闪烁微光，老亚伯比起他来更难做到这一点，非常非常难，于是他赢得了做自己的生命权。

他对男孩的亲密当然也是如此。集中营的亚伯拉罕对这一切感激不尽，而现在他身边的这个男孩只是耸耸肩。亚伯拉罕二世简直让他没法接近。卡普兰丝毫没有预料到，一个男孩的皮肤是这么难以穿透。他盯着自己的手，也许他应该经常触摸男孩，身体上的接触也许不是最好，但至少是建立亲密关系的最佳方式。

他重又集中精力工作。就在他正想要撰写一个毁灭性的句子，用来描述"那个魔鬼"和他的傀儡陶博，以及所有生命的脆弱性时，亚伯拉罕二世冲进房间说："温伊（我要）玩游戏。"

1944 年 9 月 20 日。战况如下：盟军在 8 月和 9 月占领了法国北部和比利时。在 9 月 3 日布鲁塞尔和后一日安特卫普被解放后，荷兰迎来了一个伟大的星期二。这是一个带来紧张的希望的日子：占领即将结束。但是西墙，即所谓的齐格弗里德线暂时仍然存在。美国士兵的任务是绕过这种防御线。

瓦尔河上的桥。凌晨五点。他手里是一把带消声器的手枪。他必须让德国人的炸药包丧失破坏力。"**去吧，小子!**①"指挥官说。士兵悄悄爬上一座长长的混凝土楼梯，夜晚的天空幽蓝，树影黑黢黢的，蝗虫的叫声从四面八方传来。楼梯顶端，两名德国士兵正在交谈。他们的语言让他想起了自己在与谁战斗，为什么战斗。他一枪射中其中一个人的后脑勺，紧接着用手枪打倒另一个人，顺势追加一颗子弹在他头上。消声器作用下的枪声听起来犹如哨声。

他从其中一具尸体手中拿走了一支带远程瞄准器的四十三式步枪。他从那座光线昏暗的半毁坏状态的桥上走过，这时他又发现了两名士兵。这一次他不用消声器就开了枪，再也无须悄悄行走，他可不是来保持安静的。德国的狙击手即刻瞄准了他，子弹从他身旁嗖嗖飞过。一颗子弹擦伤了他，让他受到了一点惊吓，他发出一声呻吟。

他一边持续不停地开火，一边跑过那座桥。他越来越兴奋，每一次射击都比前一次更加热情。他数着，还有三十发子弹，还有二十发，他必须杀人以获取新的弹药。有一次他射杀了一名离

---

① 原文为英语。——译注

他只有几米远的德国士兵，子弹正中他的面部，撕裂了他的头颅，血淋淋的骨肉碎片挂在他的制服领子上。

士兵按命令摧毁了所有的炸药装置。如果有更多像他这样的人，战争就不会持续这么久。

在桥的尽头，他遇到了一条狭窄的小路。他手里的那把手枪，正好供他开始执行任务。这条路通往一个掩体，他在里面又射杀了两个士兵，一个正中脖颈，另一个正中心脏。外面，一辆卡车正准备带他去阿恩海姆。在那里，他的下一个任务十二点钟开始。内伊维根大桥行动总共花了他十八分零七秒。

打游戏时，亚伯拉罕的脚指头是蜷曲的，两脚因紧张而僵直。只有在他通过一关之后，他的身体才会得以歇息。还剩下十分钟游戏时间的时候，卡普兰收到了一条来自朱迪思的可爱又温柔的短信，他高兴极了。

在亚伯拉罕大声的抗议中，卡普兰关掉了游戏机，他已经没有力气强迫男孩安静下来了。疲倦蔓延到了他的四肢，他想，当聚集的所有能量都消失时，大家就这样变成了糟糕的父母。

起初，卡普兰以为只是一只老鼠，但是那声音太规律了。他翻来覆去，闭上眼睛，试着把精神集中到被子温暖的窸窣声中来。但是在他的时间感逐渐消失，意识开始飘忽的那几刻，总会有那种嗒嗒的声音把他拉回来。

终于，在三点四十分的时候，他起了床。那声音来自衣橱。卡普兰把挂衣钩推到一边，跪下身去看。熟睡中的男孩呼吸深重，他喘息着，两腿在衣橱壁上刮蹭。卡普兰走进客厅，拿着字典走回来，但是男孩嘟嘟囔囔说的话，他找不到任何一个合适的词汇。

男孩开始来的第一周晚上也总是睡不安稳，那之后过了一段太平日子，但这种好日子在几天前被打破。从那天起，男孩睡得比以往任何时候都更不安生。卡普兰确信是游戏的原因，也许他应该进一步限制玩游戏时间，不，他必须彻底禁止玩游戏。不管他感觉多么糟糕，男孩的健康总是要优先考虑的。此外，夜间发出噪声也很危险。

他想起曾经打算要与男孩有更多的身体接触。于是，他慢慢地把手伸向男孩的胸膛，想要放在男孩的心脏上，好让它平静下来。但是就在他的手掌碰到男孩的一瞬间，男孩就惊醒过来。他看着卡普兰，眼睛里充满寒冷的火焰，那样子用任何语言中的任何词汇都无法表达。

卡普兰回到床上，却仍旧无法入睡。两个小时过后那声音再次响起。他闭着眼睛，手指在电话按键上滑动，并反复抚摸着朱迪思的姓名首字母"Z"，但是他没给她打电话，而是心情沉重地删掉了她的号码。安全意味着一个没有接触者的生活。

卡普兰第二天就采取了措施。男孩的反应比他担心的更加糟糕。他拍打着身子，看起来很绝望，他用罗马尼亚语抗议，还说了一些单个的荷兰语单词，其中"请"字出现得最多。

"我别无选择。"卡普兰说，"我很抱歉。"他把游戏机塞进唯一一个能上锁的抽屉。他不得不把抽屉里的手稿取出来，才能把游戏机塞进去。亚伯拉罕气呼呼地坐到沙发上。两天后就是除夕了。

卡普兰希望这种状况能维持下去。晚上他还是像往常一样工作，但时不时地，他就找不到笔记本电脑了。他有一个癖好，每当他深深地沉浸在工作中的时候，他就会把电脑夹在胳膊底下，精神恍惚地在公寓里徘徊，那是一种梦游的方式。同时，他常常会把电脑放在厨房里，甚至厕所里。但是每次他都能再找到它。

这次他已经找了一个多小时，他的公寓可没有那么大。接着，在他楼下邻居捅扫帚的噪声持续了一刻钟之后，他几乎绝望地放弃了。用这种速度，书最少还需要几年的时间才能写完，而他本来估计的只有几个月。带着睡意，他给自己倒了一杯杜松子酒。

卡普兰把被子拉过头顶，他再次失眠，而这次是因为衣橱里令人害怕的安静。两点钟的时候他下了床，确信会在男孩身边找到他的笔记本电脑。

他试图从男孩身边把电脑拿出来，男孩从睡梦中惊醒过来，紧紧抱着电脑不放。但是卡普兰更加强壮，他猛地一抽，夺走了笔记本电脑。亚伯拉罕抓起放在衣橱的迪瓦钱包，一跃而起。他跑进卧室，卡普兰跟在后面。

他们互相盯着对方，对峙着。

亚伯拉罕跑向窗户，正如两天前卡普兰所做的那样，他也威胁着要把对方的一件心爱之物扔出窗外。

当卡普兰走到距他两米之遥时，男孩用尽全力把钱包扔了出去。一时间，一切仿佛停滞了，那个定格在黑暗天空中的钱包，呆呆的男孩，还有卡普兰。然而紧接着，如同一只被击中的鸟，钱包深深地掉了下去。

6

　　第三条潜在规则是：不要吹牛。不要自夸，不要不经思考就脱口而出，避开那些可能诱使你大吹大擂的处境。

　　这第三条规则很难，但卡普兰毫不费力就做到了。不过当他在有轨电车站等朱迪思的时候，还是抑制不住地仔细想象自己的勇敢应该属于哪一种类型，对此女人的理解会很受欢迎，尤其是朱迪思·斯托恩的理解。

　　这一天只有苏打面包。她宣称自己是第一个保护罗姆人的人。某种程度上来说，他只是做了她所要求的事情。按卡普兰的设想，他会让她也参与他自己的这次藏匿行动，通过其反应看看她在道德上的选择。要是她通过了这次测试，他就会给她讲讲那本书。他曾试图独自保护这个男孩，同时继续创作他的杰作。但他要是继续这样做的话，这两个计划都注定要失败。

　　尽管明天才是除夕，街头成堆的小爆竹已经放了起来，火药的烟雾萦绕在他脚踝边，整座城市散发出战争似的味道。他注意到最近有很多零售商店都关了门。

　　他记得她的号码。几个小时之前，他花了很长时间斟酌措辞，然后给她发了一条信息："请原谅我的沉默。发生了一些重要的事情。过来吧，我会向你解释一切。卡普兰。"她马上就回了电话。他们两个在电话里"谈判"，其间卡普兰不得不多次向她道歉，他们的声音慢慢开始有了温情，开始互诉衷肠。

　　她的电车应该在中午一点到，他许诺去接她。卧室门和阳台门都锁上了，所有衣架，还有其他杂物都放在了客厅里。在车站等她的时候他感到越来越紧张，他对自己说：她肯定没有改变。她还没到附近他就已经嗅到了她的气息，听到了她的声音，感受到了她的触摸。七号线晃来晃去，架空导线发出嗒嗒声。她从电车上飘了下来。

　　他无法拒绝有关朱迪思的所有细节。她跨过地上的积水时动作是多么优雅，有那么一瞬间，她的双腿似乎在空中一动不动地悬浮着。她走到他身边，双手抓住他的手腕，靠到他的肩膀上。他们走上一座桥，这座桥通往他住的街区。无须多言，他们自然而然地走进超市，就好像过去几周的隔阂完全没存在过似的。他把洋蓟、胡萝卜和烩饭放进篮子里，他想拿肉鸡，她摇了摇头，表示不喜欢。

　　收银台边贴着一张纸条，上面写着，自 2014 年 1 月 1 日起不再给十八岁以下的年轻人出售烟草和酒精，任何一位小于二十五岁的人要购买这些产品都应该证明自己的身份。卡普兰让朱迪思看纸条上的字，一边嘟囔道："无论何时何地都要证明自己的身份，可我不会每次都记得带着我的护照啊。"

　　"从十年前开始我就讨厌护照，"朱迪思答道，"甚至我看到自己的护照也很恼火。要是你观察一下每天有多少人在为了一张荷兰护照做斗争，你就会觉得，这可真是一件恐怖的事情呀。"

她久久地注视着他，"我也不是很清楚，这张纸条与厌恶证件有何关系。单单'证件'这个词，或者'寻求庇护者'，就已经是灾难性的了。"

"维特林珊边上的这栋楼空无一人，这可真是奇怪。"他开始尝试他的计划。

"港口街那里并没有那么糟糕，我最近经常去那里，他们——我们的'幸福追寻者'，并没有显得很不幸。我太讨厌这些委婉语了。不会过多久，我们就会只谈论那些'当事人'或'相关者'。之后就再不会有人注意到，这不是关涉顾客的利益，而是人的生命。"

这正是他原来所希望听到的话。沉默了一分钟之后他说："2014 年 1 月 1 日，一个重要的日子。"

"你为什么对未成年人保护法的修改感兴趣？"她惊讶地问。

他们走到他住的那条街，现在，有人走在他旁边的这个时候，他觉得人行道的地面感觉都有点不一样。他觉得他们好像走得有点慢。"我指的是别的事情，"他说，"某种更重要的事情。"这一刻即将到来，在这个时刻他必须把亚伯拉罕介绍给朱迪思。"一到家我就马上告诉你。"他说得很坚决。

还在第一层楼梯上他们就听到了声音，是从楼上他的房子里传来的一种低沉的号哭声。

从楼下邻居住处传来连续的敲击声。要是库伯在楼梯上看到他，那他就终于有证据证明还有其他人住在卡普兰那里。

"快点，上来！"卡普兰轻声说。他们尽力不大声笑出来，像两个在玩铃铛小人儿游戏的小孩子一样跑。两个人跑到楼上背靠着墙歇气。

哭闹声又开始了。这次是在附近，从他的卧室传来的，一个人痛哭哀号的声音，朱迪思满脑子疑问地看着卡普兰。他外套都没来得及脱，赶快打开卧室门锁，一把撞开门。那个男孩就站在那里，瘦小、笨拙，泪流满面，但终究不再哭闹。

"朱迪思，这是亚伯拉罕二世。"卡普兰说。

也许是朱迪思眼里有某种母性的东西，男孩跑过来抱住了她。

她注意到的第一件事就是男孩的头发，她用手捋了捋他的金发，问卡普兰是谁欺负了他。卡普兰不谈这事，而是立即召开家庭会议。朱迪思和男孩并排坐在他对面，那把黄色茶壶中飘出一缕薄薄的蒸汽。

"好吧，"卡普兰说，"这是我们的第一次家庭会议，欢迎。"他手上拿了一本字典，"或者这么说'比讷艾维尼特'①。"

"亚伯，发生了什么事？"

"正如我之前所说，这是亚伯拉罕二世。"

"那谁是亚伯拉罕一世？"

"学校里的那个男孩。"

"噢，是的。他怎么了？"

他没有回答。

"这个孩子多大了？"

_____

①　欢迎。罗马尼亚语。——译注

他看着男孩,说:"十二岁,或者是十三岁?"漫长而不安的沉默。"我把他从学校解救了出来。从监狱里。亚伯拉罕是罗姆人,一个被迫害的罗姆人。我保护他。"

"等一下,你再从头说一下,你做了什么?"

他给三个人都倒满了水。现在还不到两点钟,不过他允许男孩留在客厅;今天是节日,庆祝朱迪思·斯托恩回来。"我把他从那座可怕的监狱里救了出来。你真应该去看看那里的人是怎么住的,挤在更衣室里,卫生设施不到位,到处都发了霉,真的是很野蛮。"

"但是你不可以这样做!这不合法!"

"'合法'?在战争期间把人藏起来也是不合法的。"

"藏起来?"

"我为他整理了一个里间出来,是一个壁橱,他可以在那里待到直到他安全并且能够再次露面为止,但这还需要几个月的时间。2014 年 1 月 1 日是东欧移民来到这里的基准日期①,这是你告诉我的。那我现在告诉你:这个日期也将是一波仇外浪潮的开始,骚乱,甚至极有可能是大屠杀。你可能会觉得这很牵强,但事实并非如此。一定会有几场失控的示威游行或者斗殴,对此需要一只替罪羊,所有已经消除了的偏见又都回来了。突然间整座城市就笼罩着大规模的不满和恐慌的气氛,政客们感到走投无路,被迫向警方提供更多权力,警方会毫不犹豫地利用它,因为现在这个权力就在他们手里,这样的事情已经发生过一次了,就

---

① 按欧盟规定,自 2014 年 1 月 1 日起有九个欧盟国家取消对罗马尼亚和保加利亚公民在本国工作的限制。——译注

让亚伯拉罕留在这里，直到外面安全为止。"

"你真的认为会发生这样的事情吗？"

"那我们就没有责任选择安全，避开不安全吗？亚伯拉罕，喝点茶，喝吧，**比亚**①，不，在我看来不一样，**比阿**②？"男孩喝了一口。"罗马尼亚语真是一门复杂的语言。"

朱迪思看着男孩，说："你知道他真正的名字是什么吗？"

"他父母给他取的名字对我来说无所谓，如果有人知道，有时候人们并不是带着恰当的名字出生的，那我就是这个人。他的真名就是亚伯拉罕。"

"你怎么知道这个男孩说罗马尼亚语？"

"我尝试和他说一些罗马尼亚语，他也用罗马尼亚语回答我。"男孩的语言与卡普兰之前召的妓女说的语言相似，他隐瞒了这一点。接下来是漫长的沉默，男孩咕嘟咕嘟地喝水。

"那我在这里要做点什么？"她问他，她一次都没有动过他们的茶。

"这个问题问得可真直接，"他回答，"还是当着亚伯拉罕的面，这让我非常尴尬。"

"他会适应的。"她随意地说。

"我需要你的帮助。我们现在面临一个艰难的时期。另外……"卡普兰压低声音，"他偷东西。"

"你什么意思？"

"他偷了我的东西，一支铅笔、我的《第七交响曲》光盘，

---

① 原文为罗马尼亚语，"喝"的错误表达。——译注
② 原文为罗马尼亚语，"喝"的音译。——译注

还有我的笔记本电脑。"

"他怎么偷你的东西，你和他睡同一个房间，他最多也就是把东西放到其他地方。他可能只是在找些可以玩的东西，或者他只是想吸引你的注意力。所以不要胡说了。"

"我试过让他去玩，没用。"

沉默了一会儿，她说："你说的'艰难时期'是什么意思？你知道我们不是在战争时期。"她的语气里满是不理解，"到现在不是差不多已经有七十年的和平时期了吗？"

"战争突然爆发之前永远没有战争。"

"你想要说什么呢？"

"我们必须保持警惕。"卡普兰说，"永远。"

"这个意思就是，我们在这里表演警惕委员会？"

"这不是游戏，朱迪思，你应该知道的。别说这么大声。"卡普兰提醒她，"我和楼下的邻居还有一些问题没有解决。"

"让我猜猜。他还完全不知道这个孩子的事情。"

"不能让任何人知道他，这太危险了。这个事情只告诉了你。"片刻沉默后他问她，"你知道我是冒着什么风险把这件事告诉你吗？"

"完全了解。"

"但是？"

"我希望这对你来说是一次心理上的突破，开始相信某人。我更希望你是想再次见到我，你渴望我，你想我。"

"我一直在想你。"这是真的，他比自己想象的更想念她，这种思念用语言不足以表达。

"我也想你。"她声音温柔，但目光躲闪。

"好吧。我们现在又在一起了。"他把手放在桌子上，朱迪思犹豫了一下把手放在他手上，男孩也立刻把手放到她手上。

"学校怎么样？"她一边打开采购的物品包装一边问。

"我休假，已经有一段时间了。"

为什么她那么迫切地看着他？"工资照付的假期？"

"不是。"他回答，"确切地说，不是带薪假期，是我毁坏了一个学生的自行车。我知道这很蠢。"

"好吧，我不会费神去想为什么。"她叹了口气，眼神黯淡，"你不想念学校吗？不想念那些人，那些面孔？"

"已经发生了就是发生了，想念和遗憾没有任何意义，我可以更好地利用我的精力照顾这个孩子。他的脸是唯一有意义的，当然除了你的之外。"他尽力露出没心没肺的笑容，"对学校的事你不要多说了好吗？"

她的沉默就是表示同意。

"我又开始写作了。"

他希望朱迪思在没有真正意识到的情况下接收到这些信息，但是她立即停止拆包装，盯着他看："真的？太好了！"

为什么她要如此激动呢？他不想一次又一次让她失望："是的，我不知道会不会成功。"

"但是无论如何你在写，这就是你一直想要做的事情！"

"对此你可不可以不要过问太多？"

她叹了口气，摸了一下耳垂，说："我唯一很想从你那里知道的是，我们之间现在是什么关系。我们以前模糊不清的关系让我感觉很不好。如果你现在想让我留下，那以后你也得愿意让我留下。我不想把时间浪费在无论如何都行不通的事情上。并且你要告诉我你对这个男孩的看法。还有就是 1 月 1 日之后我们做什么？"

卡普兰感觉到，朱迪思渐渐地能感受到他更多的善意。他用眼角瞥了一下客厅，看亚伯拉罕有没有在偷听。他的目的很明确：保护这个男孩，写完这本书。但是对这本书的内容的解释，他宁愿留到以后再说。"实话说，我不是很清楚。"

"这个孩子就一直待在壁橱里？我刚刚看了一下那个地方，一点都不大，亚伯！"

"壁橱当然不会大啊，按理说它就该那样，毕竟不是客房。如果有检查的话，这个藏身之地不会太显眼。"他一点都不喜欢她那怀疑的目光，"你可能认为这很荒谬，但我楼下的邻居不久前就直接冲进我家了。要是没有这个里间，早就有人把这个孩子抓走了。"

"哎，你不想他被抓走，是不是因为你没有孩子？"

"什么？不是，当然不是了，这个世界上已经有足够多的孩子了。"他勉强地说。

"但是一个男孩没有家人，没有朋友，这就不好吗？"

"你非常清楚在以前这并没有什么不一样。现在很可怕，但是自由自在地生活总比被囚禁要好。"

她提到了儿童保护官员，显然她在逐渐习惯这个想法：这个孩子最好还是由他们收留。她的信念正是卡普兰迫切需要的。

"与政府部门联系是我们能做的最愚蠢的一件事，这一点你一定意识到了吧？"他尽可能语气温和地问，"除此之外，警察才不管孩子的权利呢。"朱迪思开始洗胡萝卜。她握着胡萝卜的方式显出某种色情的意味，很轻柔又有点生硬。他已经很久没有和女人在一起了。"我们可以与寻求庇护者事件中你的联系人建立联系。"他建议。

"我会打听一下。"她转身面向他，"现在重要的是要带着信任去迎接这个孩子，而不是焦虑和猜疑。这会儿我们正好要谈的是，今晚我们要给气垫充上气，这样的话孩子就不用再睡在壁橱了。"

7

"你认为犯人和藏匿的人有什么区别？"有那么片刻一片宁静，只有朱迪思把蛋黄酱料涂到洋蓟叶片上时发出的一丝几不可闻的细微声响。她的所有顾虑似乎都化为这一个问题。卡普兰正要张口打算说些什么的时候，她又继续说道："我知道你想说什么，你想说区别在于自由意志。但如果你现在问这个孩子，他是更想待在这里，还是想要回到他父母那里去，毫无疑问他会选择后者。"

"犯人和藏匿的人之间的区别是：为了自身的利益。"卡普兰回答道，"犯人是被关着的，因为这对社会是最好的事，而藏匿起来的人是为了自己的利益而藏。至于他父母……可能他们还是被关着。那些教室在我看来不能被归于家庭幸福。可能他在那里也很孤单，也许他的父母已经死了，这绝对有可能是真的。"

"哎，亲爱的，我似乎听到普京在说话。关键是，谁决定谁的利益更重要，是社会的利益还是个人的利益？"

"战争时期有大量儿童，兄弟姐妹，他们不愿看清自己的处境是多么悲惨，他们拒绝相信自己的家人早就被毒气杀死。我们应该让普京离开那里。"

她朝男孩的方向点头，说："他的父母没有被毒气毒死。"

"是没有，但他们正在被驱逐。或者，如果法律证明不可以驱逐他们，那么就让他们在这里过得很艰难，这样他们就会自愿离开。罗姆人一生都在为生存机会而战，这你也知道。现在对他来说机会就在这里。他可以建立自己的生活，我们可以给他提供帮助。必须要承认，他待在我们这里会比待在其他国家、其他人那里要更好。"

"这个'更好'包含了什么？"

"不需要喝脏水，学习读书和写字，找一个普通的工作，吃洋蓟。"说着他转向亚伯拉罕，"你不吃完你的洋蓟吗？这是美味的食物啊，小伙子。"他看着朱迪思，"你也许知道洋蓟用罗马尼亚语怎么说吗？"

"不知道，碰巧不知道。"片刻安静。"找工作？"朱迪思说，"这真的是你的计划？你能提前决定他的一生吗？"男孩指着电视，询问地看着朱迪思。"我不介意，"她说，"去吧，你在等什么。去吧。"她降低了些音量，"顺便问一下，你知道他的手指怎么了吗？"

卡普兰低声回答说他不知道。他沉思地凝视着孩子，被没收游戏机之后亚伯拉罕丝毫不受影响，他是如何做到的？好像朱迪思吸引了他的全部注意力，她得到了卡普兰所乞求的东西：爱。这感觉就像一把刀在他内心深处摩擦，他的身体感受到了嫉妒的火花。"我做了我们当时谈论的事情。"他是在对她说，但更像是在对自己说，"我把那些都付诸实施了。"

"你做的不是当时我所想的。"

"说实话，我也不是那么想的。但现在已经是这样了，试着把它看作是好事。博爱、关怀，拉比说……"

"拉比？你怎么突然想到他？我觉得，要是他知道你做了什么，他肯定不会发出欢呼声的。"

"一旦他们住在我们范围之内，他们就属于我们。"卡普兰说。朱迪思再次看着她的食物，嘀咕着些什么。"你是在跟洋蓟说话吗？"卡普兰问她。

"没有，我没跟洋蓟说话。"电视开始了，在重复播放着《陆军野战医院》①。"我在思考你刚刚说的话。"她接着说，"我想起了我最近在《新以色列周刊》上读到的一篇文章。"

"哪里？"

"《新以色列周刊》。"

"哦，《新以色列周刊》。"与夏娃在一起的日子里他时不时会看看这个报纸，"我以为你会要说**无论如何**②，而且指的是某份时尚杂志。"

---

　　① 美国电视连续喜剧《陆军野战医院》（$M*A*S*H$），其他译名为《外科医生》《风流医生俏护士》。——译注
　　② 原文为英语。——译注

她微笑："这篇文章写的是那些完全没有经历过战争的人因为战争所产生的罪责感。"

"对一些人是罪责感的东西,"他答道,"对另一些人单纯只是情感。"

她现在掰开了洋蓟的心,把它切成一块块吃掉了。

现在在卧室最边上的角落里放着男孩的气垫床。朱迪思送他上床睡觉,仿佛多年来她一直秘密为这个角色做准备,而且她相信那个时刻,那个需要她完美执行自己所学知识的时刻,在某个时间一定会到来。虽然她讲的话,亚伯拉罕大概就理解了一点儿,但他还是慢慢合上了眼皮,陷入了深沉的睡梦中。

朱迪思和卡普兰回到桌旁,红酒瓶已经打开了,他们互相倒酒,不时有人燃放爆竹,发出的光照亮了房间。又有一瓶酒打开了,一瓶梅洛,喝起来像喝水一样。

朱迪思坐在他怀里,有点微醉。她说:"亚伯,我发现,你有两种眼神。一种是体贴和温暖的,这个时候你的脸颊圆润微红。"她试图用手指在他脸上比画她形容的样子,"另一种眼神却坚决而冷酷,这个时候你的嘴是直的,面部肌肉紧张,上下颌骨紧贴在一起。你的脸真的不外乎就这两种样子。当你用第一种眼神看我的时候真的感觉很好,这个时候我感觉非常美好。第二种眼神没有那么好,但也还不错。最重要的是,你看着我。这一点在过去的几周里我已经非常清楚了。"

"很抱歉我一直保持着距离。"他握住她的手,他们站起身走进卧室,带着酒精的兴奋和疲倦。他们互相亲吻,她的乳房完全贴合在他的手中，才刚刚触碰到，她的两个乳头就立刻挺了起来。带着一丝醉意，她再次提出了先前提出的那个问题：卡普兰对这个男孩寄予什么样的期望？

他没有回答，但他知道这个问题不能忘记，绝对要记住：期望。她把他的衬衫拉过头部，用手抚摸他的上半身，他浑身都起了鸡皮疙瘩。他闻到了她嘴里的酒酸味，但这不妨碍他，他们笑起来，又回归严肃，他们更加兴奋并且沉醉于此。她坐到他身上，让他进入自己的身体之前，她低声说："别太大声，有孩子。"她现在的目光里流露出温柔而遥远的神情，就像一个知道自己的幸福不会永远延续的女人。

他笨拙地直起身来，头疼昏重。他往旁边摸了摸，现在是上午十一点，朱迪思没有躺在他的身边。有声音从客厅里传来，他又把头埋进枕头里，他还从未听到男孩这么笑过。

他寻思要不要责备他们在敞开的窗帘那里喧闹。也许告诉库伯他有亲戚来访是更明智的，毕竟是除夕之夜。他穿上衬衫走进厨房，看到亚伯拉罕和朱迪思在碗里和面团，男孩打开搅拌机在里面玩得不亦乐乎。

"给。"朱迪思说着递给他一杯橙汁，"我买了东西，我们做油炸圈饼。"

"你留下来真好。"他说。

她耸耸肩说："我还能怎么办？不管是不是出于好意，你已经让我参与了这个违法行为。但我目前还不知道，把他安排在哪里会比这里更好更安全。这里需要我，亚拉伯罕必须要有充足的食物。1月我们再看。"

他擦了一下她脸颊上的面团，男孩恼怒地抬头看着。

"我留下与你无关，"她继续说，"而是与亚伯拉罕相关，对他来说条件一定得要变得更好一点。"

"我相信这也是我想要的。我要买点鞭炮吗？"

"不要买礼炮。"朱迪思说。

"另外，出于安全原因，本来定的规矩是，亚拉伯罕在晚上才可以进客厅。"

"亚伯，我们以后会改变这个规矩的，如果把一个小孩关在房间里，他会疯掉的。"

四个火箭，两个尖叫的人，五个火焰陀螺仪。卡普兰在门口用手指敲着那个高高挂着的塑料袋，而朱迪思和亚伯拉罕的注意力全在他们的油炸圈饼上。他们分别做了三种不同的样式，男孩在其中一种圈饼上撒了糖粉，并且用手指在上面画了一个笑脸。没有任何一个人像亚伯这样了解这种被排斥的感觉，这种感觉深深地刺痛了他。

朱迪思拿了中间的一种圈饼给卡普兰。亚伯拉罕注意到，当卡普兰说这个很好吃的时候，她的脸上露出了喜色。朱迪思把饼放进一个碗里，用手机拍静物照，这时亚伯拉罕一言不发地走进卧室。卡普兰问："你在做什么，你又不是亚洲人。"朱迪思走到厨房清洗胡萝卜的时候，他跟在她后面说："你能注意一下亚伯拉罕吗？他可能又会做些蠢事。"

"他觉得很好玩，就是这样。不要猜疑，也不要担心，你还记得吗?"他点头。"我打了好多电话。有关于监狱的谣言,但没有什么具体的。不久前有一个女记者试图将整件事情公之于众,但报道付梓的时候已经太晚了,那个学校已经腾空,证据没了。"

"我知道。"他嘟哝道。

"好了,别显得那么害怕。"她说。他笑了。"否则我还会问,有没有可能把他安排到其他避难者那里去,但这样对他好不好,我表示怀疑。"

"我也不确定。"他承认。

"而且我们也不能求助政府部门。另一方面,他们也不能这样轻易地驱逐他。当然也有像通行证一样的东西,一种荷兰官员可以请求的通配符,有了它可以随时移交国内棘手的案件。一直以来都这样,但从明天开始,不会再对罗马尼亚这样的欧盟国家进行官方限制,那么用这张通行证就什么都不能做了。"她把碟子扔到垃圾桶里,拿了一个烤饼模子。

"所以……"他问道。

"嗯,所以没什么,我们只能等待,毕竟我无法向我的联系人解释为什么我想知道这一切。雷达下方就是雷达下方,不想被发现就不能泄露太多。"

"谢谢你的理解。"他本可以帮她一起做饭的,但他真不知道怎么着手。蔬菜、新鲜橄榄油、有机布格麦食①——这是一种和他的家庭几乎没有共同点的家务方式。

---

① 由小麦制作的食品,北非和中东地区的饮食习惯。——译注

卡普兰、朱迪思和亚伯拉罕走出门去，大人们穿着大衣，男孩裹着羊毛披肩。离卡普兰的门也就大约十米远的距离，从三十号门开始，红褐色的鞭炮残渣覆盖了大半个人行道。再过不到一刻钟，就要迎来 2014 年 1 月 1 日这一天了。

中午，卡普兰往库伯门下塞了张纸条，告诉他自己有亲戚来访。这样就够了，他一遍又一遍地告诉自己。男孩明亮的眼睛映出大型烟火在空中缓慢绽放的光芒。

卡普兰把他手里最漂亮的一支火箭炮放到一个空的红酒瓶里，招手让亚伯拉罕过来点燃引线，但男孩不敢。朱迪思鼓励他，男孩鼓起勇气裹紧了披肩，迈出了走向街道的第一步。他每走一步都害怕地环顾四周，但他还是继续向前走。卡普兰蹲在那里等着，亚伯拉罕到他身边跪下，卡普兰并不在乎他的羊毛披肩会弄脏，这个孩子还从未自动地靠他这么近过。

他把点燃的火柴递给男孩。男孩的手颤抖着在引线周围打转，试了三次都没有成功，点第四根火柴的时候，引线终于冒出了火花。

引信不到一秒就烧完了，火箭炮呼啸着射向高空，发出巨大的爆炸声，放射出红的黄的光。与此同时不远处街上的地面连带草皮被爆竹炸飞了，像机枪扫射一样的嗒嗒声让刚刚点燃火箭炮之后就向后倒在地上的亚伯拉罕牙齿直打战。

卡普兰走到他身边，看到一股细细的黄色液体从披肩下流了出来。

8

他为什么没有好好想想呢？和朱迪思待在公寓他就没办法继续处理手稿，她极有可能认出她父亲写的句子，这个风险太大了。但越不能提写作，他的渴望就越强烈，这个故事一直吸引着他。

现在已经是1月2日了。商店又开门营业了，雨水冲走了男孩留在街上的小便。鉴于缺乏报道移民风暴事件的头条新闻，国界仍然有效。

亚伯拉罕坐在气垫床上，忙着摆弄朱迪思绘制的着色书，这个事情对他来说太幼稚了，但她现在要激发他每一次美其名曰的"创造性冲动"。她躺在大床上看书，卡普兰在卧室里转悠，寻找让他生气的东西。

"你看到他的手了吗？"卡普兰在床沿边坐下来时，朱迪思问，"那么优雅，长长的棕色手指，那么年轻。"

他发出赞同的声音。不过他看到男孩的手指时，他首先注意到的是他自己的手指，冬季湿疹、指关节上的皱裂，年纪。

近中午的时候，他穿上大衣，拿起他短暂教师生涯中使用过的公文包，吹掉上面的灰尘："我得出去一下，工作。"

朱迪思眼睛仍然盯着报纸，男孩拿着铅笔，正在用笔尖戳报纸。"亚伯拉罕，我们相处得很好，不是吗？"她看着男孩，男孩笑了。"你在写什么？"她问卡普兰。

"写一本书。"要说谎又太过分了，要把全部真相告诉她，又会让她觉得他太自私自利了。

她的好奇心马上被点燃："写的是什么内容呢？"

"我们能下次讨论这个吗？"

"当然没问题，太好了，我不打算多说，但你可以感到自豪。"

"很好，谢谢。"他走进卧室，打开抽屉取出手稿。夜里他已经把游戏机扔到了垃圾桶里，他没有跟朱迪思说起这事。她极有可能和自己一样，把这个游戏机当作教育手段。亚伯拉罕的词汇量肯定不会一下子就能扩大到能说出他身上发生了什么事。

这简直令人抓狂，当着朱迪思的面这个男孩这么听话。她每一次在教育方面的成功都映衬着卡普兰的失败。一旦他们真正开始交谈，孩子和卡普兰，他们就不需要朱迪思了。她从卧室里看那个角落："这就是那本书？"

"这是其中一部分。但你不要问太多问题，这样只会让我太过自信。我写作必须保持头脑清醒。"她点头。"你注意让亚伯拉罕不要太吵，新的一年已经开始了，我们必须格外小心。"

"没问题。"她回答，似乎完全不以为然，"我会注意的，希望你写作顺利，你能买几件衣服吗？"

"衣服？"

"给亚伯拉罕！"

在大学图书馆他终于能再次安静下来打开书，翻开的书又一次构成他人生的横截面。

　　他尝试把集中营想象成至今仍然存在的背景，一直到今天，一切都发生在当下。集中营里关于"那个魔鬼"的传闻并没有减少，而是愈演愈烈。依然没有米尔加的消息。老亚伯只与斯拉瓦和米洛分享他的忧虑，艾科勒不想听到任何会给他的信仰致命一击的事情，他的信仰已经如临深渊，动摇不定。那些不管任何事情都会帮助那个魔鬼的人，斯拉瓦和米洛认识那些人，那些人都是既残暴又自私自利，也恰恰是基于这些性格特征，他们才被选中。

　　老亚伯暗地里希望，那个魔鬼所做的改变能把一切都推翻。也许在某一时刻营地会分裂，这样他就能成功潜入米尔加所在的那个营地。他对她的爱是一个只有他们两人分享的秘密。让我们继续是那两个人吧！或许他以前没有经常告诉她这一点。在那些理所当然的时代，生活中没有显著的危机，这自然可以理解。

　　回想起来，所有粗心大意的时刻都是罪过。

　　对老亚伯曾经感受的东西，即使只是其中的一小部分，卡普兰也无法不感同身受，他无法不陷入希望与绝望之间无休止的斗争之中。

　　"我无法再拥有任何希望了。每天早上我们被叫醒集合的时候，我都感觉自己好像某个地方被撕扯下来。真正的睡眠是不可能的，然而每次要睁开眼睛都是一次失败，环境没有任何改变是一种失败，我不再抵制这种处境也是一种失败。"

　　卡普兰第无数次去上卫生间擦掉额头上的汗水。到处都是眼睛，他只好把手稿夹在胳膊下。他把水泼到脸上，把冰冷的手放到脖子上。他从公文包里拿出一瓶杜松子酒，小心地咽了三口。

老亚伯必须把注意力集中到男孩身上。昨天他给了男孩一支铅笔，男孩用它给里间的木板画上一些身体和脸。

回到图书馆的桌子旁边，亚伯拿起范·施托克的书《年代学》：囚犯在何时才能知道一些东西？原稿没有给出答案。

"谣言不仅在数量上增加，在声音的强度上也在增加，它们汇集在一起，似乎形成一个声音，大声而清晰地对着我们说话。这个声音说：只要还可以行动就尽可能行动起来！营房中的一些人认为，我们首先需要证明我们什么都不知道。如果有人想谋杀我们，那他们不是早就应该已经做到了吗？

"这个回答让斯拉瓦很生气。他说，每一天都在继续证明德国人的恶意，到现在还抱有希望是很愚蠢的。耐心地等待我们的死亡，这正是他们对我们的要求。他沉默了一会儿，看着我们疲惫的脸，然后说，那些军士会嘲笑我们，因为我们什么都不敢，因为我们占大多数，但仍然没有作为。

"他说得越久，提出异议的人就越少，半个小时后大家都沉默了，现在就好像谣言的声音与斯拉瓦的声音重合了。艾科勒越来越猛烈地点头，街区长老朱瑟贝也一样，这期间米洛在放哨。我们低声轻语，直到男孩伸出地板的小脑袋再次垂下去。这是我们第一次真正意义上的集会。"

营地即将来临的恶行在卡普兰的笔下颤抖。他把复印件和刚刚写满的纸放进公文包，开始在笔记本电脑上重新修改那些故意添加的错误，还有他誊写时填到日记手稿里去的旧正字法。他喝下最后一口酒，再次浏览了一遍文本。

现在还没有星星，天空中只有稀疏的云朵。和往常一样，他走路的时候多半是看自己的脚，而不是看路。在一家服装店他给男孩买了一堆不太贵的 T 恤、内衣裤和袜子。他不得不隐瞒自己的工作，这让他难过，实际上，恰恰在写作的时候，他才是最好的自己，但也没有别的什么办法。

他对自己的语言力量的亢奋信心已经再次消退，他的胃在咆哮，他的胸腔在狂跳。如果他自己都不够坚定地相信自己的作品，他怎么能指望别人呢？回到公寓的时候，他感觉很糟糕。写作的想法、写作本身以及对写作的隐瞒，这一切都使他疲惫不堪，他一定要尽快把这本书写完。

"他在这里的时间比我们更早。"男孩从桌旁站起来之后，卡普兰对朱迪思说。

"你指什么？"

"罗姆人，他们已经在欧洲生活了七百年了，你知道吗？那时候我们荷兰人还穿着熊皮跑来跑去。"

"不是这样的。"朱迪思疑惑地说。

"不是，当然不是了。但我们无论如何也不是西班牙人或者德国人，在我们还只是近似一个国家之前，花了数百年之久才迎来尼乌波特战役①以及威廉·冯·奥拉尼②。"

---

① 尼乌波特战役（Nieuwpoort），荷兰独立战争中的一场战役，发生于 1600年。——译注

② 威廉·冯·奥拉尼（Wilhelm von Oranien），17 世纪的荷兰总督。——译注

"你说到荷兰人的时候，我从未听你说过'我们'。"

他用叉子叉起最后一块鳕鱼片："那不好吗？我只是觉得我们应该更尊重这个男孩，因为把他安顿在这里，这是一个特权。"他之前曾说过的这些话，不过那个时候听起来更坚定些。

二十四小时之后，卧室里飘浮着可能来一场性爱的气氛，充满希望又略显脆弱。亚伯拉罕温和地打着鼾，朱迪思脱了衣服，只穿着胸罩和三角裤，看起来像个大学生。

卡普兰白天的工作还是进展不够顺利，同时又使他筋疲力尽，以至于他完全无法和她做爱。他打鼾的声音比前天晚上要小，像一种涨潮时的声音。

朱迪思摘下隐形眼镜，站在卡普兰的床前。"没有眼镜我看不清你。"沉默了一会儿，她补充道，"但你看起来很帅。"他大声笑了起来。"你现在为什么笑？"

"哦，没什么，就是你在恭维别人之前，会让他脚不着地。"

"只有你会这么想。"她有点失望地在他旁边躺下。他觉得自己应该弥补她，于是给她按摩太阳穴。他们像往常一样亲吻，像往常一样互相抚摸，呻吟，皮肤兴奋发痒。但当他试图进入她的身体时，他感觉到一种巨大的干涩的反作用力。几分钟后他放弃了，问她："你还好吗？"

"还行，有时会有点疼，毕竟只是一个小口子。"

"真的？"

"嘿，你不是自己也能感觉得到吗？"

"我觉得男人不一定感觉得到。"他说道，看她的脸色他知道自己踩到了雷区，但他不能就这样停下来，"我想说的是，如果这是一个有裂缝的洞，男人可以感觉到，但……"

"你那是在说什么？"

"嗯，我只是想说，人们感觉得不是那么准确，真的。"

"你还记得你之前对我这么说过吗？那是我们第二次还是第三次睡在一起的时候，那次你也没能进去，当时我也说，我的×没什么奇怪的。"他被这个词吓了一跳，但没有表现出来。"并且当时你也感到很惊讶。"

"我根本不记得了。"他老实承认。

"亚伯，你怎么能忘记这个？"她从他身上滑下来，他们俩同时放松地把上半身向后倒。"我很害怕，"她继续说道，"我很不确定，我的意思是，我们根本不是一对，虽然我们……这样说吧，你还和夏娃在一起的时候，很明显我们是互相吸引的，当时，是在展览的开幕式上吧，还是？"她在他的目光中寻求认可，他意识到了这一点，点了几次头。"然后，"她盯着天花板继续说，"终于走到了那一步，我们依偎着躺在床上，睡在一起，你进入了我的身体，当时你还说我的×很大。"

"我主动说过？胡说！我完全不会说这样的词汇，最多是在你说了什么我无法理解的话之后，我的回应让人听起来觉得，我没有注意到你的阴道口很小，所以我就直接补充说，小和非常小之间的区别，或者就像大家经常讲的紧和非常紧之间的区别，这些对我来说都不明显。"

"顺便说一下，对此我听到的总是只有好话。"

"真的，你现在是在我面前挥着这种带推荐信的简历，以证明相反的情况吗？我只是说它对我来说是怎么样的。"

"该死的！亚伯，为什么不能直接说一下人们对你的期望呢？为什么在你这里就总是有点让人不舒服，总是有点复杂呢？"

"要是你明确知道是怎么回事，为什么你不能自己回答呢？"

"你想让我一直告诉自己，我的很小？"

"我为什么会要这样？"

"不知道!"

"朱迪思，你很美，我为你疯狂。但事实是，当亚伯拉罕在我们旁边睡觉时，我觉得谈论这些事情有点不舒服，尽管或许他不懂荷兰语。"

"在性的方面我想过类似的东西，我必须听你的想法，我还要听我自己的想法。我不想像无声电影里那样和你上床，这决不会让我感到兴奋。抱歉。"

"好吧。"他说，"我们现在中止吧。"

沉默了一会儿，朱迪思说："我在客厅里看到一张色情 DVD。我以为你……"

"这张 DVD 是特价商品，我买它不代表我有性欲，我明天就把它扔进垃圾桶。"

"好了，"她温柔地说，"我认为你没必要那么做。"她停顿了一下，然后问道，"你还记得最初那些日子里的很多事吗？"她的语气不再具有攻击性，而是温暖而富有同情心。

"当然。"他回答，自己也不知道这是不是谎言，"不过我不想谈以前。"亚伯拉罕在房间的角落里发出嘟囔声，也许他已经醒了，又或者他再一次被噩梦折磨。"我觉得应该去看一下。"卡普兰说。他长时间看着朱迪思，看到的却不是他的帮手，而是那个男孩的帮手。"你怎么了？"

"和以前一样。我真的希望你不是把我请过来做保姆，我真的希望你是想要我待在这里。我不想像我的母亲那样，每天都对她的丈夫说：对不起，有我。"

"你不会变成那样的。"他已经下了床。

她的呼吸声渺不可闻。她看了他很久，然后说："你就看吧。"

1月6日的报纸摊开放在桌上，边境局势报道的缺乏达到了令人不安的程度。以色列外交部副部长泽伊夫·埃尔金的一句话引起了人们的注意：以色列将坚持1967年的边界，即所谓的"奥斯维辛边界"。人类对以色列国抱有的永恒或至少是普遍有效的罪责感，对此卡普兰开始表示怀疑，这是他人生中第一次。他的忠诚只针对人类，而不是国家。如果他看到一个奥斯维辛边境，他会认得出吗？

桌子的另一边，朱迪思慢慢地喝了一口咖啡。过去几天，她理所当然地待在他的身边，准备饭菜，照顾男孩，给卡普兰写作创造了条件。但于他而言，语言并不能像潮水汹涌而出，它们只是艰难地一滴一滴流出来。也许他太过于融入集中营的那些男人。他觉得自己像一位无所不知的导演一样关注他们的命运，这种想法给他带来了越来越多的问题。

每天早上三个人吃完早餐后，卡普兰就会走出家门，虽然穿着大衣，他总还是会发抖。他一整天埋头在集中营那些男人的孤独世界里写作，晚上回家的时候他还是总在发抖。他把报纸推到一边，抓起遥控器。朱迪思和他一起坐到沙发上男孩的旁边。电视在播放历史频道，播放的节目叫作《第二次世界大战欧洲的秘密军队》。

朱迪思："现在这样子对他来说真的是对的吗?"

卡普兰："嘘，轻点。"

一个深沉的画外音："假如你住在被占领的荷兰，你会怎么做? 你会冒生命危险吗?"卡普兰看到了男人女人，他们与朱迪思，与他自己没有什么不同。亚伯拉罕和他们看到的是同样的事吗? 一旦那些戴着钢盔的德国士兵出现在画面中，男孩就会用手比出一把手枪的样子，对着屏幕方向发出射击的声音。朱迪思责备地看着卡普兰。

眼看男孩就要出现能量过剩，必须要朱迪思来收拾残局的时候，她拿起遥控器关掉了电视。亚伯拉罕意识到，不是卡普兰而是朱迪思按下了按钮之后，他才平静下来。朱迪思打手势要他去洗澡。她带他去了浴室，卡普兰努力不去看他们。他每次要男孩去洗澡时对方总是很抗拒，卡普兰不想看到他面对朱迪思和面对自己时的反差。男孩离他远远的，也许除了朱迪思，他不能责怪任何人。也许他是太嫉妒了，以至于他永远不会成为一个真正的父亲。

他很清楚，这本书仍然要挽救。他必须告诉朱迪思真相，就是今天，现在。他给黄色的茶壶添满水，然后坐到桌边。

过了足足十五分钟，朱迪思才满意地独自回到客厅。"瞧，"她说，"总会搞定的。"卡普兰严肃的坐姿立刻引起了她的注意，她问发生了什么事。

"坐一会儿吧。"他说。

"很糟糕吗?"

"你就坐一会儿。"他给她倒茶。

"是与下面的邻居有关吗?我昨天碰到他了,他非常友好,我认为你写的便条确实奏效了,没什么值得担心的。"

"不是,不是关于他的事。"

"那是关于什么的?现在的情况不是更好了吗?亚伯拉罕不是也不再偷拿东西了吗?你不是也认为他不再有危险了吗?"

"1月才刚刚开始,我们还得观望一段时间。不过我不是要和你谈他的事情。"他鼓起勇气,"是关于我写作的事情,那本书。我的进展不怎么顺利,以这种方式我永远完成不了。"

"以什么方式?你害怕什么?"

他已完成的文本部分是很久以前的事了,那就像是通过别人的手写出来的一样。也许他只是没有灵感了。"解决了我所面临的后勤问题,我还担心,人们不会相信我,我的权威不会被承认。因为我在写的是关于战争的。"她沉默着喝了一口茶。他知道她有无数个问题,只是没有说出来而已。"我需要有人支持我。"他说。

"我支持你?"

"我不是那个意思,我需要另外一种帮助,我需要有人帮助我完成这本书,靠我自己没办法完成它。"

"听起来你已经有人选了。"

他想了很久,然后坚定地说:"有了。"

"我现在该说什么呢?以上帝的名义呼唤你要呼唤的人。"

9

他看起来与他最后一本书上的作者照片完全一样，那本书叫作《历史如钟摆》，2013 年出版，第四版。坦然的眼神，嘴角微微的笑容。

他比约定的时间早到了一点，而范·施托克也一样早到了。在大学历史系教学楼后面的穆塔图利广场边上有一个哈维拉尔咖啡厅，卡普兰坐在露台的第十二号桌上，点了一杯浓咖啡，观察那个男人如何在桌旁坐下来，现在他对这个男人已经有了很多了解。教授环顾四周，耐心等待。

范·施托克强烈反对曾经高度专业化的帝国战争文献研究所的职责范围被一般化。这个研究所自 2010 年以来正式致力于研究战争、大屠杀和种族灭绝，第二次世界大战也应该继续作为该研究所最重要的研究领域，范·施托克是唯一一个提出这个主张的人，他也因此最终在学术界为自己赢得了声誉。

卡普兰不久前在网上发现一个电视节目，范·施托克在里面说，大屠杀是"世界历史上唯一一件不可以与其他事件相关联的历史事件。当然，人们可以说出原因和后果，甚至可以与其他极权主义或野蛮主义的例子相提并论。但是，如果我们真的想要了解战争年代发生的事情，那么我们必须强调它的绝对唯一性，而不可以轻视它"。范·施托克两年前离开研究所的原因从未如此清晰。

几天下来，施托克教授所有有据可查的评论卡普兰都烂熟于心了，教授的博学和谨慎的表达方式每次都给他留下了深刻印象。范·施托克在学术界享有几乎是宗派般的崇高地位似乎并不是没有根据的。

教授没有招手示意，服务员就来到他旁边，很自然地殷勤为他服务。两天前的 1 月 8 日，朱迪思帮男孩洗澡的时候，卡普兰给教授写了信。

他通过邮件收到了一个不在办公室的回复，没有提到回来的日期，也没有说明教授稍后会与他联系，但是有一个电话号码，拨过去之后只有电话答录机播放着教授平静的声音，说只有十二点到下午一点之间才有人接电话。

第二天卡普兰从十二点起每十五分钟就打一次电话，但没有一次打通了。尽管他很清楚教授不会给他回电话，他还是留了言。昨天晚上朱迪思在睡觉，睡梦中嘴巴还发出亲嘴时的声音，他起床又写了一封电子邮件。

他，卡普兰，可以给对方看一些了不起的东西，一份新的原始资料。我有一些您绝对会感兴趣的东西，我们能见面吗？您确定地点和时间。亚伯·卡普兰。第二天上午终于有了回复：穆塔图利广场，16 点，我很好奇。J. v. S①。

卡普兰还花了几分钟在啤酒杯垫子背面练习老亚伯的元音，这是书写中最难的字母，然后拿起他放着誊写的手稿副本的公文包，尽可能不出声地站起来，稍稍绕了一点路，好让教授以为他刚刚才到达咖啡馆。

---

① 约翰·范·施托克首字母的缩写。——译注

快到教授坐的桌子旁时，他的双手又湿又冷，脉搏加快。只有当他想起自己解救亚伯拉罕的那个晚上时，他的四肢才恢复了一点力量。他现在离桌子有一米远，他的影子刚好落在菜单上，这似乎充分吸引了范·施托克的注意力。教授抬起头，他的眼睛是淡蓝色的。有人能使卡普兰感到胆怯，这种情况并不常见。"约翰·范·施托克。"教授自我介绍，向他伸出手来。

卡普兰握住他的手，有点急切地说："卡普兰，亚伯·卡普兰。"

"很高兴认识您，请坐。想要喝点什么吗？"没等他回答，范·施托克就目光示意服务员。

"请给我一杯咖啡。"卡普兰结结巴巴地说。

教授先说话，这对卡普兰来说是一次小胜利。"好吧，告诉我，您想给我看什么？"

对他表示怀疑这种现象对卡普兰来说已经见怪不怪了，近五十年来，他都不得不与各种怀疑打交道，只不过各有细微差别和影响罢了。必须要谨慎而耐心地播下怀疑的种子，只有这样它才会长得枝繁叶茂。卡普兰想要在范·施托克心里种下一株欲望的树苗，这棵欲望之树将会一步一步吞噬他，直到他说出"不"要比说"好"更费力，更需要说服力：一本重要的战争日记，荷兰人写的。

教授的目光有点冷下来，嘴角失望地耷拉下来，他说："目前这类东西太多了，手稿、营地报告、日记和自我记录，等等。就是现在，最后一批有意识地参与这场战争的人正在死去，这个国家的阁楼里放满了纪念品。"

"我这里这个不一样。"

教授向前倾了一下身体："为什么？里面是什么？"

"它不仅关乎内容，也关乎形式，您想想普里莫·莱维。"

"这个世界只需要一个普里莫·莱维就够了。这份手稿提供了什么新东西？很抱歉，我不得不问这些问题，这对我自己来说也很烦人。"

"无论如何，我以前从未见过这样的文字。"卡普兰指的不仅是从原稿中拿过来的文字，还包括他自己添加的文字。这是真的，还从来没有过。"对我来说，作为读者，战争从未如此触手可及，如此真实，就像亲自体验一样。集中营的故事不仅涉及死亡，还涉及爱情和友谊，但都来自生活。"

"这可能很有趣。"教授承认。他喝了一口咖啡，用舌尖轻轻舔了舔嘴角。

"您打算做什么，您想把这份手稿捐赠给帝国战争文献研究所吗？我和那里还有联系的。"

"不，我只想要您看到我所看到的东西。"

"顺便说一下，我们也可以互相以你①相称。"

"我希望我们一起来完成一本书。"卡普兰突然看到这种可能性，不仅仅是具有重要意义的合作，还有内容本身、书脊、封面。到目前为止考虑出版商的事还为时过早，现在一切都还只是初步阶段。"你的序言，我的文本。"要是有范·施托克的名字可用，那这部作品的合法性将是毋庸置疑的，只有在教授的帮助下

---

① 德国人传统不管老幼尊卑，初次见面都用您称呼，除非一方（通常是长者和尊者提出）主动提出用你称呼。——译注

才能把想法付诸实践。

"你的文本？"范·施托克问道。

"这份手稿选中了我，也只有我能阅读这个笔迹。"还有，只有他才能模仿它们。"书上有三个名字：作者的、你的和我的。"他倾过身子，几乎快凑到教授的脸上了，他们之间只有一点点空隙，"说实话，多年来我一直关注你的动向。我发现你喜欢参与公开辩论，你想要的不仅仅是在图书馆和档案馆里到处仔细翻故纸堆，你还想成为一名教师，最好是整个国家都坐在你的教室里。不要误会我的意思，这是一个美好的追求。"

"我总说，掌声是赞赏的表达方式，这意味着你值得费力。"

"正是。"就好像这些思想不会消耗任何能量似的，从一个人的头脑里传递到另一个人头脑里，"通过这种方式，我们可以再从学术圈夺回战争这块领地，并将其带到公众面前，它也属于那里。"

教授点了三次头，说："那么你的动机是什么？你是那第 N 个一定要弥补一切的男孩吗？"

"一个试图限制伤害的男孩，"卡普兰不假思索地回答，"其他的就没有了。"

范·施托克伸手去拿他的公文包，从中取出一个黑色的笔记本，他的目光一直没有离开过卡普兰："书中男人的名字叫什么？"

"亚伯·斯托恩。"

他记下了这个名字："他还活着吗？"

"我觉得不在了。"卡普兰回答。

"我们必须准确地知道。我会去查找，他是哪个集中营的？"

"奥斯维辛。这有益处吗？我的意思是，对这个手稿？"

"也有可能是菲赫特①，同样很恶劣，但不是奥斯维辛。"现在教授不断地点头，"我需要时间思考，发生了很多事情，很多截止日期。"

"日程安排总是满满的。"这句话从卡普兰嘴里滑出来，赋予他新的力量，"这取决于你设定的优先级，你必须为别人做什么，或者你自己做什么。"范·施托克两次点头，仰望天空，深深地叹了口气。卡普兰拿起公文包取出手稿，说："读读这个。"

"现在？"

"现在。"

天气逐渐变得灰蒙蒙的，卡普兰要了几个风灯，以便范·施托克能看个够。有时候这两个男人同时搓手取暖。在接下来的几个小时里，教授翻阅了誊写手稿的副本，并且非常认真地阅读部分章节。之后他整理了一下书页说："听我的消息。"

卡普兰的腿很少这么轻快过，它们就好像自动把他从学术中心带回他住的那条街上。范·施托克很感兴趣，对此实际上只需要了一点火花。他自己现在将继续"破译"手稿，也就是他部分复制和部分改编文本，这是通常的程序。

与此同时，范·施托克会将重点放在现存手稿的类似案例和学术环境上。在这个阶段对教授来说最关键的事情就是要小心谨慎，这对他只有好处。最终他除了合作别无他法。卡普兰很快就不再需要担任行政职员了，不再是失败的作家，最终他就是他自

---

① 菲赫特集中营，在荷兰南部。——译注

己。快走近他的公寓时，他才放慢了一点步伐，就像他的四肢逐渐被灌满铅一样。

他爬上楼梯。范·施托克当然想要在之后的某个时刻看到原稿。当那个时刻来临，卡普兰的举动将会像有一个潜在的出版商接近他一样，他要先赢得时间，这期间继续誊写，并复印誊写的文字，这样在诸如纸张类型等方面不会被提出烦琐的问题。

在适当时机必须向教授出示朱迪思的日记，只是稍微给他看一下，为的是吸引他的眼球。卡普兰是要再次以某种计谋把东西弄过来，还是给朱迪思完全与他结盟的机会？这不就是她一直要求的吗？不就是真正的亲密，互相分享自己不会告诉别人的事情吗？

男孩在睡觉，朱迪思和卡普兰躺在床上。她自然而然地依偎在他身边，这让他有一种特别的感觉，就好像他得到了一种不再有权利获得的恩典。他把脸埋在她的腋下。她在睡觉，偶尔会醒来。他把手放在她那潮湿而冰冷的额头上，也许她会在醒来的时候又像从前的那个朱迪思，那时还没有这个男孩，不会因为这些难题而有成见。如果说在这一刻他想要什么，他知道，他想要成为一个别人无法指责的人。

最后她完全醒了。"我做了一个非常奇怪的梦。"她说，"我们在某个沙漠国家旅行，坐着公共汽车，不断地有人检查我们的护照。信不信由你，我们的衣服上有一颗星星。我们开车，被拦下，开车，又被拦下，一遍又一遍。每次我们被拦住，我都害怕他们会搜查我们的行李，他们会找到一些决定我们命运的东西。只有再次上路之后，我才能稍稍平静一点。但随后车速慢了下来，我们到达了另一个边境哨所。持续的恐慌。他们不让我们找到自己的行李箱，有时候所有旅客还都必须下车。他们检查护照，想知道每个箱子的主人是谁。我确信我们会被揭穿。

"但后来我突然想起我们根本没有手提箱。我跟你说了这个，你看着我，说：'跑！'我们就跑了，我们跑下一座小山，跌跌撞撞，磕磕碰碰，一直跑一直跑，一直到没有人继续追我们。我们就这样在炎热的阳光下奔跑，在一条没有尽头的黄色道路上奔跑，满身灰尘，汗水淋漓。但我们感觉很好，亚伯，我感到如此轻松和快乐，我们完全自由了。"

"因为我们不再被追赶？"

她惊讶地看着他："不是，是因为我们没有箱子，没有行李，也没有过去。当时就只有我们两个人在一起。"

"但我们现在不也是这样吗？"

"当然不是。离这里不到五米的地方，有一个逃亡的罗姆男孩在睡觉。"

"那只是一段时间。"

"你总是这么说。但这一段时间要持续多久，你也不知道。不久前我们已经突破了 1 月 1 日的界限。但不仅仅是这个，你被绊住了，被你的前妻，还有……"

"那已经是过去的事了，她扮演着……"

"没关系，亚伯。真的，我不怪你，事情就是这样。毕竟，你还一直用着她的名字，你仍然心系于她，心系过去，心系那场战争，现在又是这个男孩。也许我一直希望这种情况会改变，但你知道吗，我认为人从根本上总是改变不了的。这没关系，我的精神科医生说这是我的问题，我对人的期望太高了。"

"你去看了精神科医生吗？"只有受害者才接受治疗，绝不是行凶者。这是出自夏娃的句子，只记得一半了。卡普兰现在记起这个忘了一半的句子，就像回忆一首童年时期的摇篮曲一样。朱迪思是受害者吗？

"是的，曼库贝先生。你感到惊讶吗？"

"说实话，是的。"

"太好了。"她说，"那就还有希望。"

沉默了一会儿。

"我没有被困在战争中。"他结结巴巴地说，"好吧，同意你说的，我是已经心系于此，但我们所有人都是这样的。无论我们承认与否，我们总是处于第二次世界大战的阴影之下。我们的整个文化是与它交织在一起的。"

"我根本不觉得我们绝对处在战争阴影之下。好像每一次关于奥斯维辛的笑容都是厚颜无耻的事。但在这种情况下我……"

"但在这种情况下你仍然是真正的犹太人。"他接了她的话。她小心翼翼地点头。"但我不是。"他接着说，"不久前我们在酒店吃饭的时候，你还觉得我是犹太人，现在突然就不是了？"

她耸耸肩："我不知道你想干吗？"

"你们为什么……"

她打断他的话："你们？"

"为什么犹太人就有悲哀的绝对权利？我们两个都是在同样的恐怖环境下长大，我们看过同样的电视节目，我们听过同样的故事，正是这种悲伤将我们所有的人连接在一起。"

"你知道吧，亚伯，我认为这正是出错的地方。在其他人谈论幸福的权利时，你却谈的是悲伤的权利。"她转过身去，他没有拉回她。

天亮了。卡普兰事先想到要把两只袜子放在加热器上，因为她的脚很冷，然后他去厨房做炒鸡蛋。黄油在锅里嗞嗞作响，卡普兰用左手搅拌，用右手把垃圾放在一起压扁。垃圾里有一张《艾曼纽2》的碟片，外壳都破裂了。

现在他需要的第一是时间，还有就是外在的帮助，其他的他都不再需要了。而这两样他现在都有了，其他别的东西都是迷信。他终于可以研究历史了，那些期待他的干预而且已经等待很久了的囚犯，他终于可以研究他们的命运了。当然，他无法从根本上改变他们的命运，想要编造一个美好结局的想法当然是亵渎神明的。尽管如此，卡普兰和他们在一起，可以说他在守卫着他们。他漫不经心地搅拌着鸡蛋，用锅铲把鸡蛋分成三块，在上面撒上一点香菜，然后把锅放到餐桌上。桌子上摆放着三个盘子，有两个家庭成员在等他上菜了。

亚伯拉罕模仿着朱迪思，她等卡普兰已经吃了一半的时候，才吃第一口。"**你睡得好吗?**①"卡普兰顺口问男孩。男孩只是耸了耸肩。"你呢?"卡普兰又转向朱迪思问道，"你睡得好吗?"

她点头，问："昨天你的会面怎么样?"

"老实说，"他决定稍稍推迟他的胜利，"范·施托克确确实

---

① 原文为罗马尼亚语。——译注

实是最合适的人选。他完全理解我想在这本书里表达的东西。"

"那你的这本书想写什么内容呢？"

"我以后再告诉你，好吗？"亚伯拉罕狼吞虎咽地吃着炒鸡蛋，有一点香菜沾在他的鼻子上，他脸上露出很奇怪的笑容。男孩现在是在嘲笑他吗？"范·施托克负责实际工作，而我可以专注于书本的内容。"她没有回应。"这很好，对吧？"

"嗯，非常好。"她看了看亚伯拉罕，以一种明显的女性的方式犹豫着，要不要说些什么。

"我知道你主要是想和我在一起。但我也必须工作，我们必须赚钱，否则我们无法维持生活。"他从她的眼睛里看出，她认为他是对的。"有了这本书就有可能实现。"

"真的吗？"

"我保证。"他突然说。

"我从没听你说过任何承诺。"

"是因为我从没对一件事这么肯定过。"

10

"检验了这个事情的真实性了吗？"在三封电子邮件和两通电话后，范·施托克同意再一次会面。教授向卡普兰提出了一个常规问题，他说话的时候并不看卡普兰，而是继续研究饮料清单。

原稿的真实性是毫无疑问的，而且一旦这本书完成，它的质量会使任何反对的人都闭嘴。写作就是一种真实的幻觉，卡普兰会借助其他原始资料强化这种幻觉。他从各种集中营文学中获取过滤出来的精华，并把它注入自己的作品中。每次注入都对作品有意义，在那之前他必须整理真相。"相信我，它将是真实的。"

"将是？"

"不是将是，是'就是'。"

"非常好。那么我现在要为自己说点什么，好吗？几年后，关于二战的所有敏感性和禁忌将会完全消失。几乎所有的幸存者现在都已经死了，集体记忆现在满是其他的战争和冲突，满是名人婚礼和猫咪视频；荷兰人口大部分由移民组成，他们对战争感兴趣只是把战争当作以色列在近东地区生存下去的前奏。我以前的研究所将会被关闭，或是与其他研究机构合并，直到它不再有独立的功能。然后战争终于结束，在逐渐显示出的沉默中结束。如果你真的决定出版这本书，那么它必须是完美的。"

无论如何，朱迪思都在照顾这个男孩，卡普兰安慰自己。最近他喜欢把生活还能提供给自己的确定性一个一个分解开。他越来越频繁地这样做，尤其是他感到紧张的时候。早上他们一起做了亚伯拉罕喜欢喝的甜粥，母亲和儿子，在餐具柜旁揉捏。

"你找到亚伯·斯托恩了吗？"卡普兰问教授。

"我搜索过，但我还没有看到他的名字。他现在应该在九十岁左右吧？"

"试想一下，1942 年他到奥斯维辛集中营时是二十三岁，那么现在应该是九十五岁。他的女儿几乎从不谈他，如果他还活着的话我会很惊讶。"

"这本日记是怎么到你手里的？"

"通过亲戚。"卡普兰说，"还有我会很乐意让它保持原样。"

他们付了钱，沿着大坝走着。在卡尔弗街的德格罗特俱乐部前面的拐角处他们停了下来。1945 年 5 月 7 日，投降后两天，德国海军陆战队员从屋顶向庆祝人群开火，数十人死亡，数百人受伤。就是那一栋楼，现在已经是一家收益良好的银行。

"你知不知道，在乌得勒支①马里巴铁路博物馆旁的前 NSB②总部几年前被改建为一所幼儿园了？"范·施托克问道。"今天最开心，你觉得怎么样？"过了一会儿他们穿过红灯区的时候，范·施托克问他是否听说过本雅明·威尔科米尔斯基。

"嗯，听过。"卡普兰如实回答，等着教授继续说下去，教授却没有再说话。他们加快脚步，绕过一群英国游客。他们拐到内斯街，卡普兰突然想起四年前在大坝纪念活动中那个尖叫的男人。卡普兰当时在场，站在沉默的人群当中，他听到了像手枪射击时发出的那种啪嗒啪嗒声，他感受到了恐慌的浪潮，那种六十五年前肯定也存在过的大众恐慌。那一刻就是战争。

当天晚上晚一点的时候，卡普兰在网上搜索本雅明·威尔科米尔斯基的信息，他的真名叫布鲁诺·格罗斯耶。威尔科米尔斯基是一位瑞士单簧管教师和业余历史学家，曾于 1995 年出版过《碎片》一书，这是一本回忆录，记述了他在两个集中营度过的童年。据说他曾在两个集中营被关押过，后来证实这一切都是他

---

①　乌得勒支，荷兰第四大城市，二战期间被德国统治。1945 年 5 月 5 日，驻荷兰德军投降，5 月 7 日，加拿大军队进驻，乌得勒支解放。——编注

②　荷兰国家社会主义运动党，1931 年成立于乌得勒支，荷兰的法西斯政治党派，后来发展成纳粹主义政党，二战期间荷兰唯一一个合法党派。——译注

虚构的。

威尔科米尔斯基是一个非常成功的幻想家。他的书受到了热烈的欢迎，被翻译成九种语言，包括荷兰语。他获得了著名的大屠杀纪念奖，还在一部以色列纪录片中现身，这是一部关于犹太人迫害行动中的年轻受害者的片子，同时他也是华盛顿大屠杀纪念博物馆筹款活动的受欢迎嘉宾。

怎么会出现这种情况？

卡普兰看到对威尔科米尔斯基的知心朋友埃利特尔·伯恩斯坦的介绍，后者曾于1979年在威尔科米尔斯基这里学过单簧管课程。显然，威尔科米尔斯基当年的精神和身体都处于一种可怕的状态，他遭受着严重的噩梦困扰。作为心理治疗师的伯恩斯坦将威尔科米尔斯基的问题解释为身体记忆：精神创伤的肉体痕迹，精神试图驱散这种创伤。伯恩斯坦急切地建议他的朋友把噩梦写出来。一段时间后，当他读到威尔科米尔斯基的笔记时，他确信这些梦境起源于大屠杀。

接着，他们一起参观了很多集中营，这只会使得威尔科米尔斯基的身份更趋近受害者。在伯恩斯坦的心理治疗合法性的鼓舞下，人们对威尔科米尔斯基记忆的怀疑逐渐减轻，精心打造的记忆得到巩固并变得确定。这些笔记形成了一本书，专家说，这本书很真实。

直到后来，一位名叫丹尼尔·甘兹弗里德的瑞士记者研究了这个案子并得出结论，威尔科米尔斯基充其量是曾作为游客参观过营地。接下来是大规模的调查，一个名副其实的研究项目，由此产生的书比《碎片》本身厚很多倍。结果是无情的，威尔科米尔斯基的作品的文学名声被摧毁了。书里写的那些话没变，但这本书本身已经永远变质了。研究中的一句话在网上到处流传："曾经的杰作变成了拙劣的艺术品。"

卡普兰没有弄清楚威尔科米尔斯基的谜团。目前尚不能确定他是否是一个阴险的骗子，还是一个被自己想象力迫害的沮丧的失败者。卡普兰不确定更糟糕的将会是什么。他仍然不明白范·施托克为何提到威尔科米尔斯基，也许教授是想以他自己的方式警告他。

通过威尔科米尔斯基，卡普兰又发现了出生于 1953 年的瑞典女作家巴布罗·卡伦，她认为自己是安妮·弗兰克的一个转世灵童。卡伦三岁时曾告诉她母亲她对一座秘密公寓的回忆。几个月后，她第一次说她的真名是安妮。

1964 年，这个家庭前往阿姆斯特丹。这个十一岁的小女孩带着她的父母去了安妮·弗兰克之家，在那里她拒绝离开安妮的房间。为了让她离开，甚至警卫都介入了。一年后，她开始写短文和诗歌，其中谈到了一种一心追求消灭人类的"邪恶幽灵"。这个幽灵问地球上的人是否有人愿意为他做事，其中只有一个人愿意，他的名字叫阿道夫·希特勒。

卡普兰去厨房泡茶。与威尔科米尔斯基和卡伦相比，像弗里德里希·魏因勒布①这样的人，他虽然在荷兰历史上扮演了重要角色，也是一个众所周知的骗子。这种人做了错事，事后又想站

---

①　弗里德里希·魏因勒布（Friedrich Weinreb，1910—1988），犹太哈西德派经济学家和叙事作家。二战期间向犹太人出售一条虚构的逃亡路线，1969 年发表回忆录，后被确定这本回忆录是"谎言和幻想的集合体"。——译注

在正确的一方。沸腾的水在他眼前形成一片雾气。这就是范·施托克提到威尔科米尔斯基的原因吗？他可能抱有怀疑？为什么卡普兰如此肯定他会获得威尔科米尔斯基之外的运气？

等等，他肯定不是在幻想，他在继续编织的是一篇真实的文字，他所有的补充都是基于现实的，他想出来的一切都是真实的。卡普兰手里拿着茶壶吧嗒吧嗒地拖着脚走回餐桌旁。

接下来他在网络上看到了荷兰人杰克·范·德·格斯特①的故事，他在学术界被称为"第二次世界大战的阿甘正传"，因为他亲自参与了战争中的一系列重大事件。根据美国维基百科的文章，范·德·格斯特在战争爆发时十七岁，他是"从布痕瓦尔德集中营中逃出来的八个人中的一个"。当然，他立刻加入了抵抗运动，他去了鹿特丹，看到了空袭。女王去艾默伊登时，他是见证人。他清算德国人，经历了"1941 年和 1942 年的大饥荒"，在布痕瓦尔德装死，躺在尸体下的深坑里。重获自由之后他加入了法国抵抗运动，在法国人的帮助下，他来到英格兰，从那里他作为英国士兵在诺曼底登陆。战争结束后，他移民到美国，在那里他机智地把自己的英雄气概套了现：他的回忆录标题是《上帝去度假了吗？》，这本书再版了好几次。

卡普兰叹了口气。总的来说，这是战后史无前例的怪异表演。看到朱迪思从卧室出来，他关上了笔记本电脑。

晚上，他从睡梦中惊醒，紧紧抓住自己的胸口。多年来一直

---

① 杰克·范·德·格斯特（Jack van der Geest，1923—2009）。——译注

沉睡的记忆在他脑中一闪而过。他也曾找心理治疗师谈过，甚至找过三次，那是在他与夏娃分手后不久。虽然在他看来，他的消沉抱怨是一种正常表现，是可以理解的悲伤，他周围的人，也就是夏娃，却是另一种评判。这是他最后一次接受她的建议。

与戴着眼镜和肩膀上堆着头皮屑的治疗师谈话过于乏味。治疗师告诉他，他突出的性格是，他试图隐藏他内在的另外一些东西，一些巨大的、不可名状的东西。他本能地接受了这个分析，并立刻产生了效果。他觉得确实存在一些东西，与这种描述分毫不差：恐惧从未离开过他，那种从童年时就有的恐惧。

在第三次谈话开始时治疗师说，相比女人对男人的需求，男人更需要女人。为了控制自己不发抖，卡普兰整整坐了四十五分钟。他觉得自己被揭穿了，赤裸裸的，被羞辱的感觉。他再没有预约第四次谈话治疗。

朱迪思的嘴微微张开，她的呼吸很平静。他考虑了一下，但没有叫醒她。他心里的那些刺已经变得微弱。他闭上眼睛，决定再次入睡。他同情威尔科米尔斯基，以及所有那些对灵魂的庸医毫无防备的人。

11

卡普兰整天都在工作。到傍晚的时候他感到筋疲力尽，但也很满意。可惜的是，他不能和朱迪思稍微出去一下，随便去哪个地方点上一瓶好酒和一份美味的"浮岛"①，然后沉醉于一个周六

---

① 浮岛（Île flottante），一种经典的法式饭后甜点。——译注

的夜晚，没有时间和方向的意识，任时间流逝，醉意蒙眬，海阔天空地聊天，不停地嘲笑那些第二天会觉得无趣的事情。亚伯拉罕睡着了，电视机开着但没有放出声音，朱迪思和卡普兰坐在沙发上，她把脚放在他手上，他有时把自己的一根手指放在她的脚趾缝里，她的脚发出淡淡的汗味。

"要是再去真正地吃一顿该多好啊。"他说道，"不带亚伯拉罕。"

"为什么？乌颊鱼不好吃？"

"我不是那个意思。我是说，要是一起出去，碰运气找一家好餐馆，一起做一些奢侈的事情，我会觉得那真是太好了。"

"我还从没见过你做过任何奢侈的事。"

他注意到朱迪思手肘上有一个红色的铅笔标记，是亚伯拉罕的杰作。"你并不是一定想要孩子的，对吗？"当年他和夏娃一起去看医生的场面，总是定期出现在他的记忆里，那些画面，记忆的残片。

"对，不是'非要不可'。但曾经有那么一些时间，我很想要一个，经常会有这么一段时期出现。你知道吗，时不时地，我看着亚伯拉罕的脸，就觉得看到了你的嘴、你的眉毛。我知道，这像胡说，但我就是看到了这个。不过我最终还是不知道是否会是一个好母亲。"

"你当然会是。亚伯拉罕是一个粗野而不易控制的小家伙，但在你的手中就温柔得像一只羊羔。"他想到了自己的母亲，他认为朱迪思不够粗暴，不能充分使用一个母亲拥有的权利。

"他并非不易控制，现在他也不温柔，他不是动物。"她沉默片刻，叹气道，"你真的知道亚伯是什么意思吗？"

"我对犹太人的象征没兴趣，我的父母只是觉得这是一个好听的名字。"她似乎并不相信。"好吧，"他说，这个时候他的声音听起来很顺从，"这个名字来自'hewel'这个词，意思是短暂的。"

"没错，该隐和亚伯，亚当和夏娃的两个大儿子。你取了世界历史上的四大名字中的一个。"

朱迪思说出的夏娃这个名字，在他的肚子里痛苦地膨胀。"我也知道该隐的意思是'矛'。"他继续说，"但我还从来没有遇到过一个叫该隐的人。但每个人都称他们的孩子为'短暂'。这说明了人的什么呢？"

"没有人会用杀人犯的名字来给自己的孩子命名，这难道不是很合乎逻辑吗？"她收回了腿打算站起来。

"亚伯的存在要归功于该隐，难道你不明白吗？"他转过身面向朱迪思抱住她的脚踝。"没有该隐，就没有人会再谈论亚伯。亚伯的所有特点就是勇敢，是那些只一味等待上帝救赎的人。该隐知道他想要什么，而且他也已经准备好为此做任何事情。为什么是该隐成为居无定所的流浪者而不是亚伯呢？"

周日早上，官方广播公司依次播放永远相同的节目。朱迪思突然说，她必须出去一下，她这会儿"再也忍受不了了"。这不是一个不合理的愿望，除了仅有一次她去取干净物件之外，到现在她连续两个星期都一直待在他的公寓里。卡普兰回答，她完全可以这么做。也许他的妥协会改变她的想法。门落锁的声音。他转身向卧室，看见亚伯拉罕双臂交叉站在门口。

　　上午晚些时候，朱迪思离开一个小时之后，情况就变得很糟糕。卡普兰试图工作，这期间男孩每隔几分钟就经过他身边，用他的粗手指敲打笔记本电脑的背面。卡普兰阻止他，他消停了片刻，又继续淘气。最后卡普兰受够了，啪的一声合上了电脑。亚伯拉罕的脸变得通红，嘲弄地眯起双眼。卡普兰朝他走过去，他急忙溜走了，卡普兰在他后面追，就像两根同极的磁铁互相排斥一样。毫无疑问库伯可以听到他们跑来跑去的脚步声，亚伯拉罕就要被发现了，为什么男孩就是领悟不到？

　　卡普兰停了下来。

　　楼梯上传来脚步声。门把手在转动，门开了。

　　男孩冲到朱迪思身边，飞扑进她的怀里。卡普兰倒在椅子上。她惊讶地睁大了眼睛，抚摸着男孩的后脑勺，他那金色的头发中已经出现了一些黑色的斑点。她甚至都不必问是怎么回事。卡普兰摇了摇头，双手做出一个无奈的姿势。

　　"来吧，"她对亚伯拉罕说，"我们快点去洗澡。"

　　燃气灶发出舒缓的嘀嗒声，卡普兰倾听了一会儿，走进浴室。男孩像往常一样穿着内裤，朱迪思正站在淋浴间的旁边，双手穿过布帘来给亚伯拉罕洗头发。男孩一直盯着飘下来的泡沫看，这样亲密的场景简直是令人感到害怕。卡普兰知道自己在这里不受欢迎，他离开浴室，坐回沙发上。他听到朱迪思在给亚伯拉罕擦干身子。十五分钟后她走到卡普兰身边说："你是在一所学校工作的。那你一定是能和孩子打交道的吧？"

学校。为什么他很少想到那个地方，那个他在那里度过了生命中相当长一段时间的地方？他真的不想念那所学校，那些孩子吗？不，只是杜夫曼玷污了卡普兰的记忆。驱逐是唯一正确的方式。

她坐到他旁边，把一只手放到他背上说："亚伯拉罕不可怜，亚伯，真的不是。他很聪明，敏感并且有趣。请你也这样看他吧，就把他当成一个孩子吧，一个才华横溢的孩子。"

沙发上放着一些男孩画画和写字的纸，写着一些荷兰单词，亚伯拉罕要么是从朱迪思那里学的，要么是自己偶然听到而学会的。有一个词是"游戏机"，字写得歪歪扭扭的，还有几个字母拼错了，另外还写了一个词"多普拉德"。一张纸上画的人物是这个家庭的人员，男孩比现实中小得多；朱迪思有着一头黑色长发，穿着裙子；卡普兰有点胖，又高又宽，仿佛比他本身还要高大得多。

卡普兰拿起遥控器，频频换台，直到他换到 BBC 新闻频道。两周内第二次在罗姆人中发现了一个蓝眼睛的金发小孩。第一个是一周前在希腊发现的玛利亚，四岁。她被赶出了她所谓的家庭，事实证明她是保加利亚罗姆人的女儿。她生活贫困的亲生母亲把这个小孩"送给"了希腊一个自称无子女的熟人来抚养。然而，邻居说这个熟人是付了钱的。希腊媒体把这个孩子称作"金发天使"。

这一次是都柏林塔拉的一个七岁女孩，也同样被警察从她长大的家庭接出来，起因是一名邻居看了来自希腊的报道之后向警方告发了他们。

事实证明，与玛利亚不同，爱尔兰女孩确实是与其一起生活的那对父母的亲生子女。她旋即被带回家，但据其姐姐说，她现在由于警方的行动"受了严重创伤并感到困惑"："房子里大约有二十名警察和社工。他们带走她，只因为她有蓝色眼睛和金色头发。但在罗马尼亚大多数人都是蓝眼睛。"根据儿童保护组织和其他批评者的观点，这项措施就是"名副其实的绑架"。

吉卜赛人抢劫儿童是一个众所周知的中世纪神话。卡普兰的母亲也曾经试图用这个来吓唬他：听话，准时回家，否则吉卜赛人会把你带走。亚伯拉罕的声音从卧室传来，他在和朱迪思聊天。

这是一个显而易见的讽刺，一个罗姆男孩，被一个诚实的荷兰家庭收留。想到这些，卡普兰的太阳穴跳得厉害。不要再继续想这个了，他必须停止继续思考这件事，他已经采取了行动。他记得奥萨夫人的话：为了孩子的利益。卡普兰为了孩子的利益而活。

朱迪思用手抚摸着挂在衣柜里的衣服，她刚刚把亚伯拉罕送到床上睡觉了。"我必须穿点别的。"她说，"我自己的东西让我快疯了。"她的手停在夏娃的裙子上，询问地看着他。他情不自禁地点了点头。朱迪思穿上裙子，毫无疑问，裙子她穿起来比夏娃更适合。她看到他思考、冥想，精神恍惚的样子。"你们两个到底为什么出了问题？"她问，走上前握住他的手，"我可以问你这个吗？这是她的裙子吗？"就这样他们走进了客厅，他们的步伐有了某种节奏。他打开了音乐，路易斯·阿姆斯特朗的早期音乐，有生命的、碎裂的、忧郁的音乐。他们开始慢慢地跳舞，以一种过去被称为"推步"的方式。

过去那些年里他为自己拟定的很多回顾性的解释在脑海里闪过。

"我想有很多原因。"他引导她的步伐，试图跟上迟缓的小号声，"最诚实的回答是，我们太累了，无法继续战斗。"他紧紧握住她的手，湿润而温暖，"我们总是喜欢听一个音乐家埃利亚的低音提琴。他演奏得非常糟糕，但是，我们每年仍然都会听他的音乐，这是我们的仪式。"向左，再向右。"不，我应该用另外一种方式讲述这个故事。"他深吸一口气，"起初，我们被恋爱的好处蒙蔽了眼睛，由于另一个人的优良品质，出于幸运，而找到一个人。"他的语调透出一种无法控制的情绪，"然后我们以一种事后才意识到的方式，逐渐开始把这些优点看作是正常的，美好的事情变得理所当然，我们摧毁了自己的幸福，用那些进展不顺的事。"他告诉自己，事实就是如此。"我们开始幻想，在幻想中对方变得无足轻重。在世界的某个地方，一定有一个人拥有与夏娃相同的优良品质，而没有她的缺点。有那么一个人，与她相处起来会更容易。她对我也有同样的想法，这一点我很肯定。我们在街上走路时会看向其他人。我们自欺欺人，觉得我们的关系就是婚姻的理想状态：一起去某个地方，整夜互相交流，然后再一起回家。这些都是胡说八道。"

他按了她的手两下，她没有回应他。"谁又知道为什么有些东西不起作用？我们想要一个孩子。在一次派对上发生了意外事件，有太多的争执。但是你说得清楚吗？"他的喉咙发出嘶嘶声，

"当我们放弃时，就好像我们把自己置于某种命运之中，就像我们多年来一直逆流而行，而现在我们只是随波逐流，纯粹地放松身体。"他叹了口气，"但很快我们就意识到，对方的优良品质是留下来的唯一的东西，你知道吗，不知何时她不再重视埃利亚的低音提琴曲，她想要调音完美的小提琴。我花了很多年才意识到这意味着什么。"

朱迪思的动作很疲惫，她把头靠在他的肩膀上，像梦游的人一样说："有时候我害怕我不能接受你的过去，不能接受夏娃，好像你生命中所有重要的事情都已经发生过一样，就好像你已经遇到了所有重要的人。"

"现在就是我生命中最重要的阶段。"他说着，把手放到她的腰上。那件衣服面料，来自过去那段时间的衣料，紧绷、静止，"而你在我身边。"

第二天早上，朱迪思把卡普兰叫到身边，厨房里的收音机在报道一个六周前从阿姆斯特丹警方拘留所逃跑的罗姆男孩。这个孩子显然有犯罪前科，帮助者也参与了逃跑。如果有更多相关信息欢迎来报，警方将不胜感激。

"关掉。"卡普兰说，"否则的话那个可怕的库伯有可能听到。"

"瞧这些事。"

他用右手捏住脖子，按摩绷紧的肌肉，说："这并不意味着什么。警察什么都不知道。"

"但是谁说的他们已经在搜寻你们了？"

"他们是谁？"

"警察。移民局。或者两者都是。"

他想了很久，然后说："你觉得如果这样的话，我们还能坐在这里吗？"

12

数年来，时间对卡普兰来说就是一个无处不在、永远存在的东西。但现在，有生以来第一次，他不得不确实实尽可能地利用他所拥有的时间，以及他费力从朱迪思那里"克扣"的时间。

范·施托克并不容易联系上，但在卡普兰看来，这并不表示他不感兴趣，这只是彰显其重要性的标志。这期间教授已经读了电子稿的一些片段，而且他并没有不满意。不过他对素材的来源有疑问，他询问了一些关于本书其余部分的问题。

卡普兰回信说，他在适当的时候会回答所有的问题，而且教授不必担心作品的质量。他现在面临的最大问题是手稿结束部分的章节，这些章节还没有写出来。

卡普兰尽量不去理会收音机播放的新闻，他不能偏离他所选择的路线，他不会放弃亚伯拉罕。他面前的图书馆桌子上堆放着一些书，卡普兰用手抚摸着这些书的书脊。普里莫·莱维、格哈德·杜拉赫①、范·施托克的书、艾迪·德·温②、《阿努斯·蒙

---

① 格哈德·杜拉赫（Gerhard Durlacher, 1928—1996），荷兰作家和社会学家，集中营幸存者。——译注

② 艾迪·德·温（Eddy de Wind, 1916—1987），犹太裔荷兰医生，集中营幸存者。——译注

迪》一书，书里记录了他在奥斯维辛集中营的五年。这些都是要用事实来支持想象的原始资料。

他拿起日记复印本的第一章，开始写下句子，直到他的手再次相信自己是属于老亚伯的。他掀开笔记本电脑。

他的手指在颤抖，当然要冒很大风险，他已经全力以赴了。要写出第一句话变得越来越难了，他的双手很紧张。他以前写作总是充满激情，这种激情使一切都显得那么恰当，那么自然而然，而现在这种激情并没有立即出现。

他所做的事是正确的，他无法改变他没有亲历战争的事实，这种状况是否比当时没带步枪的肖斯塔科维奇更不适合？然而，如果没有战争的恐怖，他绝对写不出他宏大的《第七交响曲》。缺席战场的这一个原因会比其他原因要好吗？

不，卡普兰确定，他没有亲身经历过战争，但这不应该成为他的不利因素，他站在历史正确的一边，他一生都在为此奋斗。

文章必须要好，这是他唯一关注的问题。他告诉自己，谈到书本，道德问题首先是美学问题。

他闭上眼睛，把指尖放在键盘上。

封闭的带刺铁丝网。斯拉瓦说我们必须行动，否则就太晚了。"清晨集合的号令。那个被叫作魔鬼的男人是指挥官，他扣着下巴，蓝色眼睛发出的光芒让人不寒而栗。他不仅检查我们，还检查营地医生，因此可以说医生被营地管理层抛弃了。在此之前如果要贬低蒙格勒的声誉，那是不敢想象的。"

卡普兰思考、分析，试图再现男人们经历的事情。他们的处境到底如何？1944 年 1 月：男孩始终待在营房里的这些男人身边。每天接受检查的时候，他们都担心孩子被发现。就像流水线一样，他们要依次让蒙格勒检查。有些人迅速在自己脸颊上捏一下，好让脸上至少显得有点发红。有传言说，街区和公用设施建设正在增加，人们每天都在辛苦工作和敲敲打打。一些囚犯声称有证据，另一些人则说没有任何证据。施工的囚犯经常被更换，因此没有人确切知道自己在做的是什么。根据艾科勒的说法，在某个时候，整个地球都会完全被集中营的围墙和带刺铁丝网包围起来。斯拉瓦说，我们必须行动起来，否则就为时已晚。

卡普兰的思想停滞了。他想起小琳，想起阿姆斯特丹一个阳光普照的广场，她那特征鲜明的脸非常宁静。她点了一份金巴利开胃酒，笑得没心没肺，卡普兰和夏娃吃惊地互相看着。这种情况持续了三分钟。曾经身体那么虚弱的她幸存了下来，现在在阿姆斯特丹经历着这种奇怪的轻松美感和满足感。那天，她没有特意去隐藏她手臂上的号码。

原文是用过去时写的，所以作者可以运用已有的知识进行创作。卡普兰权衡利弊，决定保留之前选择的现在时形式，这种形式绝对会更吸引人。图书馆的人都快走光了，他们离开的时候都跟卡普兰打招呼。他咔嚓咔嚓地舒展自己的手指，发出怪异的声音。他很清楚，第一个改变涉及语言。

"最近一个新词变得很重要，特遣队，就是一群被选出来执行任务的囚犯，但是他们不允许谈论要执行的任务。他们被称作'启动者'，他们都知道既不能生也不能死是什么样的感觉。要是他们在某个特遣队待了几周，而完全没有与其他囚犯联系，那你就再也听不到关于他们的任何消息了。被选中的全都是年轻而强

壮的男人，他们刚到集中营，因此也就不了解营地以及营地的囚
犯。”

在一个由邪恶的谣言和黑色预言占据主导地位的世界里，小
琳会相信一个令人难以置信的谣言吗？她当时对将要发生的事情
知道多少？

“集中营里开始的时候主要是波兰人，但根据米洛的说法，
现在超过一半的囚犯都戴着大卫之星。我不知道具体是什么时候
开始的，但这里所有的人都知道会发生什么事情，问题只在于我
们是否能够相信它。营房里恐惧的幻想和即将到来的现实已经合
二为一，男人们在谈论毒气和炉子。”

他们必须设法逃跑。在《集中营生活》里有一个关于托马
斯·塞拉芬斯基的故事，这个人于 1941 年设法将信息带出了营
地，甚至有一些囚犯逃走了，所以这也是有可能的。但是没有这
个男孩，没有米尔加，老亚伯怎么能独自逃走呢？他甚至都不知
道米尔加是否还活着。

如果她还活着，那么他要是逃走了，那就好像是摧毁了她最
后的机会，好像是他亲自判处了她死刑一样。

13

1 月就要过去了，这一个月里拆除国家边界的事应该会成为
现实。当然，卡普兰在一定程度上感觉轻松了些，但在不经意间
他也感到些许失望。也许这次打击遵循了地震爆炸的规律：毁灭
之前总是有一个完全沉默的时刻。把亚伯拉罕交给命运是不负责

任的。洗澡的时候卡普兰长久地看着水流,直到眼睛发红,感到疼痛。

过去的几天里朱迪思反复提起收音机的报道。她还养成了一个习惯,晚上长时间站在窗边,双臂交叉,盯着外面看。一听到外面的警笛响起,她的脚跟腱就不自觉地紧张。卡普兰把手放到她的肩膀上时,她也会吓一跳。

昨天他的电话响了,范·施托克第一次联系他。施托克教授想知道他什么时候能看到原稿,他还顺便建议了一个较早的出版日期,就在几个月之后。他的声音听起来很急促,他甚至还安排了他的出版商和卡普兰之间面谈,三天后在一家豪华酒店里见面。

现在他已经知道了警察在搜查。已经迫在眉睫了,卡普兰对自己说。范·施托克确实支撑不住了,他要共同承担责任,这是一个事实。范·施托克的出版商曾经也出版过卡普兰的书,之后就把他拒之门外,他必须尽可能地忽视这个丢人的细节。卡普兰还有两天时间向朱迪思索要原始手稿。

厨房里传来熟悉的居家生活噪音、笑声、锅碗瓢盆声,还有耳语。不再有固定的睡眠时间,母亲代替父亲说了算。他把淋浴的水温调得越来越高。关键在于她,虽然她没有力量帮助他圆满完成自己的计划,但她很有可能会让他败得很惨,之前很久他一直拖延着不去考虑这个问题。卡普兰关了水龙头,直到蒸汽消失后才离开淋浴间。

他站在衣柜前,决定重新叠一下自己的衬衫和内裤。厨房里朱迪思和男孩越发亲密的声音直往耳朵里钻,卡普兰越发果断地叠着衣服，牙关紧咬。他们之间形成了一个坚不可摧的双人联盟，这个联盟发出的声音把卡普兰阻隔在客厅之外。过了一会儿，朱迪思走进卧室，停了一下，看他没打算停下手头的事，她发出了一声叹息，流露出深深的对命运的屈服，然后她又回到了厨房。

他开始叠一堆内裤，这个时候他看到壁橱里有什么东西在闪光。他走进去，看到羊毛毯下面半露出一个奇怪的物件，是一把类似螺丝刀的东西，刀片的尖端还没有成型。拿在卡普兰手里的是一把刺刀，他颤抖着走进客厅，把东西放到桌子上。朱迪思几分钟后才注意到他，她走出厨房，袖子卷着，散发出面团的气味。"那是什么？"她漫不经心地问。

"一把刺刀。"

她走上前，拿起这把武器，翻来覆去反复看："看起来像一把螺丝刀，但是……"

"确切地说，这是一把旧螺丝刀的把手，在上面装了尖角的金属片。"

"你从哪里拿到的？"

"在里间找到的，显然那个地方现在做了营房。"

朱迪思沉默了一会儿，手臂上开始起鸡皮疙瘩了。她看着那个东西，说："真聪明。"

"不！"他大声呵斥她，"你现在不是在保护他，你不会认为这个东西体现了他前所未有的创造力和天赋。他制作了一把刺刀。"

"不要这么大声。"她提醒他，"小心库伯。"

这时亚伯拉罕也从厨房里走了出来。当他看到这个东西时，脸上的笑容消失了。"你看到了吧，"卡普兰继续说道，"你现在看他的样子，有多少内疚吗？"

"他当然看起来会是这样，你闯入了他的小房间，这是他在世界上的最后一块领地。"

"你在为他辩护？"

"我不为任何人辩护，也不会攻击任何人。他不是想谋杀你，你不要担心。"

"好吧，那么再回到开头，你认为他打算拿着这个东西做什么？"

"首先，没有证据证明这是一把刺刀。"

"证明？我们这里不是在法庭，这是我的家。"

"另一方面，要是这是一把刺刀的话，那很可能就是为了自卫。"

"如果你是他的律师，那谁是我的律师呢？"没有回答，"对谁或者对什么进行自卫呢？"

"我不知道你是否意识到这一点，但你把他安顿在这里，一个长期充满恐惧和威胁氛围的地方。你说外面现在对他来说还不安全，这可能是真的。但亚伯拉罕是一个敏感的孩子，他感到恐惧，又不知道如何面对这些恐惧，这没什么奇怪的。"

"于是他就制造这把刺刀。"他转向男孩，"为什么？"他凭记忆翻译道："为什么？**德涩**①？我喜欢你，**忒尤被斯科**②。"

男孩走到朱迪思身边，把脸埋在她的胳肢窝里。

---

① 罗马尼亚语的"为什么"。——译注
② 罗马尼亚语的"我喜欢你"。——译注

"整件事对我来说很吓人，今天晚上我们得谈谈这件事，详细地，尽可能清楚地谈一谈，朱迪思，有些事情你必须知道。"她疲惫地点点头。在她的胸部和手臂之间，男孩的一只眼睛突然亮起来，大大的，满是内疚。卡普兰走到门口，穿上外套，说："我必须工作了。"

"但是亚伯……"

"我给你带蛋糕回来，我知道你有多喜欢吃蛋糕。覆盆子蛋糕？"

"那太好了。"她很惊讶地回答。

"傍晚见。"他说着，大声关上身后的房门。

雨点噼噼啪啪地打在图书馆的窗户上。卡普兰合上范·施托克的书，普里莫·莱维以及本雅明·威尔科米尔斯基的作品还翻开着。一个有着苍鹭般脖子的女人从他的桌边走过，与世隔绝又很满足。图书馆的寂静，如此纯粹，如此平和。卡普兰闭上眼睛。

"等等，你在修改我父亲的日记，然后想把它作为纪实文学出版？"她把盘子放在桌子上，她的覆盆子蛋糕就像没动过一样。

"你先坐下。"

"我宁愿站着。事实上你在改写我父亲的生活经历。"

"一些编辑上的改动是必不可少的，必须要大量吸引读者，而仅靠事实是不够的。你确定亚伯拉罕已经睡了吗？"

"干预只会让事情变得更糟。"

"为什么，加上我的想象力，难道不是很好吗？"

"如果是关于大屠杀，那么是不可以的。"

"为什么不可以？"

"就是不可以。实际上我认为就不应该有人写它。但是好吧，亲身经历过它，这也是一种抱歉，我想。"她思考了一会儿，说，"这里有一个界限，你只能接近它，要是你自己经历过这种痛苦，你才可以真正地跨越这个界限。这个复印稿……让整件事都蒙羞。"

"永远不能写？没有任何人可以写？"

"语言都是很随意的，而恰恰这一点是大屠杀绝不允许的。语言远远无能为力。"

"不，不是这样的。你知道'语言学转向'是什么吗？"

"现在这是要上研讨课吗？"

"他们错了。言语不是相对的或随意的。不，言语可以做任何事情。"曾经有一次拉比约书亚赢得了与埃利瑟的争执。约书亚认为，虽然埃利瑟自称听到上帝的声音，但与之相比，《摩西五经》的解释权要重要得多。"不朽者"证明约书亚是对的。犹太教是唯一一个经文仍然高于上帝的宗教。来自遥远过去的文字和名字，给了卡普兰一个出乎意料的陪伴。"真的，如果事情有所不同，那么我会采用不同的方式。"

她仍然坐在沙发上，从卧室看不到她。

他站到她面前，看着她的脚，说："你知道吗，路德维希·维特根斯坦，他曾经是希特勒在林茨实验中学的同学，他可能是这个领袖反犹太主义言论的第一个正式的牺牲品。1903 年到 1904

年，他们上同一所学校，就在同一栋楼里。希特勒年纪只比维特根斯坦大六天，但他们之间隔了两个年级，小路德维希跳了一级，而阿道夫留了一级。有一张学校的合照把他们两个人拍了下来。他们站得很近，中间只隔了一个男孩。这是一张惊人的照片，小路德维希眼睛睁得老大，显得如此脆弱又聪明，而阿道夫双臂交叉，他的脸上已经具有了成年后的特征，就只缺小胡子了，否则的话这就已经是跟以后在齐柏林集会现场完全相同的脸了。真是令人毛骨悚然。'你这头犹太猪！'希特勒曾经这么喊维特根斯坦，后者当时非常震惊。多年后他才知道自己是犹太人。但那个时候的阿道夫就已经知道了，他嗅到了。"

她懊恼地盯着天花板："你为什么告诉我这个呢？"

"有趣的是，20 世纪最重要的两位奥地利人相互认识，他们还是孩子的时候，在历史的某个时刻站在一起，相距不到一米。"

"那这个与我父亲又有什么关系呢？"

"你就笑一笑吧。"

"你看到我笑了，亚伯？"他坐到她身边，一只手放到她的膝盖上又收了回来。她清了清嗓子，眼睛红红的："这是我的家人，这是我们的故事和创伤。"

"你错了，这个故事属于所有人，在某种程度上，我们所有人当时都在集中营。"

"在某种程度上？除了与事实不相符的部分，你说的话令人震惊。"

"我请求你，用这种方式我能纠正一切。"

"有时候我真不知道，你是不是那个我认识的最天真的人，或者是最悲观的人，也许你二者都是。你没有什么需要纠正的。好吧，你没有获得诺贝尔文学奖，但……"

"你别取笑我。"

"我没有在取笑你！"朱迪思喊道，"相反，我说你有很多值得骄傲的事。多年来，你有一份体面的有用的工作，你有一个漂亮的公寓，你已经出了书，你还在继续创作。只要你真的想，甚至是亚伯拉罕的存在也可以被作为成果而记录下来。"她咽了一下口水，"你是被爱着的，我爱你，亚伯。你到底知不知道？"

他点点头，说："我也爱你，但我不能等到我太老了才去做我想做的事情。"

"我一次又一次地原谅你，即使你不曾要求我，这也许是最糟糕的事情了。范·施托克知道你在做什么吗？"她的膝盖在颤抖。

"他很清楚。"

"上帝啊，"她说，"我已经筋疲力尽了。"他们俩都沉默了。然后她说："还有一点。还有一个原因，为什么你不能做这一件事的原因。但这一点如果你自己能想到的话可能会更好。"

"我会通过这个考验的。"他说，仿佛在描述一个梦，"考验，我想被'称重'。"

"在七十年前的一杆秤上，一场不存在的考验。"

"你表现得好像我在专注于一些奇怪的事情，但所有人带着对当时那场考验的记忆活着。如果我们怀疑一个人的品性，那就思考一下，如果德国人再次入侵我们国家他会怎么做。如果我们不确定自己是否可以信任某人，那就问问自己是否愿意和他一起躲起来。对此我们甚至有一个说法：在和平时期这些都是错的。历史给我们的所有教训都涉及现在。"

"你这番话听起来像范·施托克说的。"

"说错什么了？他是最重要的一个……"

"我知道他的书的简介。"她的脸颊湿了，尽管卡普兰没有注意到她的眼泪。"你现在想听我说什么？你想要我的祝福吗？你不会得到我的祝福。"

"我想要你别背叛我，这很重要。当这本书出版时，它必须是无懈可击的。"

"我永远不会背叛你，这个你是知道的。"

"我需要原稿，只需很短的时间。"

她沉默片刻，然后看向外面："要多久？"

"谢谢你。"

她哼了一声，揉了揉眼睛："要多久？"

"就几天，真的只是很短的时间。"

"我为什么要同意？"

"谢谢你。"

"不要说谢谢，这只会更糟。那好吧，行吧，我无法相信这一切真的发生了，我想给你所需要的一切。但这对我来说真的太复杂了，你很清楚我不会不惜代价永远待在这里。"

"要是你离开的话，我会觉得非常糟糕的。"

"亚伯拉罕怎么办呢？"她问，"他被通缉了。"

"这个我必须再考虑一下，我没有料到你会在这么短的时间就如此挂恋他。"

"那不正是你想要的吗？在这个畸形的模仿的家庭中，我会成为一个合适的母亲，是这样吗？"

"你做得非常好，"他说，又轻声补充道，"这不是模仿。"

她闭上眼睛，深深地叹了口气，又吸了一口气，说："我知道，人们有时需要帮助，你知道吗，我结婚后的第一年真的很无助，几乎所有共同的朋友都支持我的前任。我和你最初相遇时，我并没有真正做好准备。不骗你说，任何一个不幸被用到的词都会让我崩溃。你从来没有责备过我婚姻的失败，没有恼火我没有早些放弃那场婚姻。你没有一直恭维我，开始的时候这一点让我有些惊讶，但从长远来看，最重要的是你给了我力量。你没有做判断，你看着我，倾听我诉说。这是我离婚后第一次说这些话，我几乎表达不出这在当时有多重要……"

"你不必对我……"

"我不经常对别人表示感谢。接受它吧，然后我们可以继续。现在我们谁也不欠谁了。"

半夜的时候他的电话响了，他摸索着去找在床头柜上振动的电话。"喂？我是卡普兰，你是谁？"他低声对朱迪思说，"我要接个电话，马上回来。"他走到客厅的时候说，"马艾可，怎么了？你为什么半夜打电话给我？还是一个未知号码？"

"亚伯，我向你发誓，我没有泄露任何东西，我都是用公用电话亭的电话打给你的。"

"怎么了？"

"我试过了。我试图把这件事弄清楚，让一切都公之于众。"

"我知道。我也知道没起作用。"天空中有红红白白的灯在闪烁，是一架夜间飞行的飞机，荷兰是一条大型跑道。

"不是这个问题，"马艾可断然答道，"是国内情报部门，这个部门使一切都成了泡影。他们审讯了我，要我告诉他们我知道的关于那所学校的事情，但我什么都没说。而我现在必须消失一段时间，一位好朋友收留了我。几个月后，这件事肯定就会无人再提起了。"

"肯定的。"

"你现在正式成为一名犯罪分子，一名罪犯，并且我是你的帮凶，你知道吗？"

"我们没有做错任何事。"

"这不是由我们来决定的。"

"我们不能白天在饭馆里平心静气地聊一次？"他问。

"不能，我要躲一阵子，我告诉了他们这些地址，但这其中没有你的地址。再见，亚伯。"

"等等，等一下，你怎么知道这次谈话不会被截获？喂？"

朱迪思的每一次呼吸都让他意识到自己在失眠。他坐到桌边，满脑子思绪。周围一片寂静，他的四肢像灌满沙子一样沉重。他拿起笔记本电脑。

营房。

"这一发现迫在眉睫。"卡普兰的手指在键盘上游走，"一个注定的结局，可以感受到，但还不具体。"卡普兰强制自己思考，想象这些男人的友谊以及恐惧。他们想，只要他们还在工作，就没有人想要他们死。很长一段时间，他们是靠着这种想法来维持生命的。但是今天早上，艾科勒出事了。男人们说，对他们的计划警卫应该不知情，否则的话营房里的所有人都会被处决。

"今天早上蒙格勒毫不犹豫地盯着艾科勒，那个被称作魔鬼的人点头同意了。陶博把艾科勒从队伍中拖出来，把他推到后面去。艾科勒站立不稳，筋疲力尽地跌倒在地上，灰尘都扬起来了。他躺在那里，我们营地的领导者之一——陶博开始踢他。艾科勒的身体摆着防御姿态，但是他的视线却望到了无法到达的远处。他开始大笑，不守规矩地大声笑。陶博就踢得更狠了，但是艾科勒还是继续在大笑。

"当他终于安静下来的时候，魔鬼走上前，用枪射在他的两眼之间，把他杀死了。现在我们又蹲在军营，一言不发。在至少一个小时的沉默之后，米洛说艾科勒的死意味着我们必须更快地干活。我还是没有告诉任何人，没有米尔加的祝福，我做不了任何事情。"

14

第二天早上，卡普兰花了很长时间寻找马艾可。他一次又一次地环顾四周，走一些不熟悉的路，以便摆脱可能出现的追捕者。她的电话关机，她没有打开门，她的邻居也有一段时间没见过她了。他试图去维斯特里克咖啡馆找她，但她也不在那里，他又去了市区。国家情报部门，这对他来说如此不真实，他应该不是政府部门会感兴趣的那类人吧？

不要抱怨，继续完成手稿，不丢下男孩不管，把朱迪思留在家里，这些现在是他生命的支柱。今天是范·施托克和出版商安排的会面日期，教授本人不会来，有一个脱口秀节目邀请他务必参加，他们觉得没有范·施托克参加的话，那么关于现代思想的讨论是无法想象的。很靠谱的评价，卡普兰觉得。

明亮的阳光穿过云层中难得的缝隙，刚好照射在这段距阿姆斯特丹欧洲酒店几步之遥的柏油路上。卡普兰跨过街道，日记原稿在公文包里来回滑动。上午的时候朱迪思去她自己的房子里把日记本取过来给了他。出版商在入口处等他，双臂张开，手指向卡普兰伸过来，好像一点都没有变老的样子。

他们握手。"好久不见。"出版商说，"嗯，无论如何，欢迎来和我聚餐。"显然他并没有忘记卡普兰。出版商个头矮小，看起来与他的体型不相配。他转身，丝毫不受服务员和其他客人的影响，迈着有节制的步伐穿过大厅，走向温室里的一张小桌子，眼睛看着水面。"这是我常坐的位置。"他骄傲地说着坐了下来，卡普兰在他对面的椅子上落了座。服务员拿着菜单走过来，出版商开玩笑说，非得要他看这么多，他坚持要厨师亲自来。卡普兰看着前方，丝毫不感兴趣。当厨师出现在他们餐桌旁时，出版商说："就按平常的一样，要一个冷鱼沙拉，给他也要一份一样的，还要巴黎水，很多巴黎水。"厨师离开了。出版商看着水面，眼睛闪耀着清冷的光辉，他用奇怪的鼻音说："所以，我们坐在这里。你没有成为我们曾经所希望的样子，不是吗？好吧，有时候就是这样。回归正题，大屠杀。对于某些没有文字记载的东西，已经有很多书里都写过了。但你还必须知道如何卖掉它们,我经常这样讲。"

等服务员送过盘子来之后,卡普兰把红色的日记本放在桌子上,说:"这是原稿。"

出版商吃了几小块鱼,舔了舔手指,打开日记本开始浏览,"我没理解错的话,你在把它数字化,约翰可能会写一篇序言。为你轻松地赚到钱,嗯?"

"只有我能阅读手稿。"

"事实上这个手稿几乎完全没办法阅读。还有,手稿继承者,他们同意吗?我应该把钱转给谁?"

亚伯拉罕要吃饭,学习,某个时候也还要去上学,这些都需要钱。"转给三方:约翰、老亚伯的家人,还有我。"

"老亚伯是主角?"

"没错。"

"好吧,我放弃,没办法阅读。"他合上日记,"你们商量好怎么做吧。我盲目地相信约翰。当我看到这个时,我嗅到了天赋。我明说吧,预付一万,你们怎么分配是你们的事了。"

"还有范·施托克……"卡普兰密切观察着出版商的脸,重新镇定下来,"约翰尚未正式同意。"

"好吧,今晚我会打电话给他。我觉得他是想再检查一下原稿。我会告诉他一切都很好。出于显而易见的原因,我想在 5 月 4 日之前就出版这本书,你能做到吗?"亚伯点点头。

出版商打了个响指招呼服务员点酒。运河上有一艘游船,是荷兰王子弗里索经过,游客在拍云朵的照片,桌子被清理干净了。出版商喝了一口酒，含在嘴里转了一下。"虽然这一点不可以明说，但在我看来，关于反犹主义的书籍一直都有点炒作的意味。尽管如此，要我对炒作视而不见也是不明智的。就像一个比我更聪明的人曾说过的：'没有任何生意可以跟大屠杀生意相比。'"

卡普兰不清楚，出版社这种关于大屠杀的奇怪言论是因为他没有意识到，还是他采取的一种不易辨识的策略。卡普兰把杯子靠在唇边，酒解不了他的口渴。

"注意，"出版商继续道，"你可以扮演这个受折磨的高尚艺术家，因为像我这样的人不觉得做浑蛋有什么不好。浑蛋说：钱也是必须要赚的。换句话说，如果你想要做这件事，你就必须得做好它。我敢让你做这本书，你是否也敢让我接下来做我能做的事，也就是尽我所能卖好这本书？"

卡普兰发现，只要你不去深思他真正说了什么，他的粗鲁还会显得有些有趣。"我同意。"卡普兰说，毕竟，他要的就是市场摊位和精明的卖家。云朵已经消散，太阳再次放出光芒。

"还有一点想弄清楚，这是一本关于犹太人的书吗？"出版商非常突然地问道。

卡普兰惊讶地回答："什么是犹太人的书？"

出版商想了很久，然后说："好吧，我认为这是一本由犹太人写的书。"

"当然，老亚伯是个犹太人。但无论如何我不是生来就是犹太人。"卡普兰说。

"所以你也不是犹太人。"出版商宽慰地断定。

"但我已经皈依了犹太教。"卡普兰说。

出版商一时无语："你的意思是，改变宗教信仰？但是……你为什么这样做？"奇怪的沉默蔓延开来。

"我当时也经常思考这个问题。"卡普兰终于开了腔，但他不知道自己的话应该导向哪里，"如果我诚实地讲，我曾经相信我的立场是正确的。当然，这是一个奇怪的、自负的想法。"但是，卡普兰试图尽可能诚实和坦白地说出当时的情形。有轨电车，两兄弟的照片。"我的伯伯原本有可能是我的父亲。"他说。出版商迷惑地看着他。"这个不再重要。可以肯定的是，如果没有他们所坚持的共同哀悼，我父母就不会留下任何东西。我认为人理应遭受不幸，这个看法一直伴随我成长。我的妻子是犹太人，我是因为她才改变我的宗教信仰的，否则我不可能和她结婚。拉比们深信我的善意，我自己也是这么认为的。后来，我的妻子认为我美化犹太教、历史、叙事和苦难。我的妻子称它为宗教的漫画版本，称我为亲犹主义者，这跟反犹主义者的好邻居有点类似。但我不在乎。那个时候为了伤害对方，我们互相极尽所能地侮辱对方。"卡普兰避开了出版商的目光。"她说我头脑空空。"他突然继续说道，"她反复强调这一点，就好像她对此有一个重大发现似的。但我从来没明白她当时的意思。"

"然后呢？"有那么一会儿，出版商看上去真的很感兴趣。

"然后我们分手了，一切都变了。"

"是的，之后一切总是在改变。"出版商回答，他的语气好像他至少已经结过七次婚，"但每次都是一样。"

"总之，我不知道这是不是一本犹太书。一个纯粹的假设：

一个非犹太人也可以写一本犹太书吗？"这是卡普兰能提出的最后一个关键问题，他不明白自己为什么花了这么久才组织好语言。出版商抬头望天，看着冬日的天空只剩最后两朵孤零零的云，他什么也没有说。

一家酒馆，一杯老咖啡。当然，交出手稿是危险的，同时，无论是出版商的措辞还是语气当然都没有显示特别的敏感性。但展示微妙性也不是出版商的任务，他必须做生意，这本书应该在图书贸易中占有突出地位。毕竟，现在有一个日期，卡普兰能够为之而努力工作，还有一个毫无保留地信任该项目的人。5月初，这本现在仍然没有标题的书应该放在书架上，这意味着他必须在3月中旬递交手稿。

卡普兰的电话响了，是范·施托克。这位教授证实，5月初是一个很好的出版日期。主要是现在，他低声说道，但卡普兰不可以告诉任何人，"德国人正在考虑组织一个解放日。"范·施托克没有提及他对这个项目的贡献，卡普兰认为这是一个好兆头：在这个阶段确实已经很难说不了。

"什么？"卡普兰问道。

"全国委员会在5月4日和5月5日要与德国政府进行谈判。"

"但德国人想要庆祝什么？他们有什么要被解放？"

"在欧洲团结的框架内……"

卡普兰知道潜在的、现实中经常被提出的理由：负罪感是与个人相关的问题，而不是集体问题。然而，他们没有意识到的是，这种随便的思维方式使大批有罪的人摆脱了责任，那些看着火车开动却什么也没做的人，那些希望晋升的人，那些不敢做唯一一个说不的人，以及他们的孩子。当整个国家在关键时刻决定不想了解任何事情时，罪恶就会降临到所有居民身上，同时也降临到他们的后代身上。

"解放日并不是一种放血，之后所有人都可以毫无罪责感地继续，然后去野餐。"卡普兰烦躁地打断他，"这一天会使我们想起'邪恶—他们—对抗美德—我们—已经失去'。是时候让他们清醒了。"

那天晚一些时候，朱迪思在他旁边挠他。他们躺在沙发上，亚伯拉罕坐在餐桌旁画画。房子里一片寂静，好像最近几次艰难的谈话、警告和最后通牒在这一刻消失不见了。卡普兰的热情不高，她说挠痒有两种反应，或者轻松或者忧虑。她觉得他看起来脸色苍白，问他是不是一切都还好。

他摇了摇头，说："我不知道是何时何地，但我失去了轻松。如果我可以从头开始的话……"

"你会从哪里开始？"她打断了他，"哪一年？"

在我的童年里，他想，我第一次询问过去的事情，但没有得到答案；我还是一个小男孩的时候，第一次听说我已故的叔叔；我长大之后，有一次我跟母亲面对面坐着，我们中间是一瓶杜松子酒；在婚礼华盖下，我向夏娃提出协议；当我第一次看到这个男孩的时候；昨天和朱迪思在床上；五分钟前。"我不知道，你呢？"

"有一次我就够了。"

"我曾经认为这是野心，就是它在驱使着我。但我现在认为这不是真的，我对成名并不真的感兴趣。我曾经讨厌多愁善感，现在我认为，即使我只帮助到了一个人，那这个努力也是值得的。"

"那我呢？"

"没有我你也可以应付。"

15

那天是 2 月 5 日，战争时期的这一天里没发生什么值得一提的历史事件。卡普兰站在窗前望着外面的垃圾车，车子运走了装着亚伯拉罕玩具武器的袋子。那本红色的小书静静躺在桌上。朱迪思翻了翻，说有油污和鱼的气味。卡普兰满怀歉意走回餐桌，说："我为你准备了五千欧。预支的。"

她并不看他："你和亚伯拉罕，你们比我更需要这笔钱。"

"为什么？"

"亚伯，再这样继续下去，你觉得会怎样？你甚至都不知道自己在等待什么。总有一天你必须要做些什么。主动进攻，进入权力的中心，前往海牙或者布鲁塞尔。或者逃跑。"

"逃跑？去哪里？"

"不知道，逃到你没钱为止吧。"

他沉默了片刻，说："我说错了什么吗？"

"你说了太多太多错的事情，我都不知道该从哪里开始说起。"

"来吧，让我们做些美好的事情。我们必须努力去维系正常的生活，极尽所能地做到最好。"她并没有开口反驳他。"我知道市中心有一家荷兰煎饼①餐厅，"他继续说道，"我们想吃多少都可以。钱我们有的是。"库伯，邻居的目光，国内的秘密警察——有那么片刻一切似乎都不再重要。对他们三人来说，拥有家庭幸福的机会还剩多少呢？他转向亚伯拉罕，那孩子正坐在离他几米远的卧室门前。"煎饼。煎——饼。"

"他不是白痴。"

"我在试着教他说话。他在那儿干什么？"

男孩正在用土豆削皮刀在旧可乐罐上钻孔，这些罐子都是从卡普兰的阳台上拿来的。之后他用铁丝把钻好孔的罐子捆在一起，最后做成一个略显粗糙的可乐罐筷子。必须承认，这玩意儿看起来确实很巧妙。

"他在玩儿，亚伯。"

他注视她良久。

"上帝，"他说道，"好吧。煎饼！"

在名叫迪·卡鲁赛尔的这家煎饼餐厅中间确实有一个小型旋转木马，有十匹小马和小汽车在旋转。卡普兰在他的第三块煎饼上加了块黄油。这种由面团和糖做的软糯糕点将他拉回了青少年时代。当他注视着这些糕点的时候，他看到了竖在自己面前的最后难关，他必须克服这道难关才能为他的书带来理想的结局。他对邪恶的认知主要来源于书籍，即使他曾经如此专注地沉浸于其中，他还从未真正见过邪恶，更遑论经历。他从未越过朱迪思所

---

①　荷兰煎饼（Poffertjes），荷兰的一种特色糕点，类似松饼，硬币大小，较厚，配小块黄油，撒大量冰糖，所以比普通煎饼甜。——译注

说的界限。

"你在想什么呢?"朱迪思鼓囊着嘴巴,嘴唇油津津地问道,"跟我说说吧,你不时迸出些不成句的话,之后几分钟又继续沉默。"

他猜想,对于他的幻想朱迪思不会有什么好反应。"我在想煎饼。"他说,"荷兰的骄傲嘛。好吃吗,亚伯拉罕?"男孩竖起大拇指,他在忙着往自己的食物上撒白糖。朱迪思有黑眼圈了,抬头纹很明显。"你还好吧?"卡普兰问她。"不错,不错。"男孩又重复了一遍。

"还不错,"她答,"在我看来,这是人们所能达到的最高境界了,你不觉得吗?"

"你还想再来一些煎饼吗?"

"如果再吃我会不舒服的。"她疲惫地看着他,"噢,不。我觉得以前我还从未来过如此让人悲伤的地方。每当我骑自行车经过这里的时候,我就想,什么样的人才可能进去呢?而现在我自己就坐在这儿。"

他察觉到了她探寻的目光。"那么这也是一种形式的胜利。"他说。

"这绝对不是那种感觉,亚伯。"她从水杯里抿了一口水吞了下去,发出很响的声音,"你现在又在想些什么?"

"你有没有注意到,对我们来说已经没有战争了。我的意思是,对我们国家来说。"

她动作粗鲁地擦了一下嘴,说:"那斯雷布雷尼察①是怎么回

---

①　地名,属于波斯尼亚和黑塞哥维那。——译注

事呢？阿富汗呢？"

"这些都是纯粹的任务，'维和任务'。但凡顾及一点儿自尊的话，还会有什么战争会自称为维和任务呢？"

几小时之后，朱迪思和卡普兰一同坐在沙发上，亚伯拉罕站在窗边，用手指在窗玻璃上按来按去。要是把他按的这些点连接起来，股市崩盘的图形就会浮现出来了。

"哎，亚伯。"朱迪思突然开口。

"怎么了？"

"你对那本书期望这么高。就好像会……"

"一切都会好的。"直到此刻他才将目光从男孩身上移开，直视着她。

"那是我爸爸的书，是他的语言。如果要让它成为你自己的杰作，难道不应该用你自己的话吗？"

"那就是我要的语言，我曾经因这些语言遭人鄙视。我也宁愿所有的一切都来自我的原创，我宁愿自己经历这一切，但是历史并没有给我这个机会。"

"噢，亲爱的。"

"我现在所做的就是，"卡普兰继续说道，"挑选、誊抄、修订，这也是一种创作方式。我是中间人。"男孩缓缓将脑袋转向沙发，他的眼睛似乎完全是白色的。"不要抛弃我。"短暂的沉默后卡普兰低声说道。

朱迪思回答："我尽力。"在她身后细雨开始沙沙作响，街头的野猫发出刺耳的尖叫。她起身进了卧室。

卡普兰走到窗前，月光在水面上投射出冰冷的光芒。他的电话响了。是范·施托克。

16

他在桌旁等朱迪思，现在是六点半，男孩还在睡。卡普兰几乎一整夜都没合眼，他一直在思考范·施托克告诉他的事，想着朱迪思会对他的话做出怎样的反应，以及他如何回应她。外面传来叮叮当当玻璃杯碰撞的声音，刺得他的耳朵难受。或许等她来了他又太累什么也说不出来。他把桌上装盐和胡椒的罐子挪来挪去，把蜡烛塞到桌子缝里又把它抹平。她什么时候会醒呢？他应该开门见山地说呢，还是等到她看起来足够坚强的时候再说呢？

她已经来了。她赤脚走出卧室，脸色苍白，还半睡半醒地就开始沏茶。她站在桌子的另一边，把热杯子贴在脸上，问道："你怎么这么早就起来了？"

"我有些事情要处理。"卡普兰回答说，"坐吧。"

她改变了一下身体的姿势，就好像她一下子醒了过来。"我这么站着挺好的。你有什么事情必须马上处理？"

"是这样。我必须去一趟鹿特丹见一个人。马上。"

她转脸看外面，灯光照在她的半边脸上，还有半边脸隐于黑暗之中。"一个女人？"

"是的，但她是女人这并不意味着什么。"

现在她自己坐了下来。

"这是为了我的书，调查研究，必须这样。我陷得太深，回不去了。我得先把它写完。"

"这个男孩，这本书，每次当我接受了这种情况，就会有新的考验。她叫什么名字？"

"玛丽亚·希姆尔莱奇。"他本来不想多说，但她的沉默迫使他开口，"她祖父叫海德里希。"

她仍然面无表情。她喝了一小口茶，说："你为什么想跟她谈？"

"我不想和她交谈，但我已经听了这么多目击者的陈述，我完全沉迷于历史的另一面中，我认识这些受害者。"

"但不认识施暴者。"她补充道。

"没错。"

"这个女人真的是新纳粹分子吗？她把她的一生献给了她祖父的思想吗？"卡普兰摇摇头，张嘴想说什么，但朱迪思抢先一步，"那么，她与她祖父的所作所为没有关系是吗？那当然跟我爸爸的书也毫无关系。"

"我无法再继续下去，"他闭上眼睛，她有完全诚实的权利，不过他对此觉得不太舒服，"思考、阅读、写作、保护亚伯拉罕，所有这一切使我到达现在的这一点。但这还远远不够。我真的解释不清楚，但我已经承诺要继续走下去。不管结局如何我都要继续下去。我必须弄清楚，我该做什么，以及我是谁。"

"你已经在这个世界上奔波了近半个世纪了，还有什么你不知道的？"她朝外面望了一下，看了一下天空。她用温和的语气接着说："你是谁，这一点不是再清楚不过了？"

"怎么？你在我身上看到了谁？"

"一个被困在自己体内的人。终归是一个好人。"

"我想成为一个强大的人。"

"我们现在是不是太老了,都无法相信我们还能改变自己?"

"你在对我说还是对你自己说?"

"对我们两个说。"她抬起搁在左腿上的右脚,就好像腿太重了,没办法自己动弹。"我不会阻止你进行这次会面。我不会告诉你,你犯了一个错误。如果你认为这次谈话是绝对必要的,那么我相信你。正如我之前所说,我唯一想要的是真相。"

"这确实就是原因。昨晚的电话是范·施托克打来的。我们聊得不多,主要谈了一下那本书。他完全是随口提到了玛丽亚·希姆尔莱奇,说她下周末会在鹿特丹。所以,要么是现在去,要么是永远不去。"

"他知道你要去找她吗?"

"他不必什么都知道。"

朱迪思的身体一阵颤抖:"你能抱我一会儿吗?"

卡普兰站起来坐到她旁边,紧紧拥抱着她。她的呼吸淹没了他所有的回忆,以及所有关乎未来的想法。

17

有一次,卡普兰和夏娃以及她的母亲小琳一起坐火车去参加某个艺术展览。旅途非常顺利,他们聊着美味的凤尾鱼,聊着天气。直到扬声器里传来一个词。

"终点站。"

所有的生气好似都从小琳的脸上消失了。她屏住呼吸，看起来好像被催眠了一样，目光呆滞，眼神黯淡。夏娃告诉他，随着年龄的增长，她母亲关于集中营的记忆也发生了变化。在她生命的最后几十年里，那些曾经无可辩驳的事实和清晰准确的照片，只剩下了一些模糊的图像。灾祸正在靠近，这些图像逐渐滑入灾祸的某个不确定领域，某些不可避免的事情还是必然会发生，还有最后的审判，她已经经历过一次。她右手握住左手手腕，就那样坐在那里，一动不动。

直到夏娃第三次说，现在我们真的要下车了。她妈妈吓了一跳，从恍惚中清醒过来，后来她一整天都没说话。

卡普兰下了车。鹿特丹火车站。

他把手放在伊拉斯谟大桥的栏杆上。鹿特丹的高楼大厦，办公楼，看起来像一个现代化国际大都市。再也不能只看到它的繁荣，而看不到它所遭受的毁灭。1940 年 5 月 14 日的空气可能是什么味道？满是黏稠的汽油味和火的味道吗？布满了亨克尔轰炸机①的天空是什么样子？会像天际线在燃烧吗？

突如其来的一阵狂风唤醒了他。波涛汹涌的马斯河。两艘船，其中一艘会在几秒钟之内赶上另一艘，但这并不是一场比

---

① 亨克尔轰炸机（He111）是德国纳粹侵略战争的化身。在二战中，由于德国军队没有重型轰炸机，该机作为德国空军轰炸主力，参加了德军的几乎每一次作战行动。1940 年，为对付荷兰军队的反抗，德空军派出 57 架 He111 于 5 月 14 日下午向马斯河北岸荷军据点发起攻击，共投下 97 吨高爆炸弹，大火危及鹿特丹市，使该市建筑倒塌一半，900 人死亡。此次空袭因平民遭到无辜涂炭而被世界各国谴责。——译注

赛。上午十一点，太阳远远地照在水面上，清晨的寒气把人们都锁在房子里，海鸥在空中默默盘旋。

卡普兰必须努力把范·施托克漫不经心的话转变成有意义的线索。在整整一年内，人们都在计划于 2015 年 5 月 14 日纪念鹿特丹遭受轰炸七十五周年，真是一个奇怪的周年纪念，不过另外一种选择或许更加糟糕，那就是遗忘。

那些计划尚未正式提出，但很显然，市政府打算在与外交部协商后利用纪念日巩固与德国的关系，尤其是考虑到即使在德国也要庆祝解放日的这个荒唐想法。受害者和施暴者的对立，对与错的对立，在他们看来都属于过去。只有邪恶的表现形式会过时，但它的实质从不会，但显然那些负责人并不是这个想法。

卡普兰的愤慨促使范·施托克给了他所有的信息。在纪念日那天，向莱因哈德·海德里希①家族抛出的和解姿态应该是中心主题。理由是，他的后代在某种程度上是战后德国的象征：虽然他们无须对其父辈犯下的罪行负责任，但与此同时，他们再也不能无辜地生活。海德里希有后代，他的基因还活着。戈林的侄孙女曾经做过绝育手术，因为她不想再生下一个带着"怪物血"的生物来。在卡普兰看来，这是一个值得效仿的勇敢决定。

几个月前，人们联系上了海德里希一家，最年长的孙女玛丽亚是唯一考虑接受邀请前往鹿特丹的人。海德里希的这个女性后

---

① 莱因哈德·海德里希（Reinhard Heydrich，1904—1942），德国纳粹党党卫军重要成员之一，盖世太保的灵魂人物，大屠杀的首席刽子手，同时也被看作希特勒的接班人之一，而他自身的完美外形和卓越才能被看作是纳粹种族理念最理想的楷模。后在捷克斯洛伐克被英国伞兵刺杀死亡，希特勒为其报仇，血洗他遇刺的村庄，屠杀全村老少。——译注

代与负责此事的市议员之间应该会在今明两天展开第一次会谈。

这个消息是范·施托克从他在鹿特丹市政府财务处工作的堂兄那里得来的。那些收据和一个预算项目里提到了付给一个叫 M. 希姆尔莱奇的女士的旅行费用，相当大的一笔金额，这些东西提醒了他。当然卡普兰没有告诉范·施托克他的计划，但他对自己说，教授不会责怪他的。第一步，他给鹿特丹的所有酒店打电话，了解她会下榻在哪家酒店。

在他前面百米远的地方就是这家酒店。荷美邮轮①公司前总部，铜绿色圆穹顶，闪着红光的字母指示着入口处。纽约酒店。

海德里希在 1931 年 12 月娶的那个女子叫莉娜·冯·奥斯特恩。那是一场典型的纳粹婚礼，网络上还流传着他们的照片。摆着招牌式希特勒问候礼姿势的欢迎队列，圣坛上的纳粹标志符。莉娜为海德里希生了四个孩子：克劳斯生于 1933 年，海德尔 1934 年，女儿西尔克 1939 年，接着是女儿玛特，出生于 1942 年 7 月，针对其父亲的致命暗杀事件后的一个半月，一个由捷克—英国联合指挥的代号"类人猿"的暗杀行动。

卡普兰已经能够确定以下关于海德里希家族的信息了：

克劳斯·海德里希十岁时死于一场车祸。

海德尔·海德里希在 1944 年时由母亲主张退出希特勒青年团，那时他九岁。母亲害怕她的儿子会以一种让她想起丈夫和长子死亡的方式死去。现在（2014 年）海德尔住在巴伐利亚，同妻子和四个孩子一起。

---

① 荷美邮轮（Holland America Linie），简称 HAL，最初创建于 1873 年，1989 年被全球最大的邮轮运营商嘉年华邮轮公司全资收购。——译注

关于西尔克·海德里希只有一篇网络报道，说她移民到了美国。卡普兰无法证实此消息的真实性。

玛特·海德里希还住在德国和丹麦之间的费马恩岛，她们全家于 1945 年逃到了那儿。在那里她经营着一家时装店。她唯一一次与媒体的接触是接受德国《明星周刊》的采访。采访中她说，没有人能想象得出有这么一个叫莱因哈德·海德里希的父亲是什么感觉。他的名字像一个魔咒如影随形地跟随着她。而她儿子却说，鬼知道他祖父那时候究竟做了些什么。这外孙的名字是莱因哈德。

玛丽亚·海德里希，就是因为她，卡普兰才到鹿特丹来的，她是住在巴伐利亚州的海德尔的第二个女儿，她以母亲的姓氏出行。

卡普兰在酒店门口给前台打电话。他用略带鼻音的声音介绍自己，说是来给希姆尔莱奇女士送花的花商，想知道她是否真的预订了房间。前台的女士回答说，预计希姆尔莱奇女士下午会到。卡普兰把手机放到口袋里，穿过酒店青春艺术风格的入口，抵着旋转门，对大堂里可能是刚跟他通过话的那位女士说，他预订了一个房间，他的名字是卡普兰。

酒店二楼的客房能看到停车场和稍微远一点的伊拉斯谟大桥。他从手提箱里拿出玛丽亚唯一的一张照片，这还是在网上找到的。照片上十八岁的玛丽亚有着和她祖父一样冷酷的眼睛，她的脖颈像两栖动物一般光滑。

卡普兰还没有计划怎么行动。他必须首先设法接近她。在她眼中一定能发现什么东西可以宣告她要么有罪，要么无罪。他得知道，那种疯狂是否还继续延续，还是经过两代人的和平之后终于退隐。

他坐在床铺对面的位置上，从手提箱里取出一摞文件和书籍开始翻阅起来。他还打开了电视，调到熟悉的历史频道，上面在播放二战失败的影片。一个声音在解说，盟军解放集中营时，护士琼·万德弗雷一直在场。著名的恐怖画面。

他继续读下去。莱因哈德·海德里希，布拉格屠夫，金发野兽，希特勒称之为"拥有钢铁之心的男人"，有着雅利安人的理想身形，金发碧眼，身材高大，训练有素。"长刀之夜"①的组织者之一，在这次行动中党卫军得以跟他们的竞争对手冲锋队算账。自从 1939 年以来，希特勒越来越频繁地发动战争，海德里希的权力也随之不断增强，"帝国安全总部"现在活跃在整个欧洲大陆，海德里希大脑里的畸形怪物持续扩张，直至延伸到"德意志帝国"的边界。

此外，海德里希应该是大屠杀的设计师之一。

万湖会议。1942 年 1 月 20 日。位于柏林万湖西南沿岸的马利耶别墅接待了十五位纳粹高级官员，其中就包括艾希曼和海德里希。将犹太人"自愿移民"到马达加斯加的那个最初计划未得到执行。

---

① 长刀之夜（Nacht der langen Messer），也叫长剑之夜或蜂鸟行动，又称血洗冲锋队。纳粹政权主导的一场清洗行动，发生于 1934 年 6 月 30 日至 7 月 2 日。希特勒无法控制日益庞大的爪牙组织冲锋队，决定彻底取缔并铲除其主要头目，最终这场清洗行动的对象扩大到所有对纳粹党和希特勒不满的其他人士，最终的死亡人数无法统计。——译注

最先认为马达加斯加是最合适的恰巧是个波兰人。1937 年，波兰向该岛派遣了一个委员会，以研究犹太人大规模移民的可能性。米柴夫斯拉夫·莱皮基主席对这个问题做出了积极的判断，并且估计可以有四万至六万人在那里生活。他的观点没有获得其他人支持，其他委员会成员和农业专家认为不能超过两到四千人。无论如何，这些德国人是怎么会想到将数十万甚至足足六百万的犹太人运送和移居到马达加斯加的，这确实令人费解。

可能他们从未真的这样打算过。战争持续的时间越长就越明了，马达加斯加已经成为一个掩饰性概念，也许原本一直都是这样。一个还没有找到表达方式的东西的同义词。卡普兰更仔细地观察这个词，发现这些字母几乎组成了"毒气室"这个词。

1941 年 7 月，获得希特勒授权去协调所有反犹太行动的戈林，任命海德里希接管"犹太问题最终解决方案"这个组织。万湖会议上，他们手持白兰地，身后是古典的马赛克锦砖，他们对所有的问题展开讨论。中午时分，先生们在雅致讲究的餐厅会面，那是整个别墅最漂亮的房间。海德里希召开了集会，一个半小时后，所有问题都解决了。根据艾希曼在耶路撒冷受审期间的证词，海德里希那天表现得轻松而平静。据说他曾预料到会有相当大的阻力，他甚至几乎都要缺席了。所有的相关当局和官员都同意合作。

最终的解决方案。"解决方案"这个迷人的词可能有多种含义。它不仅表示技巧性地解决某个问题或疑问，还可以指物体或物质存在的答案，指某种不再存在但生长于其他物体之内的东西。老亚伯、小琳、米洛、斯拉瓦、整个集中营以及欧洲所有犹

太人的瓦解。命运啊！今天，卡普兰将与这种命运建立有形的联
系。

他把文件和书放到一边，走到楼下，坐在牡蛎酒吧里，从那
里可以看到酒店入口。他刚好吃掉一半鳟鱼时，他的视线直接撞
上了莱因哈德·海德里希的眼睛。

她站在离他不到一米的地方。他立刻在纸条上写下"把食物
送到房间"去的字样交给服务生，去了她刚办理手续的前台，他
一边看着介绍酒店历史的小册子，一边密切注视着她。她在餐厅
预订了一张桌子，晚上八点，一个人。

如果他坐在她对面，他该怎么办？他曾告诉朱迪思这是一次
"会面"，可当他到达鹿特丹之后，他却不知道自己该如何理解这
次会面。下午剩下的时间卡普兰待在自己的房间里，重复着一个
不存在的文本，反复思考一个不存在的核心计划。大雨像一层薄
膜，笼罩在停车场的汽车上，覆盖了所有的桥梁和整条马斯河。

反犹太主义，这是他的书的轴心。他曾经看到有人说，反犹
太主义在本质上就是一种性幻想。他在房间里来回踱步时，这个
奇怪的理论比以往更强烈地打动了他。那是一种基于伪科学和种
族主义论点的性虐待，其中德国人起先是犹太人的牺牲品，之后
出于"自我保护"，"被迫"成为侵略者。

一种性幻想，他自言自语道。

必须消除内疚，朱迪思相信他的判断，她爱他，他也爱她。
他从行李箱里拿出他的"夏娃西装"穿上，在浴室的镜子里观察

着自己。以前他曾经知道怎么去玩这种游戏，希望他还没有忘记一切。他把肩膀拍打整齐，沿着袖子抚了一下。他，亚伯·卡普兰，今晚将引诱莱因哈德·海德里希的孙女。

　　她坐在窗边，穿着带皮革肩带的连衣裙。他要了她旁边的那张桌子。在喝第二次开胃酒时，她首次朝他这里看过来。她先笑了笑。等她不看这边时，他拿起手机，看看朱迪思有没有打过电话。朱迪思并没有打电话来。他站起来，径直走向希姆尔莱奇女士的桌子，告诉她这里的牡蛎很美味。他点了一些，她称他为神秘的善人。他以为事情已经万无一失，于是问能否请她喝一杯酒。

　　作为第二个开胃菜，她点了剑鱼生肉片，他点了一个加柠檬奶油的大扇贝，这是违背犹太人饮食规定的。他强迫自己享受当下的舒适，享受美丽的餐巾和抛光餐具。他的双腿不动，呼吸规律，他的魅力激励着他。他相信自己以及自己所说的每一句话。

　　她的眼睛，真的是照片上莱因哈德·海德里希的眼睛，之前他给亚伯拉罕二世上课的时候给他看过那张照片。眼皮下垂，黑眼珠周围几乎没有眼白，就像某种非常令人讨厌的犬种一样。朱迪思知道他说的是什么品种，如果卡普兰看到某人与动物相似——这是他隐蔽的最大天赋之一——她总能准确地知道他在想什么动物。也许这并不是真爱的标志，但还是比相互之间完全不理解要好。

　　狭窄的鼻梁也是她祖父的。卡普兰呛到了自己，她笑了。所有有关莱因哈德·海德里希的照片、漫画，以及他死后印在一张邮票上的脸部模型，卡普兰还从来没有看到过他笑，而且如此迷人。在他对面坐着一个略带醉意的女人，以一种无辜的方式开着玩笑，甚至还很有吸引力。

不，如果人不仅仅只是人，历史会更容易忍受一些。魔鬼、叛徒、英雄——除了人以外的一切。

继续饮酒。无拘无束的感觉就像魔法一样，让他不加品尝就喝酒，不假思索就开口讲话。如果没有这个魔法，他将永远做不成他必须做的事情。被限制在界限和协议之内的亚伯·卡普兰是一个懦夫，永远不会取得任何成就。现在他就这样坐在那里，像亚伯·卡普兰的一尊石膏像，天衣无缝。他赞美她的外表，虽然很费力，但他还是做到了。为此她表示感谢。

她环顾四周，好像不太清楚自己在哪里。她的眼里有些害羞，有点胆怯。"这是第一次，"她说，"我不常住酒店。"

"若我可以问问的话，为什么呢？"

她想了一会儿，斟酌着用语："我只是还没想到。"

事情还不明确，他觉得她仍然可以拒绝他。想到这种可能性还存在，他的心里火烧火燎的。"有时候我们必须承受生活的碾压。"他坚定地说。听到自己的话，他陷入了绝望，这句话到底是什么意思？

两个大酒杯摆在他们面前，他们互相敬酒，她问为什么而干杯，他说："为酒店的永恒承诺干杯。"

她的双眼水汪汪的，动作也变得不再那么协调了，她的视线牢牢盯着他。沉默意味深长。他的脸颊泛红，寻找着话题。他为她点了烤金枪鱼，为自己点了烤牛排。他问她日常生活中做什么，这是一个安全的话题。

她笑，用一只手背半遮着脸——天啊，这个姿势跟朱迪思的动作一模一样——另一只手摇晃着杯子。"答应我，不要笑。"

他举手宣誓："我保证。"

"好吧，"她说，"我卖雨伞。我有家自己的店。"

很好。莱因哈德·海德里希的孙女在卖雨伞。突然之间，卡普兰觉得能看清一切，经营一家雨伞店的简单愿望很残酷，生活中不可能做到的事情与其他人生命中已经发生的事相吻合——这一切都是完美而荒谬的整体的一部分。"那个词是怎么说的？很胖？"

他费力地从嘴里吐出德语。上学的时候德语是他最差的科目，但他每次不及格的时候他的母亲却用沙文主义的赞美作为评论。是不是他只要轻声说"我爱你，我爱你，我爱你，亲爱的"，就能够爱一个人？他能够做到这一点吗？

她开始咯咯笑，一只手摇晃着玻璃杯，另一只手指点说："是'很棒'，棒。"

他点点头，没兴趣去重复这个词。"你的店叫什么名字？"

"很简单。希姆尔莱奇。我的姓。"

她可以说她想说的一切，但绝不能是她的名字。

他们都塞了一口食物，咀嚼了很长时间，直到他结束沉默："希姆尔莱奇女士，如果你必须卖给我一把雨伞，你会说什么？"她在思考这个问题的时候，他注意到她脖子上的小伤疤，就在锁骨上方。

他们分食了一个焦糖布丁，她用勺子喂他。这是真正感觉到不忠的第一刻。他看到朱迪思的脸出现在面前，他如此迫切地需要这个女人的帮助，他仍一直需要她的帮助。他不断消耗着她的宽恕。但只要他被原谅，就有人爱他。

可怜的朱迪思。为了给她最好的，他是应该不惜一切代价尝试挽留她，还是给她留下最终离开他的理由？

玛丽亚·希姆尔莱奇用勺子沿着碗边刮了一下。她戏谑地将甜点的最后一部分朝着他。卡普兰突然咬住，她把汤匙移了回来。他抓住她的手腕，动作突然而有力，充满男子气概，她起了鸡皮疙瘩。烛光映着她下巴的尖锐线条，她的头发此刻也显示出她祖父的金发。"你很漂亮，"他说，"你知道吗？"

她不用垂下目光，她一直注视他："谢谢你。"

他纠正道："你要用荷兰语说谢谢。我们在荷兰。"她似乎很喜欢他的严厉。

"谢谢你。"她笑了，不再费力去抑制自己条顿人的语调。

现在他只需坚持片刻，满怀轻松地盯着她看，微笑，等待合适的时机。

饭店的最后一位客人也离开了，后面某个地方椅子都被放在了桌子上，收音机被打开了。酒不知不觉地进入了卡普兰的膀胱，不管他以什么方式坐着，都能感觉到腹部的疼痛，刚刚还几乎察觉不到的疼痛，现在越来越厉害，让他无法置之不理。

他道歉，称呼她姑娘，然后去了洗手间。在那里，他给朱迪思发了短信。他双眼模糊，几乎看不清她的回复，她的答复是：

"我不问你为什么要在深夜十二点四十五分的时候还想了解这种问题，但答案是：斗牛犬。他像一只斗牛犬。吻你。"

他回到餐桌，那姑娘多情的样子表明事情已经很明确了。他把椅子往后挪了挪，俯身，把她的伤疤夹在嘴唇之间轻轻地吮吸了一下。这是他第一次听到莱因哈德·海德里希呻吟的时刻。

他们站在走廊上。她把房卡给了他，她自己喝得太醉了，不停地在他身上忙活，她急促地吻着他的脖子，解开他的衬衫。而他在设法让指示灯亮起绿灯，但是直到划了五次房卡才成功。

如同一出戏剧，一切都是自动发生的，每个动作都感觉是排练好的，而且自然而然。他们进去之前，他把她按在门旁边的墙上。他跪下，把她的衣服推高了一点，把她的内裤拉下来。黑色的顶端。他又把手放在她的细高跟上。什么都不想意味着不会后悔。他把头挤在她的两腿之间，猛地舔着。

她把他拉起来，用断断续续的英语低声说，如果他再继续下去，她可能就高潮了。她左右环顾，担心有其他的客人，抑或希望有其他人过来。她费劲地从鞋子上褪下内裤，把它扔到房间里。

他坚持要开灯，他必须能够看到她的眼睛。她脱下衣服，衣服沙沙作响地从床上滑落。卡普兰解开裤子，脱下来朝门上扔去，跨到床上跪在她面前。她双手抱住他的头，拉着他的头发向后扯，在他的嘴上嗅着，当她在他的呼吸间闻到自己的气味时，她便呻吟起来。她咬着他的嘴唇，右手沿着短裤的松紧带抚摸，每一个动作都让他更加硬挺。她的手消失在他的内裤里，握着他的睾丸，她拥抱了他——完全地征服。

　　她的手沿着他的下体向上移了一点。卡普兰在她到达行了割礼的顶端之前抓住了她的手。她把他压下来，把他的肩膀压在床垫上。她命令他脱下内裤。她下了命令，脸上一直挂着微笑。斗牛犬。

　　然后她把他推进自己身体里。她抬起头往后仰，闭着眼睛面向着天花板。他们这样坐或躺了大约十分钟；他不时地用荷兰语哼些东西，她用德语，他时不时地揉捏她的伤疤，有时她把他的手推开。

　　然后，很突然地，同时又显而易见地，她临近高潮了。卡普兰感觉到他进入了她的大腿，他继续进入，感觉到达了她的耻骨和腹部，直到她的整个躯干似乎充满了情感的脉动，于是，在他咬着下唇连续做了十次推动之后，她以一声简短的尖叫到达了高潮。她的金发散落在脖颈上。

　　不可以就这样，他不允许，不可以就这样简单，这么普通。他必须摆脱两具躯体互相渴望的常规状况，这种肉欲的、催眠的状态，这种魔法必须打破，这次性交绝对不能和他做过的其他性行为相提并论。

　　他得想办法把这种性行为变成真正的实际行动，以便在时间上标示出这次重大事件。于是他从她身上抽身出来，把她的身子翻过来，分开她的臀部。颜色似乎异常深。但她的臀部却不断地滑回去，于是他用手指抓进她的肉里，再分开她的臀部，这次肯定成功了。

　　她没有反抗，虽然她现在首次发问，问他在那里"干"什么，但声音带着性欲。他把自己的骨盆向上压，把膝盖放在她的大腿后面，第一次尝试侵入。反抗只会进一步增加他的硬度，他的身体完全沉浸在一种愤怒中。这就是他今晚的目的，这就是他想要的。在他的胃里某个地方产生了一种强烈的想法，他是长期未清债务的合法执行者。

他再次尝试。海德里希小姐发出一声可能意味着快乐和痛苦的呻吟。他吐了唾沫，好让它湿润一点。之后，他再次做起活塞运动，直到她的呻吟中带着真正的痛苦。

她咬着床单，伸出手指紧紧抓住床垫。他持续了五分钟，直到他以一次强烈的撞击射了精。她惊声尖叫起来，尖叫声消失了，沉默中禁锢了七十四年的时光。

天色朦胧的时候，他们躺在那儿，她的头靠在他的肩膀上。她把脸转向他，闭着眼，睡意蒙眬地说："我不认识你，我甚至不知道你的名字，但尽管如此我们还是这样了。"她用英语说，"这样的相遇并不常见。"

"我知道你的意思。"他回答道。像这样的相遇完全是历史反常。恶心滚滚而来，他的右腿颤抖着。这具跌落黑暗深渊而幸免于难的躯体还要做什么呢？"我认为我们应该再喝一杯。"他提议，有点底气不足。

"有迷你酒吧吗？"

"我下楼一会儿，"他用英语说，"没问题。"

"为什么？"

"真的，没问题。"他试图挣脱她的怀抱，她不情愿地允许了。

"你会很快回来吗？"

"我当然会很快回来的。一定。"他起身去了洗手间。镜子里显示出一个奇特、扭曲的形象，他的复制品。他在浴缸里清洗着他的下体，先是用温水洗，再用肥皂，然后用香波洗。他一直洗一直洗，直到性爱的气味渐渐消失。在冲洗和擦干的时候，他才看到它已经变得通红。

他把自己的东西搜罗到一起，她没有注意到，也许她睡着了。微弱的灯光惩罚似的照在他身上。赤脚走进自己的房间时，他刚好设法抑制了一场恐慌发作。

事情发展得太快了，所有越过的界限都在他眼前跳舞。他确实沉浸在邪恶之中，他走得比他想象的还要远。他这样做的时候想到了朱迪思，不过首先想到的是夏娃，然后才是朱迪思。为通过这次考验，他滥用了她们的脸和身体。他拖着她们一起坠落，而她们对此一无所知。

他忍着腹痛收拾行李，还拿了一个印着酒店标志的杯子。最后，他刷了牙，喝了五杯水，然后漱了很多次口。他努力回想拉比的声音，来自遥远过去的令人心安的声音，指示、引导、建议。拉比的声音并没有如期而至，不过这个时候卡普兰心里出现一种类似安慰的感觉。这个引导性的声音最终消失了，这也许是最后对他背叛的惩罚。"你不要试图占有某样东西，而要成为某样东西。"唯一剩下的声音是内心的声音。无论人们怎么评价，他都已经变成这样。

他在前台还回了房间钥匙，他双腿发软，好不容易才勉强站住。他必须赶紧赶回阿姆斯特丹，有事要忙。前台的女士问他是否喜欢这里的住宿，他回答说难以忘怀。

街上立着巨大的白色字母，是"加拿大"的拼写，这一定是一件艺术作品，他来的时候没注意到这个。在出租车上，他眼睛潮湿回头看，马利耶别墅最后一次出现在雨雾中。

第二天中午，卡普兰和朱迪思相对而坐，他们之间放着很晚才做好的早餐。亚伯拉罕说他不饿，就爬上大床去了。他不在的时候，她买了杏干和健康的谷物，这理所当然且满怀爱意的准备让他浑身战栗。他潮湿的左手藏在桌子下面，紧握着酒店的杯子。

"我有话要跟你说。"他说。

她没有吃惊，显然他的语气不够强烈。"什么？你的约会很糟糕？"

诚实是她对他的要求，仅此而已。"我想我出轨了。"

她的眼睛发红，而后变得苍白冷淡。她又吃了一勺麦片，咀嚼了很久。沉默使他无法平静。"我想？"她单调地问。

"好吧。在这种情形下，我自然是最可靠的消息来源了。我出轨了。"

"和莱因哈德·海德里希的孙女？"

"是。"他想道歉，但紧闭着嘴。他没有资格表达歉意。卡普兰从未见过像此刻的朱迪思一般面无表情的脸。这是一种非常可怕的恍惚感。他把杯子放在桌子上。朱迪思没注意到它，她重复说道："你出轨了。和莱因哈德·海德里希的孙女。"

他垂下头。他已经做了为这本书必须做的事情，他犯了罪孽。任何惩罚都是合理的。他觉得，旅途的小礼物能够弥补些什么？

沉默良久。朱迪思几乎是颤抖着声音说："我一直在为你辩护。"卡普兰想说些什么，有一会儿他就那么张着嘴，但他不知道说什么。"为什么性对你这么重要？"她问道，"跟我，跟海德里希的孙女，跟你的前任。别那么震惊。只因为我不提问题，但并不意味着我没有直觉。"

"我不知道。做爱时，我会忘记我所知道或感觉到的关于善恶的一切。"

"是的，我可以想象。"她看着自己的麦片碗，准备再去拿一份，但又把勺子放回桌上。"我想变得更愤怒一些，但我不知道怎么做。"男孩走出卧室，站在她旁边。"你终于做到了。"她茫然地说。"你真的可以通过这本书活在过去，我看着你离开却没有能力阻止，真的没有。"卡普兰不知道他能回复些什么。"你很孤独，"她接着说，"你一直都是这样。你的心思总在我无法触及的地方，你不知道最开始的时候这一点让我有多激动。神秘，你知道吗？直到我明白，当我看着你时，你悄悄想着别的东西或者别的人。这种神秘感消失了。"

"你有点夸大了。"

她深深地叹了口气，脸上露出了笑容，说："我突然意识到，我一直在等着这种事情。至少现在我别无选择了。在某种程度上，我松了口气。"她起身离开了桌子。那男孩跟着她。

卡普兰坐在那儿盯着酒店杯子看。过了一会儿热水器启动时，他站起来，把一捆预支的钱塞进了她大衣的内口袋里。她还得继续好好照顾她自己。

也许他早就预料到了。

第二天早上他身旁空无一人。朱迪思带着她的日记一起失踪了。桌子上有一张纸条。"我很抱歉。照顾他好好吃饭，恢复健康。之后你必须确保他的安全。我指望着你。吻你。"

18

罪恶感是一个奇特的现象，它在身体里沉淀得如此之深，就好像一只毒虫在肩胛骨之间钻洞。每当卡普兰伸手向后按摩一侧肩膀时，疼痛感就会急速扑向另外一侧。

他没能采取其他的行动，在这个意义上他做了正确的事。那份手稿偏偏就落入他的手里。唯一能让自己完全迷失其中的方法，就是去经历如他笔下所写的同样的考验，好吧，他面前现在还有为数不多的几种考验的形式，至少这些他得去亲身经历。最终，未来将像历史一样不可避免。

在一份复印本上，他画了一个长着一张狗脸的女人，玛丽亚·希姆尔莱奇/海德里希。在旁边他还画了朱迪思的肖像。他拳头紧握，胡乱涂抹掉这一切。他不允许自己对朱迪思怀有思念。他竭力去感受一种最强烈的愤怒，以此来对付他的思念情绪。她抛弃了他，而且——或许更加糟糕——她抛弃了这个男孩。他与朱迪思关系的破裂可能只证明了，他不能再像爱夏娃一样爱上任何人。

整个房间，还有过去几周被朱迪思温柔的声音填满的全部时间，还有她所建立的所有家庭秩序，如今都被尘封入历史，一段由卡普兰保管的历史。亚伯、斯拉瓦、米尔加和这个男孩的人生正努力朝着他向范·施托克和出版商所承诺的最高潮发展。现在是 2 月 13 日,是犹太人委员会成立七十三周年的日子。

亚伯拉罕从卧室里出来,一门心思完善他正移动着的可乐罐筷子。接着,他非常认真地把那玩意儿在地板上开来开去,开来开去。卡普兰给了他一个母亲,然后又同样毫无预兆地收回了她。但是在男孩的脸上,却看不到一丝责备或者愤怒的痕迹。开来开去。

写作。这是一切的中心,卡普兰生活中的废墟瓦砾都悬浮在这个中心周围。不,不是瓦砾,当他写作之时,这就是围绕着太阳的天体。夏娃、马艾可、朱迪思和玛丽亚的面孔,她们都是黑洞。保持冷静,小步前进。但是无论他往哪个方向迈出下一步,总有一个极限在等着他。他的手指头在抵在一起,手腕在压力下发出咔嚓的声音。

在 1960 年至 1975 年间,逃到南美洲的约瑟夫·蒙格勒在不少于三千五百页的笔记本上写满了内容。他的手稿包括了日记、政治评论,还有最重要的,那就是他关于自己对集中营囚犯实施"医学"实验的无尽描述。他不曾在任何一页纸上表示过歉意。正如人们所知,蒙格勒从未被定罪,也从不曾被逮捕。他死于在巴西海岸游泳之时,并以假名被埋葬。

2011 年夏天,这些文件被拍卖,成功竞价约为十七万五千欧元。买主是犹太人,一个幸存者的孙子。他宣称要将这批文件捐赠给大屠杀纪念馆。英国的《镜报》报道了一段译文片段:蒙格勒,人称死亡天使,对于罗马人和连体双胞胎十分着迷。

这两种痴迷在一个残酷的实验中结合到了一起。蒙格勒将两个罗马人缝合在了一起，创造出一对连体双胞胎。一天夜里，蒙格勒从营房中提出十四对罗马人双胞胎，把他们摆在他的大理石解剖台上。医生直接将氯仿注射进所有人的心脏，导致他们迅速死亡。在集中营报告里，蒙格勒一再被描述成一个温柔的男人。他给孩子们送巧克力，以便和他们交朋友。

2014 年才有很小一部分蒙格勒笔记被翻译成英文。网上一直谣言盛传，说这批笔记在此期间已被彻底销毁。当然，最好是让蒙格勒的文字"一点一滴"地向公众开放，因为剂量过高会污染海洋和大陆。但这种滴剂又必须存在，因为还从来没有人比笔记上记载的更接近邪恶，而且那些笔记只有少数人见过。

赶紧开始写作吧，卡普兰对自己说。

就像是两个相斥的磁极，他们相对而立，遵循永恒的自然法则。分界线的这一边是普里莫·莱维，那些重新夺回"领袖"这个词的原初意义的人，他们把他奉为领袖，对于这个词卡普兰也常常思考他的意义。另一边是蒙格勒，他已经永久丧失了言论的权利。出自对立来源的言论，有着相反的命运。

现在，他坐在这里，亚伯·卡普兰，坐在万有和虚无的边界上。小步前进。他把手伸向键盘。

老亚伯一定要见到米尔加。其他人认为，他不能让自己的打算危及他们的计划。但是他无论如何要知道，是否她会觉得他抛弃了她。她必须活着，好告诉他这一点。

"我躺在自己的木板床上，身体不像平时那么颤抖得厉害。米洛在放哨，男孩坐在地板上，把一只羊毛老鼠吹来吹去。这个时候斯拉瓦进来了，大家一看到他就马上知道，情况有所变化，而这种变化将决定我们的生命。他说，一切比我们所害怕的还要糟糕。"

1944 年 5 月，所有的怀疑现在都被解除了，卡普兰为自己，也为老亚伯写道。这就是他们所建造的毒气室和焚化炉。所谓的特殊命令，其实就是搬运尸体。日复一日，更多批次的运输，更多的死人。夜色中，铁轨因灼热而发红。在比克瑙已经有四个火葬场在同时工作。此外，这儿半年前就设了一个吉卜赛人集中营，在可容纳五十二匹马的马厩里，关押了六百到一千个吉卜赛人。

医生们在他们身上做了无数的实验。为了收集有关干渴的产生和如何解除的知识，他们尝试给人喝海水，这种实验对空军可能有用。他们往人眼睛里注入亚甲蓝，因为他们希望，在这种物质的帮助下，将来某一天出生的孩子都是蓝眼睛的德国儿童。得了疟疾的吉卜赛人不会被施以奎宁救治，而是被放干血，他们的血接着又会被注入健康人的身体中。

男孩一下一下地推着他的筷子，爬了过去，地板上留下一道金属划痕。但是卡普兰没有气力去警告他保持安静。他从柜子里拿出一瓶杜松子酒。亚伯拉罕指着瓶子上面念："珍妮弗。"

卡普兰继续寻找。他该怎样才能找到合适的文字，来描述一次发生在几近七十年前的逃亡尝试呢？米洛和斯拉瓦认为需要半年时间来准备，这样的话成功概率才最高。卡普兰更正道：三个月。他喃喃低语道，三个月简直太长了。但希望将战胜一切。

所有人都想参加，没有人敢犹豫，没有人敢出卖米洛和斯拉瓦。亚伯·卡普兰吞下一口杜松子酒，口味温和而凉爽。今天的最后一句话："当他们看着我的时候，我说：你们可以指望我。"

19

卡普兰一动不动地坐在电视机前。亚伯拉罕在几米开外的地方蹲着，他已经停止玩他的筷子了，因为他感觉到此刻需要绝对的安静。就在这时，卡普兰收到了一条朱迪思的短信，里面只写着：打开电视，荷兰二台，现在。

在电视屏幕和卡普兰的眼睛之间缓慢升起一种雾状物质，这一片薄雾把卡普兰与外界一切隔离开来。然而他的膝盖在颤抖，他的指尖开始麻木。他深深地吸气三秒钟，然后又深深地吐气三秒钟。朱迪思发来第二条短信："还有，这笔钱不属于我。留意你的信箱。"这条短信也没能让他有任何反应。

红地白字的新闻标题显示在屏幕下方：范·施托克教授被揭发。卡普兰好一阵子才明白具体发生了什么。看来范·施托克多年来都在使用不太可靠的消息来源，且不排除使用虚假数据的可能性。这一切从何时开始则尚未证实。人们成立了一个调查委员会，阿姆斯特丹大学已经暂停了他的职务。是否帝国战争文献研究所早就知道这一切，所以在当时就遣走了他呢？

卡普兰拿起电话，但是打了三次教授都没有接。大学校长谈道，这是对整个科学界，尤其是历史学界的巨大伤害。新闻报道员称，范·施托克不方便表态。

屏幕上是教授书上那张熟悉的照片。范·施托克最后一次访谈时那奇特的、急躁的语调，那些特别的建议和强迫症似的话语，这些都在他的耳蜗中回响。卡普兰看着范·施托克，却看到了威尔科米尔斯基。

　　他们的合作怎么办？他的书怎么办？范·施托克这个名字本该是对学术真实性的品质保证，现在却只会触发众怒。这一切该如何进行下去？卡普兰坐在桌旁，在过去的几周里他是如此频繁地在这儿工作。他将颤抖不止的双手放在复印本上，但是与纸张的接触并没有产生他所希望的镇定效果。亚伯拉罕站在他旁边，目光中满是疑问，接着，他像是突然想起了什么，跑进厨房拿了一杯水来，他自豪地举着这个杯子，仿佛擎着一个尊贵的奖杯。

　　卡普兰喝了两口水，打开笔记本电脑，看着他最后写下的段落。他望着自己的手，不明白这些字母是如何到达屏幕上的。

　　晚上，在男孩顺从地上床睡觉去以后，范·施托克终于接了电话。还没有来得及等卡普兰发问，教授便说他很抱歉。这使得卡普兰提出一个伤感的问题：到底为什么呢？

　　"这很简单，"教授愉快地回答，"毕竟，所有人都渴望获得一个比当下更有名望的生活。这听起来可能很奇怪，但是我感到无比轻松。我曾数百次想象自己会如何被曝光，而现在一切都过去了。那一段我本可以不用行差踏错，但其实毁掉了一切的时期，已经过去了。我很平静，即便是电话铃响个不停。"

　　卡普兰只有唯一一个想法："我的书现在怎么办？"

　　"说到这个，"教授的声音里有了一点力量，"如果这个项目对你真的很重要的话，那么你必须在没有我的情况下去实现它，这一点是我无论如何要建议你的，为了保护你自己。如果你需要的话，我可以给出版商打电话。"

"为什么你从未告诉过我，有些事情早已暗藏苗头？"

"都是从很小的地方开始的，比如对一个事件，或者一个不为人知的历史事实在解释上有所偏差。这都是寻常的事，每个历史学家都这么做。但是一旦迈出了第一步，那么为什么不进一步把事实稍微做些调整呢？区别在哪里？为什么要给从不会有人去调查的模糊出处、没人检查的脚注赋予一个绝对的价值呢？但是当你为了让自己的分析显得无懈可击，而添加一个小小的谎言进去，那么魔鬼就从这儿开始了。"

卡普兰一时间哑口无言。对方所说的，也正是他为自己的书辩解的理由，只是改变了一点形式而已。"我能叫你的名字约翰吗？"

"当然可以。我们是同事。都是历史学家，彼此不必拘礼。"

不论卡普兰有多么想，但他从未成为一个真正的历史学家。"约翰，我读了好多遍《集中营生活》，我曾经是如此钦佩你。"他不知道，说这话是想要表达什么。面对自己天真的语气，他束手无策。

"非常感谢，即便过去时态不那么好听。"片刻的沉默。"你知道吗，"范·施托克有点不耐烦地继续说，"写这本书花了我将近十年的时间。我和妻子因此离婚，而我对儿子不得不接受非常不方便的探视规定。我总是说，我做了什么，我是谁。我是历史学家。"卡普兰没有打断他的话，"科学是为了发展一种不同的观察方式，而不是赤裸裸的数据。这本该成为我的遗言。托尔斯泰曾经说过，历史只不过是一系列童话和无意义的愚蠢行为，被埋藏在一堆多余的数据和名字下面。我想要改变这一点。"

范·施托克迷失了。让卡普兰感到最愤怒的并不是教授的行为，而更多的是他用外在情况为自己辩护，还躲在死去的俄罗斯人后面，引用他的话。卡普兰永远不会逃避自己的行为所产生的后果，不论它有多严重。"那我就自己一个人做吧。"他说道，但不确定自己是否真的是这样想的。他感受到愤怒的滋长，同时还有他的自信和他的信念。"我的书不需要你的帮助。"他咬牙切齿地朝教授说，旋即挂了电话。他抬起头来，看到亚伯拉罕站在卧室门口，两腿颤抖，双臂交叉搂着自己，"出迪特在哪里？"

"我的书不需要你的帮助。"

卡普兰第二天早晨醒来，嘴里还一直含着这句话。这本书终究成了他一个人的了。但是剩下的是什么呢？他口干舌燥，头疼掩盖了身体的疲惫。朱迪思的暗示本该引导卡普兰放弃使用她父亲手稿的计划，也许她曾对范·施托克有所预感。他早该弄清楚的。

头痛反映了他脑海里的惊涛骇浪。他从被子下抽出双腿，把脚放在地板上，仿佛它们不是他身体的一部分，而是一对奇怪的高跷。他在厨房里做了一碗甜粥，撒了一些碾碎的维生素片进去，那是朱迪思以前买的。

晚上，他和亚伯拉罕两人默默无言地压碎土豆，盯着本该朱迪思放盘子的位置发呆。自从她离去之后，他俩之间就出现了一层薄纱，一层由共同的痛苦和消逝的嬉戏热情所组成的薄纱。这让男孩变得老成了，到现在为止他再也没有恶作剧了。

身后的电台正在播放着范·施托克和他第无数次克制的声明。这座无可挑剔的完美建筑，其基石的历史可以追溯到四十年前，而现在只剩下这不光彩的喃喃自语，还有这可怜的废墟瓦砾，不出三天，就会被全世界遗忘。

"我是站在你这边的，明白吗？"卡普兰对男孩说。亚伯拉罕点点头。"没骗我？"他又点点头。卡普兰走进厨房关掉收音机。他看了看手机，没有信息。直到此刻他才感受到，一个女人对他来说意味着什么，那就是指南针。她的存在赋予他的生活一个立足点，借助这个立足点才能确定所有可能的位置和路线。比起女人对男人的需要，男人对女人的需要总是更多。

手机响了，一个陌生号码。卡普兰犹豫着接了，是出版商打来的。"真糟糕，不是吗？这个约翰。我要是早知道他想象力如此丰富，就给他一份小说合同了。"

"我觉得这整件事没什么好笑的。"

"难道这一切不是一个天大的笑话？"

"并非一切。"卡普兰回答。

"好吧，说正事。我们怎么处理你的书？回头是不可能了，钱已经投进去了。我手里必须尽快拿到东西。合同就是契约，不是吗？"

卡普兰没有这个体力，来决定他这部伟大作品的命运。一道分界线横亘在眼前，这边是无法再在世间产生的诚实，那边是被埋没的、绝对的遗忘。"我的书不需要他的帮助。"卡普兰听见自己对自己说，一个完全自动念出的愿望。

"很好！亚伯·卡普兰。很好。我的人会联系你的人。时间还是 5 月初。"

"我已经没有人了。"卡普兰嘟囔着。

这天下午，卡普兰继续写作，桌上放着杜松子酒。

1944 年 12 月。远处有一只猛禽扑打着双翅，似乎要展翅高飞。大家都已睡了，只有亚伯和男孩还醒着，他们坐在地上，凝望着天空。走到这一步花了超过预期半年的时间，这是最终的决定性瞬间。他们会把计划付诸实施吗？

之所以延迟至今，是因为过去一段时间里，其他人实施了一系列逃亡尝试，导致军队加强了看守。每个人都知道，这意味着要么即刻行动，要么永远不可能了。

"米洛和斯拉瓦想出了这个计划。所有人都说他们要参加，他们信任我，我答应过他们，不去做我现在马上要去做的事情。快速地闪一下光就是行动暗号。我穿过男孩住的壁橱，潜入了军营地底下，又从另一个地方爬出地面。一个荷兰男孩在等我，他是我的向导，他知道巡逻的德国人看不到的所有盲区。我要去见我的妻子，她还活着。"

卡普兰把手指放在集中营的地图上。她被安置在相对较新的桑拿房内，在四号和五号火葬场附近。他又喝了一口酒。范·施托克的话，他的借口在卡普兰的脑海中挥之不去。

几个星期之前，他还在范·施托克面前解释过，这本日记是一部记录友谊、爱和人生的作品。他是对的，他现在正感觉到这一点。在他的眼前，米尔加的身影变成了夏娃，发型变了，脸部特征吻合了，他甚至能用手穿过她的头发。过了这么久，他们终于再次相见了，在黑暗中。计划成功了，他用尽全力稳住自己的呼吸。只要老亚伯还在为他的妻子战斗，他也必须这么做。

这天晚上，男孩坐在沙发上看一部动作片。卡普兰一边还在为亚伯和米尔加的重逢而揪心不已，一边又通读了一遍威尔科米尔斯基的书。他用麻木的手指一个段落一个段落地分析，期望着能找出哪些句子包含事实，而哪些不是。之后他又把自己的手稿拿了出来。

就在这一刻，一楼发出一声巨响，将卡普兰从思绪中扯出来。库伯的公寓里一片嘈杂，那是陌生的、威胁性的脚步声。卡普兰示意男孩关掉电视。他打开一扇窗户，看到楼下有两辆警车停在房子前，警灯无声地旋转着，不停地闪烁。楼下的邻居双手扣在身后，被押走了。一辆警车的后门打开，警察将库伯推入后座。发动机启动，邻居消失在远处。另一辆警车还停在房子前面。卡普兰脚下的嘈杂声停了下来。即便他从未经历过这样的事情，也能立即意识到那是房屋搜查的声音。与此同时，警车上的警灯将男孩恐惧的脸染上了颜色。

蓝色，红色，蓝色，红色，蓝色，红色。

20

卡普兰咳嗽着醒来，不知身在何处，显然他刚刚是在沙发上睡着了。他拖着双腿走到窗前，眼睛在流泪，因为他没把隐形眼镜取出来。太阳已经高悬在空中，天上有许多云，但形状相当不规则。第二辆警车也已经不在房子前了。

也许马艾可故意给出了错误的楼层，也许警察自己搞错了，也有可能是库伯因为另一起违法行为被逮捕。但实际上，这些都不重要。重要的只有，卡普兰有足够的时间在警察的下一次行动之前，先行一步。

这本书给他的生活带来的持续阴影，严重缺乏的睡眠，对朱迪思的思念，以及一种他的生活由不断减少的可能性组成的感觉，所有这些模糊不清的问题浓缩成了一个打算，如同一个瞬间结束的夜晚，没有过渡就直接变成明亮的早晨。卡普兰不会给他们第二次机会抓住亚伯拉罕。只要男孩在他身边，就有希望。

他把两个带有金属配件的皮箱放在床角，开始打包。亚伯拉罕迷迷糊糊地从他的充气床垫上爬起来。五分钟之后，卡普兰的生活就以两摞衣服、一大包纸、一台笔记本电脑和一本罗马尼亚语口袋词典的形式呈现在眼前。对于男孩，他会把按朱迪思的要求买下的东西都带走。他放掉亚伯拉罕床垫里的空气，整齐地叠好，放进衣柜里。他把柜门板推回原位，将夏娃的裙子再三抚平，然后把它放在一个箱子上。

卡普兰指着可乐罐筷子，说："这个得带着，这样你就有东西玩了。"男孩问都不问，就把它拿去箱子那儿，用一块小毛巾包着，小心翼翼地塞进角落里。卡普兰俯身蹲下，把脸紧紧凑近亚伯拉罕的脸，不让任何一丝表情漏掉。他说："不论我们去哪里，我都会保护你。"

在卧室镜子前，他穿上那身蓝色西装。飞蛾在衣服上蛀出了小洞，布料穿在身上更显厚重，肩膀处不舒服地突出来。卡普兰打量着自己的身形，收起小腹，把皮带拉高了些。"怎么样？"他问男孩。孩子犹豫了一下，竖起了大拇指。

只要老亚伯还能战斗，卡普兰也会如此。他也必须去找他的妻子，看着她的眼睛，需要看多久就看多久。然后她会为他做决定，一如她之前常常做的那样，决定晚餐，决定书籍封面，决定句子的好坏，决定未来。

今天，替代方案已经明确：在没有范·施托克的情况下，勇敢地前行，排除万难出版这本书，或者彻底放弃这个计划。一次极有可能的暴露，或者一次确定的失败。他直直地看着镜子，决定不换衣服。这就应该是他最后一次见夏娃穿的西装，一件由S120羊毛制成的锁子甲。

伊本·伊萨克学校的砖块由于年久失修而失去了光泽。直到现在他才感觉到对这座建筑、对学生的迫切思念。他的柔情很快就消失了，他必须保持警惕，迅速采取行动。现在是下午三点钟，第八节课刚开始，低年级的学生刚刚回家，一个五六年级的学生骑着自行车，跟在最后一群学生的后面，但他不可能赶上他们了，风一直把他的书包拽向另一个方向。

卡普兰转身面向亚伯拉罕，他正呆呆地看着他的安全带，看着萨博900的毛毡衬里，好像从来没有坐过小汽车一般。"我十分钟以后回来。"卡普兰说，"哪儿都别去，等我。等。"他把字典拿出来。"**等待，你①。**"

卡普兰从后备厢里拿了一个小塑料罐。学校管理层没有换锁，他沿着熟悉的路线穿过自行车地下室，里面是一股混合着铁锈、机油和汗水的味道。卡普兰闭上眼睛，感觉自己处在另一个地方，在另一个时代，它的存在只会让人痛苦。

所有可能让人发现的踪迹都必须抹去。锁被人撬开了，门很容易就能打开，但它发出的吱呀声却是陌生的。他的写字台上蒙着一层灰尘，他不由自主地用食指画了一道线。他的椅子不见了，那个亚伯拉罕一世坐过的箱子也是。卡普兰的文件盒还在那儿，那是多年的工作成果。他迅速数了一遍，文件夹没有任何增加，也没有减少。也许学校已经转向数字化管理，也许卡普兰终于像他担心的那样，变得如此多余了。

他从后面裤兜里抽出2004年的合同，这是唯一一张他在里面真正说过谎的文件。他把它揉成一团，扔到地上，以此作为自己的开始信号。他把文件盒从书架上抽出来，所有东西都稀里哗啦掉了一地。最后掉出来的是关于那个收藏家的报纸文章，以及那些写给杜郁夫的信。

所有的东西都堆在这里了，除了那张亚伯拉罕一世戴着眼镜的肖像照，卡普兰把它塞进裤子后面的口袋里。这一堆塑料和纸

---

① 原文为罗马尼亚语。——译注

张是他曾经在这里的唯一证明。只要一场有控制的纵火，无须更多，就能让这一切消失。他把罐子里的东西倒了出来。

汗水流至他的太阳穴。在6/41号命令要求登记犹太人的七十三年之后，卡普兰做了当时就该做的事情：销毁所有的文件。所有人都是一样的，都无法追踪了。

杜夫曼不该赶他走的。

他点燃了一根火柴，夹在手指间良久，然后把它扔到地上。随着一阵爆燃，那堆东西被付之一炬，塑料燃烧的烟雾向上翻腾。在离开大楼前，卡普兰按下了火警按钮，然后离开了。

21

萨博几乎是悄无声息地溜进了通往夏娃家的车道，最终在杜郁夫的跑车旁边停住，喷出一股尾气。卡普兰再一次警告亚伯拉罕，一定要待在车里，男孩点点头。卡普兰从后座上取出裙子，在确认没有人注意他之后，他用车钥匙刮花了跑车引擎盖上最大的首字母。能放肆地幼稚一回，真是太爽了。

这一次，夏娃也没有马上给他开门。直到他盯着摄像头，极尽夸张地说，这是一个生死攸关的问题时——至少是一个生存或是逃亡的问题——大门才弹开了。"你的西装上有洞。"这是夏娃说的第一句话，几乎是在她打开房门的同时脱口而出。

她没有请他进来，而是敞着门，自己走回屋内。对卡普兰来说，这就足够了。他一脚跨过门槛，决心将有关这间公寓、她的身体和她的面部表情的一切细节都牢牢地印在脑海中。他确信，他要花费数年时间才能完全分析、理解和承受这次会面。

她在厨房的一张吧凳上坐下来："说吧，亚伯。你想干什么？"

"这是你的。"他说着，把裙子放在她面前。

她起身，从冰箱里拿出一瓶白葡萄酒，又从橱柜里拿出一个杯子。他感觉听到了水晶的声音。她还一次都没有正眼瞧过那条裙子。他在她面前挺起腰杆。他的脸上必定有些东西使她确信，今晚会与之前所有的夜晚都截然不同。所有的敌意都从她脸上消逝，现在只留下真诚的关心。

"说吧，你怎么了？你让我感到不安。"

"我把我的书给写出来了。"等待能说出这句话，他几乎等到了天荒地老，"差不多写完了。"

她好一阵子没说话，然后移开视线，说："不管你信不信，反正我为你感到高兴。书写成了你所期望的样子吗？"

"比我期望的还要好。"

她看着她的鞋子，黑色的高跟皮鞋："我听出了一个'但是'。"

"为了说服我的老出版商，我不得不承诺和别人合作，和约翰·范·施托克。"

她喝了第一口酒，一大口："哦，亲爱的，这可是一个糟糕的选择。"第二口下肚。她又站起身，去冰箱那儿给他倒了一杯杜松子酒回来。距离她上次主动给他倒酒，似乎已经过去了几个世纪之久。

"现在我不知道，"他说，"是否应该在没有他的情况下实施这个项目。你觉得呢?"这个问题应该能唤起夏娃最隐秘、最原本的性格特质,终于。

就在这个时候她的手机响了,显示屏上亮起"海因"的名字。她接通电话,专心听着电话那头的声音,又一次闭上眼睛。"真让人气愤。"她轻声对电话里说,"好的,慢慢来。"她眼睛看着卡普兰,嘴巴却在和另一个人说话,"对,我也合适。你出发的时候打电话给我。说定了?好,待会儿见。"

从她的嘴角能看出来,她惯常的告别语——不论看上去是什么模样——这次都消失了。夏娃的小姿势和习惯,以及它们的秘密意义,他永远无法完全忘记。为了也让她等一会儿,他拿起了电话,朱迪思给他发了一条乍一看神秘兮兮的短信。他又把手机塞进夹克口袋。"出了什么事?"他问道。

"有人企图在你以前的学校放火。"

"真糟糕。"他闷声闷气地说,"等等,你男朋友现在在那儿?他的车子不是停在门口吗?"

"不,那是邻居家的。不过是同一款车型。"

卡普兰发出一声深深的哀叹。

她耸耸肩:"说回你。为什么带着这个问题来找我?我以为,我已经背叛你了。起码你那天晚上是这么说的,那一次你把小矮人拉夫扔到窗玻璃上了,一个小矮人,亚伯。"

"我知道。"他回答,"别再背叛我第二次了。求你了。"

半小时后。杜夫曼还没有打电话来,卡普兰还有时间。夏娃得慢慢消化卡普兰跟她说的一切,为此她需要多喝几杯酒才行。

她一直沉默着，和他并排坐在沙发上。他没有渲染美化任何东西，把书的产生过程和内容和盘托出，只是隐瞒了亚伯拉罕二世的事。他想把这本书献给她，但是却似乎没有让她有所感动。

然后她说："也就是说，这是一本关于大屠杀的书。一半是报告文学，一半是虚构。书是基于一个人的生平，但那个人从来没有同意别人使用他的人生经历。现在你又失去了施托克的支持。"她的目光越发担忧，"亚伯，请别这样做。"

卡普兰所感受到的一切，和他所想要说的一切，都沉入他心底。他又灌下一杯杜松子酒。

"你拥有的最后一样东西，你的声誉，你的第一批作品的名声，这一切都将失去。你将会完全失去我，还有朱迪思。"她把自己手放在他的手上，她手掌鱼际的脉搏在温暖地跳动，"这话从我嘴里说出来，也许听起来有点奇怪，但是如果你问我的话，她对你来说是极好的。她对此是怎么想的？"

"她觉得这事太可怕了，我能理解她，我也理解你。但是如果我一直在这些道德问题上绞尽脑汁的话，我可什么也写不出来。"他身子向后倒下，"我现在该怎么办呢？"

"你是作家。想点儿新的东西。"

"但是我想要想点旧的内容。我已经想出来了，而且事实上也的确发生了。"

她抚摸着他的手臂良久："你想要我的建议，这就是，让这事儿过去吧，你肯定能生出新的抱负。"

新的抱负，他无法想象。不，这世上将不再有他能抓住的东西。他的目光迷离，是杜松子酒的关系。不，是夏娃。这不该是她的回答。"求你了。"

"你想听我说什么？"她用双手捧起他的头，手指从他的发间穿过。

"我不想听你说，我应该想出点儿新的东西。我不要听你说，有另一个女人对我来说是好事。"他把嘴唇印在她的手上，她没有把手抽走。她凑了过来，额头抵在他的额上，他们彼此呼出的气息混合在一起。卡普兰几乎不需要向前探头，就能碰触到她的嘴唇。

他们温柔地接吻，他是多么熟悉她的气息、她的味道，还有她移动舌头的方式。仿佛是他们彼此将对方吸进一种隐藏了数年的狂热迷醉当中。他把手放在她的臀上，将她拉近。她嗅了嗅他的衬衣领口，接着从他那儿移开脑袋，看了一眼手机，把它放到一边。"来吧。"她说。

22

他的胸口汗津津的，呼吸也变得不规则。她没有到达高潮，但是她的叫声听起来真诚而熟悉。然而他们都感觉到，他们的身体永远地失去了彼此。性就像是一场死后的恩典。

这是最后一次了，尽管他没有很明确地意识到这一点。性爱后的昏眩还如此强烈。她转身离开他，去浴室洗澡，踩得浴室地面铺的格垫咯吱作响。

"你男朋友怎么办？"当她重新躺到他的身边时，他问道，声音听起来不像他所期望的那么讽刺。

"这是你我之间的事。我相信你不会告诉他。"

"为什么你之前会相信我？我的意思是，以前我们相识的时候。"

"我从小被灌输的思想是，不能相信任何人。你是第一个我觉得是和我一样不信任人的人。再也没有理由玩小把戏了。你怎么想到这个问题？"

"就那样想到了。"他回答道，"我越想就越确信，这一切是多么特别。"

"你想要重新赢回我吗？"夏娃问，"是因为这个吗？这么些年过去了，你还一直这样想吗？"

"怎么突然说起这个？"

"是啊，我不知道。"她回答，"现在我们又躺在这儿了，虽然我曾痛下决心，再不允许这样的事发生。我对你过分同情了。几年来一直谣言不断，当然会有谣言，因为人们总是对八卦疯狂。我总是否认，也是为了保护你。但是我不想再这样下去了，然后我就是一个离过婚的女人，我的母亲现在也去世了。老实说，我认为一起睡几次就能治愈你，无论是从哪方面。"

"我什么也不缺。我只是想再同你睡一回。"

"很好。正好就是这回了。你现在感觉如何？"他想要说些什么，却被她打断了，"所以，说回我的问题，你是只想要性，还是一直想要赢回我？你想这样吗？你得告诉我。"

"什么意思？"

"只有这一种方式才能得知。"

"你非得要听我问这个问题，是不是？你为什么这么想羞辱我？"

就好像她的身体一直在等待这个词来冷却它，她的嘴唇泛起一抹蓝光。她粗暴地挣脱他，说："真真切切就是现在，你真的想要谈论羞辱吗？有件事你知道吗？跟我来。"她扔了几件衣服给他。"快点。"她说着，一边给自己罩上一件和式浴袍。

"几点了？"他问道。

"是你走的时候了。"

他无言地跟着她，因为他知道，什么时候向她提问是没有用的。木地板冰凉，他每踩一步都发出一阵吱呀的声响。他突然明白她要去哪里。这一刻仿佛周围所有的声音都消失了，他只听到自己的心跳声。他们要去原来的卧室！在门口他们停了下来。"我终于可以进去了？"他不确定地问道。

"这不是什么光荣的时刻，卡普兰。你还是不明白，是吗？"她打开门。在那里，就是她每晚睡觉的大床的上方，悬挂着他以前拍摄的那张大幅照片。夏娃·卡普兰，二十二岁，小心地咬着她的大拇指，笑得没心没肺。湿冷的床单看上去就像是地图上的高山，像是未被发现的大陆。

他走近那幅照片，试着用某种方式去找回自己，他的手，他的目光。但是他没法把自己变回去。她变年轻了，而他还是这么老。他感到呼吸艰难："这就是我从未被允许进到这里来的原因吗？"

她点点头，望着地板。她的肢体语言暗示了，她还想说点什么。她身子往前倾了一下，右脚在地毯上轻轻划过。但她什么也没说。

"为什么？"他结结巴巴地说。

"这是一张美丽的照片。我被抓拍到了美好的瞬间。"她想要微笑，却引得挂在眼角的泪水流了下来。"那时我是如此幸福。那时的你，真的是我的男人，亚伯。"

"我那时还是一个男孩。也许这就是为什么……"

泪水奔涌而出，但是，她似乎从抽泣中汲取了新的力量，她从他身边走过，进入客厅，他紧随其后。她到厨房拿起吧台上的连衣裙，扔到他的脚边。"在我上次穿它的那个晚上，我就知道，当时的你是万恶之源。你有没有想过，为什么我在出租车上，在之后很长一段日子里都如此安静？就是在那个晚上，我意识到，我们回不到以前那样了。在我家的那些夜晚，感受到你再次站在我旁边，你想象不到那对我来说有多难。但是我也得考虑我自己，我的工作。为什么你只看得到别人对你干了些什么，而从来看不到你对别人干了些什么？"

"我尝试过，以我爱你的方式去爱别人，我用尽全力尝试过。人们有时候谈到一生中会有几段伟大的爱情，但是如果我的力量只够爱那唯一的一个人，那又该怎么办？"

他们相对而立，一动不动。

千言万语涌上心头，现在却都为时已晚。心中越来越强烈的呐喊声，也会慢慢沉寂，最后变成突然而彻底的寂静。再也没有任何言语，他心中没有，她心中没有，这套公寓里也没有。他们共同经历的所有时刻中，这是最后一个，没有过去，没有未来。曾几何时，故事以酒和软木塞开始，曾几何时，故事已终了。

23

"你必须自己去查清楚。儒伊思达尔卡得大街 158 号，一楼。吻你。朱迪思。"

伴随着剧烈的头痛，卡普兰又读了一遍朱迪思前天晚上发给他的短信。他始终没有猜出其中端倪，但他有更重要的事情要做。眼下，因为手稿已最终尘埃落定，他现在必须把男孩送到安全的地方去。

他并没有真正睡着。驾驶座比他担心的还要硬，他短暂而激烈的梦魇中一个女人的恐怖形象挥之不去，一会儿像夏娃，一会儿像朱迪思，一会儿又像希姆尔莱奇小姐。大约八点差一刻的时候，晨光照进了车厢。卡普兰和亚伯拉罕站在萨博车旁，车停在一座工厂旁边的停车场上，他在夜里最后一刻才找到这个地方。他们俩同时刷牙，眼睛还没有完全适应阳光。

他们必须继续前进，只有这样，他们才能不被发现。在潜在的告密者注意到他们之前，他们必须在某处上岸，然后消失。他们把牙膏泡沫吐在柏油地面上，先是卡普兰，再是男孩。再也没有栅栏，再也不要躲躲藏藏地生活。真正的安全之所就是出生国。亚伯拉罕和卡普兰必须往东南方向前进。他们再次坐到汽车里的时候，他对男孩说："**我带你回家**①。"

上高速公路之前，他们还能顺便去那个朱迪思提到的地址看

---

① 原文为英语。——译注

一眼，这是他欠她的。卡普兰仍然穿着那身蓝色西装，他又把那条短信读了一遍，然后下了车。门铃上没有姓名。按了两次铃之后，他转身朝车子方向迈出一步。就在这一刻，门终于开了。卡普兰感觉到，有目光在他背后盯着他。他缓慢地转过身去，他很少转身这么慢过。

一个老男人，什么也不问，什么也不说，就那样茫然地看着他。

卡普兰没有咽口水，也没有呼吸，他被男人的目光攫住了。十秒钟，也许更久。然后他转身，强装镇定地走回车里，然而他的双手却颤抖不停。

男人站在门口没动，沉默，呆呆地看着。

卡普兰驾车离开。他没有回头看，而是从公文包中拿出手稿，放下侧窗，把这一切都扔了出去。二百四十页写满字的纸张飘落到运河的水面上。很快，纸张就覆盖了河岸，很快，卡普兰的语言就无处不在。

在艾恩德霍芬①邻近的一个加油站里，卡普兰搞到了一份报纸。范·施托克已经正式获释，之前他因伪造证书和欺诈受到控告。亚伯拉罕问卡普兰是否"没事"，他点点头。在过去的几小时里，男孩表现得从来没有这么听话过。

他们再次上车。卡普兰说服自己，宁可绕道而行，他们不能这么快就到达德国边境。他不假思索地做了决定，他们将前往马斯特里赫特②，一个与阿姆斯特丹几乎没有任何相似之处的美丽城市，其历史比任何一次轰炸都要更久远。

① 荷兰城市名。——译注
② 荷兰城市名。——译注

卡普兰开得很慢，一个小时之后，他停下来买可乐和糖果。在邻近鲁尔蒙德①的高速路休息区前，有两个小丑人偶站在入口处。直到卡普兰走近些，他才意识到这是玩具自动售货机。男孩想要一个弹力球，卡普兰准许他操纵机械抓手，一直到他抓到一个为止。

天色渐暗之时，他们离马斯特里赫特还有一刻钟车程。卡普兰伸手去掏胸口振动的手机。这是今天第三次手机响，第三次还是出版商打来的。卡普兰把那玩意儿直接关机，禁止自己对夏娃或者是朱迪思的来电抱有任何幻想。

他们在列香园酒店办理了入住手续，从这儿走路去弗莱特霍夫广场不消十分钟。他脱下鞋袜，直挺挺地倒在双人床上，亚伯拉罕也学着他的样子做。他打了个电话预订白鲸餐厅的席位，那是马斯特里赫特市唯一一家二星餐厅。这将是他和男孩在荷兰吃的最后一顿饭，奢侈一点也不为过。

半小时之后他们离开了酒店。他们在老城的石子路上漫步，星星闪闪发亮，时不时地有一辆自行车咯吱作响地从他们身边经过，骑车的是个男大学生，他的女朋友坐在后座上。从前夏娃坐上他的后座去参加派对，去看电影和回家的时候，也许他应该对后座的稳定性少些埋怨的。

因为几对预订了桌子的夫妇没有来，而且卡普兰给餐厅经理塞了一百块，于是他和亚伯拉罕果真得到了一张桌子，一张最靠近洗手间的桌子。卡普兰点菜，在接下来的一个半小时里，他们

---

① 荷兰城市名，邻近德国边界。——译注

很少交谈。

他努力追随着男孩的目光。好几张桌子都是围坐着一家人，亚伯拉罕痴痴地看着那些母亲，那些孩子，却不看那些父亲。"你肯定知道我爱她对吗？朱迪思，爱①。"

亚伯拉罕重复道："爱。卢比类②。"

"爱是复杂的。要让那个你最爱的人幸福，没有什么比这更难的事了。"

亚伯拉罕点点头。

男孩碰都没碰他的牡蛎，而那荷兰比目鱼他咬了两口就推到一边。一个小时之后他们站在一个小吃店里，男孩大口吞下了两个汉堡。

深夜，卡普兰散步穿过这座城市，他走了很久。男孩待在酒店里，电视里在放一部美国动作片。弗莱特霍夫广场上人头攒动。两个醉酒的小伙子和他搭话，一个口齿不清地对另一个说："别管他，他听不懂你的话。我觉得他不是荷兰人。"

广场北侧的一家酒吧组织了一个巴伐利亚之夜。服务员们穿着皮裤，明显是不情不愿；一升装的大杯啤酒有大大的折扣；二十来个男女在随着音乐纵情跳舞，他们以一种卡普兰永远体会不到的方式而幸福着。他问自己，最想要的是什么，是让自己接纳这种幸福，还是向别人指出，它在现实中是多么虚假？

回到广场上来时，天开始下雪了。他在酒馆里感受到的所有

---

① 原文为英语。——译注
② 罗马尼亚语，"爱"的意思。——译注

挫败感都烟消云散。人行道变白了，初雪似乎闪耀着充满希望的光芒。卡普兰走到一座小桥边。桥下是马斯河，乌黑的河水在翻腾。桥栏杆上挂着环形锁，是发誓要永远在一起的爱侣们留下的。卡普兰吸了一口冷空气，雪花沾在他的眉毛上。有些锁生锈了，有些上面刻着姓名首字母。卡普兰有生以来第一次为自己爱上的不是一个，而是两个女人而骄傲。

当他从桥上漫步而回时，突然一阵急迫感袭上心头，那是在过去几周里常常攫住他的同一种急迫感。一种贪婪在他体内翻腾，只能用一种方式令它满足，那就是他必须写作。

亚伯拉罕已经睡了，他用四个半指头的手紧紧攥着那个在高速服务区买的弹力球。动作片放完了，电视仍在喋喋不休。卡普兰把毯子打开盖在男孩身上，然后坐到靠窗的小桌子旁。

亚伯拉罕睡得很不安稳，卡普兰一边倾听着他的动静，一边观察着窗外飘落的雪花。他试图去理清最近一段时间席卷他的事件风暴，直到一个念头出现：只有那些想要保持控制权的人，才有可能失去它。他在桥上感受到的人生柔情，现在也延伸到他的写作上来。虽然他的书已不复存在，但他还欠自己一个结尾要写。事实上，卡普兰从来没有追求过成名或成功。最终，人们可以称他为真正的作家，对他来说唯一重要的只有历史。他从桌上的廉价黑色圆珠笔中拿起一支，在酒店便签本上写下头几个字母。他盯着自己的笔迹看了足足十秒钟，感觉那字迹有力且诚实。这里没有《第七交响曲》，他也不怀念它。

1945 年初。集中营大部分人员被撤离，中央指挥力量已然削弱，无政府状态还在进一步发展。每个人都知道，俄罗斯人正在挺进，没有人知道，还要多久他们才到达这里。在那之前，党卫队试图尽可能多地杀害囚犯。有系统的谋杀已经成为过去式，几个月前毒气实验就停止了，火葬场也被炸毁了。一切都是为了摧毁这里所有的物证。剩下的，就是混乱。

"四个月前，斯拉瓦和米洛真的和另外五个人一起，从我们的营房逃走了。不知道他们是否能够逃脱，有人说能，大多数人却不这么认为。我以为，党卫军会为了处罚大家，把营房其余的囚犯统统枪毙掉，我觉得自己必死无疑。然而就在这一切要发生的时候，集中营某处爆发了一场暴动，分散了他们对我们的注意力。从那时起，我们，男孩和我，就等待着。"

卡普兰凝视着男孩从被子底下伸出来的黑色脚丫。

"在最后几个月里，数以万计的囚犯被撤离。他们在冰天雪地里步行上路，没有人知道要去哪里。那些留下来的人都是被判定为病重、年迈或者精力不济的，因而没法参加行军。男孩和我都不符合这些标准。也许德国人已经将我们忘记。"

1月25日。营地几乎被遗弃，党卫军撤离了。"昨天我们透过铁丝网看到他们开车走了。我们没有欢呼，我们中的一些人认为，这是一个诡计，是一个虐待狂的实验，据说是要让我们发疯。"

围绕在他周围的到处是死亡和废墟。德国逃兵的尸体四处横陈，他们绕过那些尸体，不相信那些躯体彻彻底底地失去了他们的黑魔法。囚犯们在四周跌跌撞撞地盲目走动，等候着不会再下达的命令。谣言在流传，说魔鬼会留下来，他的存在只是为了见证终结。

"但今天早上，我第一次自己醒来。当我向外张望，看到晨雾在营地中弥漫之时，不知怎的，我突然清晰地意识到，他消失了。没有对峙，没有决斗，没有报复，就这样消失在雾霭中，这一片雾霭将会一直飘荡到我死亡之时。亚伯拉罕和我，我们是最后的幸存者。"他在脑海中抹去了亚伯和米尔加的最后一次会面，就是那些已经被运河水吞没的话语，那些他再也不能相信的话语。"米尔加我再也没有见过。"他继续写着，紧接着又划掉了这个名字，用夏娃，接着用朱迪思取而代之。

"我现在也走得跌跌撞撞。雾气潮湿而浓密，我伸出手时，看不到五指之外的东西。往左，往右，老男人的步子。男孩跟着我，时不时地用手触摸我的背，他想让我在他的身边。成堆的尸体出现，空洞的眼窝，大张的嘴巴，雪地里垂下来的生殖器，偶尔有一具躯体发出细微的呻吟。有人把朋友背在背上，可以看得出来，他已经死了，因为他的四肢如同橡胶做的一样，直直地晃动着。

"从这一片虚无之中，有一个身影向我们走来，一个老男人，他和我搭话。我推开他，他跌倒了，然后躺在地上不动了。就在几米开外，仿佛所有的雾霭在这儿都被吹散，又一个死去的德国人，挂在铁丝网上，就像是一个断了线的木偶。"

第二天中午十二点，卡普兰在前台要了一张当地地图。他仍然因为昨夜的梦而昏昏沉沉，在梦境中，他必须逃离一个一会儿像夏娃，一会儿像朱迪思的阴影。早餐时，男孩坐在他的对面，小口喝着茶。他确定了路线：他们将向东行驶，穿过海尔伦①，

---

① 荷兰东南部林堡省的一个城市。——译注

在艾格尔肖芬①出境，离开荷兰。然后直接开往罗马尼亚。他满意地撺掇亚伯拉罕把两个苹果和一大块蜂蜜蛋糕塞进衣袋里，男孩咧着嘴笑开了花，这次他们俩合伙偷了一回东西。

在快到 A79 号公路尽头时，距离边境不到十分钟的车程，萨博的发动机声音开始变得像一个口吃的人断断续续接不上话。卡普兰没有诅咒，反正这一整天早已有要推迟的迹象。他延迟了退房时间，他们躺在床上，还看了一部电影。接下来他们在内城溜达，吃了冰激凌。直到下午四点左右他们才上路。

现在从发动机中飘出了塑料烧熔的气味，他们勉强把车开到了海尔伦。卡普兰把车停在一个停车场，他们从后备厢取出行李离开。接下来只能靠走路了。

卡普兰知道，他直接前往罗马尼亚的计划行不通。他几乎不敢承认，意识到这一点，让他松了多么大一口气。现在最重要的是尽快离开荷兰，这个对男孩如此敌视的国家。他们经过了一家诊所、几处公寓楼和一排光秃秃的树木。

他估摸着，一个多小时之后他们就能走到边境。昨夜写下的，还没有任何人读过的最后几页故事，在他的夹克口袋里燃烧。当他沿着最后一条荷兰街道前行时，他意识到他接受了一件事，那就是他和杜郁夫的终极对峙从来没有发生过。他对自我怜悯的需求已然烟消云散，他可以毫无困难地说出杜郁夫的名字，即便只是在脑海中。所有的仇恨，所有的能量都离他而去。

---

① 荷兰东南部的一个村庄，属于林堡省。——译注

和平。

一场战争有两个终点，卡普兰突然想起这一点。第一个终点众所周知，那就是当射击停止，敌人四散逃亡之时。颜色鲜亮的坦克开进城市，人们鼓掌，欢呼，哭泣，然后生育，成百上千的孩子将成为迟来的快乐祭品。

第二个终点在这之后到来，那就是当沉重的过去不再影响无忧无虑的当下之时。小琳曾经给他讲过她去理发的故事。她是如何恐惧地坐在理发椅上，始终分不清哪是身体护理，哪是堕落，也始终免不了被头发掉落的情景深深触痛。一次，理发师站在门口等她，手里拿着一个衣架。她一反常态地穿了一件 T 恤，那是个暖和的日子。她过去的名字，不是那个由字母组成，而是由数字组成的名字，还始终留在她的胳膊上，不去除文身，抵抗到底，让否认绝不可能，他们别想满意。理发师看着她的胳膊，问她是否还要出海，他的声音不带一丝讽刺。

天空晴朗，不曾有任何一丝历史意识的迹象。卡普兰和男孩沿着貌似过度开垦的田野走着，他们前面几百米远处就是德国的边境线。卡普兰一生中头一次理解了空虚的意义。空虚意味着思乡之情。于他而言，思乡之情不是指别的地方或者别的时代，而是一种别的人生。

然而他的父母会为他骄傲的，如果他们能看到，他做到了什么，以及他能够实践多么高尚的利他主义。也许他们会嫉妒他，因为他为自己争得了出类拔萃的机会。

男孩唱起了一首歌谣，听起来像一首战歌。德国国旗懒洋洋地扑打着表示欢迎。没有边防管制，没有海关室，没有栅门，什么都没有。下午的阳光从铅灰色的云层中挣脱出来。最多还有一百米。偏偏在此刻,卡普兰一阵头晕目眩,胳膊感觉像灌了铅似的,脚步也拖沓起来。还有五十米。他们无论如何一定要过去。

他们一起从国旗下走过,男孩唱着歌,卡普兰气喘吁吁。不需要任何证件,任何谦卑的恳求,什么都不需要。他们做到了。卡普兰推了推男孩说,他小腿抽筋,必须坐下来。

他们离开了马路,走向一棵光秃秃的树。卡普兰丢下箱子,一屁股坐了下去,坐在德国的土地上。他感觉,最远也只能走到这棵树这儿了,他已经耗尽了力气。他把亚伯拉罕带出了荷兰,男孩安然无恙,毫发无伤。再多的,亚伯·卡普兰就做不到了。

他把亚伯拉罕一世的照片从内侧口袋取出,草草地埋在浅土里。亚伯拉罕二世取出了他的可乐罐筷子,开过来开过去,开过来再开过去。

星星从容地亮起来,一颗接着一颗。卡普兰考虑给亚伯拉罕讲讲光年,讲讲如何观察早已死去的星星,讲讲历史上的生命,然而他沉默了。

卡普兰揉着疼痛的膝盖,他无法将目光从男孩平静的脸上移开。与此同时,那本书,应该是最后一批书的最后一本书,它的最后一个句子,就像一声死亡的呐喊响彻他的头颅:这里是亚伯·卡普兰,最后一场战争的最后一个幸存者。

他打开手机,手轻轻地上下晃动,仿佛要试着掂量它有多重。他输入了 PIN 码,回想手机内存中所有的名字,想起夏娃和朱迪思,以及他可以打过去的所有其他电话号码。儿童保护联盟,罗马尼亚大使馆,无论如何绝不能是警察。当他把手指伸向手机，却仍然不知道要打给谁时，他对男孩说："过后会有人来接你。我不会抛下你不管的，我们一起等，来的那个人会知道该怎么做。一切都会好起来的。"他沉默片刻，然后问道："你相信我吗？"